ANTES DE VIRARMOS ESTRANHOS

RENÉE CARLINO

ANTES DE VIRARMOS ESTRANHOS

UMA HISTÓRIA DE ~~AMOR~~ ~~ÓDIO~~ AMOR

Tradução
ALEXANDRE BOIDE

para

Copyright © 2015 by Renée Carlino

A Editora Paralela é uma divisão da Editora Schwarcz S.A.

Grafia atualizada segundo o Acordo Ortográfico da Língua Portuguesa de 1990, que entrou em vigor no Brasil em 2009.

TÍTULO ORIGINAL Before We Were Strangers: A Love Story

CAPA Rodrigo Corral

IMAGENS DE CAPA Alex Robertson/ Getty Images; SergeyIT/ Shutterstock

LETTERING Joana Figueiredo

PREPARAÇÃO Larissa Luersen

REVISÃO Marise Leal e Adriana Bairrada

Dados Internacionais de Catalogação na Publicação (CIP)
(Câmara Brasileira do Livro, SP, Brasil)

Carlino, Renée
     Antes de virarmos estranhos : Uma história de ~~amor~~
~~ódio~~ amor / Renée Carlino ; tradução Alexandre Boide. —
1ª ed. — São Paulo : Paralela, 2023.

     Título original: Before We Were Strangers : A Love
Story.
     ISBN 978-85-8439-344-2

     1. Romance norte-americano I. Título.

23-160616   CDD-813.5

Índice para catálogo sistemático:
1. Romances : Literatura norte-americana   813.5

Tábata Alves da Silva – Bibliotecária – CRB-8/9253

Todos os direitos desta edição reservados à
EDITORA SCHWARCZ S.A.
Rua Bandeira Paulista, 702, cj. 32
04532-002 — São Paulo — SP
Telefone: (11) 3707-3500
editoraparalela.com.br
atendimentoaoleitor@editoraparalela.com.br
facebook.com/editoraparalela
instagram.com/editoraparalela
twitter.com/editoraparalela

Para Sam e Tony, que eu tenho a bênção e a sorte de conhecer

A vida não anda para trás, nem se detém no ontem.
Khalil Gibran

PRIMEIRO MOVIMENTO:
RECENTEMENTE

1. Você ainda pensa em mim?

MATT

A vida estava passando quase sem que eu me desse conta enquanto ficava sentado com os pés para cima, rejeitando qualquer mudança, ignorando o mundo, me esquivando do que quer que ameaçasse ter significado ou relevância. Eu discordava categoricamente de tudo o que era novidade. Me irritava com emojis, com a palavra *meta*, e com pessoas ao telefone nas filas. Isso sem falar na gentrificação ao meu redor. Havia vinte e um Starbucks num raio de três quarteirões do prédio onde eu trabalhava. Os estúdios de gravação, os laboratórios fotográficos e as lojas de discos morriam pouco a pouco, caso ainda não tivessem se tornado cascas vazias ocupadas por confeitarias que vendiam apenas cupcakes e salões de beleza que não ofereciam nada além de lavagem de cabelos e penteados. Inclusive, tinham parado de passar videoclipes na MTV e banido o cigarro nos bares. Eu nem reconhecia mais Nova York.

Era nessas coisas que eu pensava no meu cubículo na sede da *National Geographic*. Não me sentia mais conectado nem à geografia nem ao panorama nacional desde que tinha assumido uma função mais burocrática, alguns anos antes. Afastado do trabalho de campo, onde eu via de tudo, me enfiei em um buraco onde nada acontecia. Mesmo estando no coração da cidade que amava, de volta aos braços dela, era como se tivéssemos nos tornado estranhos. Eu me mantinha agarrado ao passado, e não entendia por quê.

Scott me deu um tapão nas costas.

"E aí, amigão, vamos almoçar no Brooklyn?"

"Pra que ir tão longe?" Sentado diante da minha mesa, eu mexia na bateria do celular.

"Eu queria te levar nessa pizzaria chamada Ciccio's. Já ouviu falar?"

"Dá pra comer uma pizza das boas na Quinta Avenida."

"Não, você *precisa* conhecer esse lugar, Matt. É sensacional."

"O que tem de sensacional, a pizza ou as pessoas?" Desde o meu divórcio alguns anos atrás, Scott — meu chefe, amigo e solteirão convicto — nutria grandes esperanças de que eu me tornasse o seu companheiro oficial de flertes e noitadas. Era impossível convencê-lo a desistir do que quer que fosse, especialmente se envolvesse comida e mulheres.

"Certo, você me pegou. Mas você tem que ver essa garota. Vamos dizer que é uma reunião de trabalho. Eu pago no cartão corporativo." Scott era do tipo que vivia falando de mulher, e mais ainda de pornografia. Ser descolado da realidade era um sério problema dele.

"Com certeza isso pode ser classificado em alguma medida como assédio sexual."

Ele se apoiou na divisória do cubículo. Apesar do aspecto simpático e do sorriso constante, seria bem fácil esquecer o rosto dele se ficasse uma semana sem vê-lo.

"Vamos de metrô."

"Oi, pessoal."

Minha ex-mulher passou por nós, dando um gole no café. Eu a ignorei.

"E aí, Liz?", Scott falou, se virando para olhar a bunda dela. Em seguida, se voltou para mim. "Não é estranho trabalhar aqui com ela e o Brad?"

"Eu sempre trabalhei com ela e o Brad."

"Sim, mas ela era a sua esposa, e agora é casada com o Brad."

"Sinceramente, já nem ligo mais." Eu levantei e peguei o meu paletó.

"Isso é um bom sinal. Eu tenho fé em você. É por isso que sei que já tá pronto pra uma desconhecida."

Na maioria das vezes, eu ignorava esse tipo de comentário do Scott.

"Antes preciso passar numa loja da Verizon e comprar uma bateria nova", falei, balançando o celular.

"O que é *isso*?"

"Um telefone celular. Com certeza você já viu um desses."

"Em primeiro lugar, ninguém mais fala 'telefone celular'. Sem contar que isso não é um celular, é um artefato histórico. Vamos mandar esse treco para o museu Smithsonian e arranjar um iPhone."

Na saída, nós passamos pela Kitty, a garota do carrinho de café.

"Olá, senhores."

Eu dei um sorriso. "Kitty." Ela ficou vermelha.

O Scott só abriu a boca quando já estávamos no elevador. "Você devia investir nessa. Ela tá totalmente a fim."

"Ela é uma criança."

"É uma estudante de pós-graduação. Fui eu que contratei."

"Não faz o meu tipo. O nome dela é *Kitty*."

"Ei, também não precisa ser maldoso." Ele até parecia um pouco ofendido.

"Tá tudo bem comigo. Por que todo mundo se empenha tanto em me fazer sair com alguém? Eu tô *bem*."

"E o seu relógio biológico?"

"Homens não têm relógio biológico."

"Você tem trinta e seis anos."

"Pois é, ainda sou jovem."

"Não em comparação com a Kitty."

A porta do elevador se abriu, e saímos para o saguão. Uma impressão imensa de uma das minhas fotos ocupava uma parede inteira.

"Tá vendo isso, Matt? São coisas assim que deixam as mulheres molhadinhas."

"É um retrato de uma criança iraquiana empunhando uma arma automática."

"O Pulitzer que você ganhou, gênio, não a foto." Ele cruzou os braços na altura do peito. "Aquele foi um bom ano pra você."

"É, foi mesmo. Profissionalmente, pelo menos."

"Tô dizendo, você tem que usar isso a seu favor. Essa foto rendeu uma certa fama. Pra mim funcionou."

"Como exatamente funcionou pra você?"

"Eu posso ter usado o seu nome por uma noite. Ou duas."

Eu dei risada. "Que mico, cara."

"Kitty tá a fim de você. Então vai lá e dá o que aquela gostosa quer. Tem uns boatos sobre ela circulando por aí."

"Mais um motivo pra manter distância."

"Não, são coisas boas. Tipo, que ela é doidinha. Uma fera."

"E isso por acaso é bom?"

Saímos do prédio rumo à estação de metrô da West 57th para pegar o trem F. Midtown Manhattan está sempre congestionada a esta hora do dia, e era quase fim do inverno. O sol entre os prédios atrai ainda mais gente para as ruas. Eu fui abrindo caminho no meio da multidão, com Scott no meu encalço.

Um pouco antes de chegarmos, ele falou bem alto atrás de mim:

"Ela deve curtir um anal."

Eu me virei para encará-lo enquanto descíamos as escadas. "Scott, essa conversa tá toda errada. Vamos encerrar por aqui, beleza?"

"Eu sou o seu chefe."

"Exatamente." Desci correndo os degraus até as catracas.

Tinha uma mulher tocando violino no fim da escada. Vestia roupas encardidas, e o cabelo grisalho estava todo bagunçado e embaraçado. As cordas do arco se desmanchavam, parecendo rabos de raposa, mas mesmo assim ela conseguia executar uma peça de Brahms com perfeição. Joguei cinco pratas no estojo do instrumento, e ela sorriu. Scott balançou a cabeça e me puxou para longe.

"Tô tentando manter você feliz e produtivo, Matt."

Eu passei meu cartão na catraca. "Então me dá um aumento. Isso vai me manter feliz e produtivo."

A estação estava lotada. Com um trem chegando, acabamos presos atrás de um grupo enorme se acotovelando como se tivesse alguma coisa importantíssima para fazer. Scott se contentou em ficar na plataforma ao observar uma mulher de costas para nós, perto da beirada, balançando o corpo entre os calcanhares e a ponta dos pés, em cima da faixa amarela. Alguma coisa nela me chamou a atenção.

Scott me cutucou com o cotovelo e articulou com os lábios as palavras "bela bunda". Senti vontade de dar um soco nele.

Quanto mais olhava para aquela mulher, mais ela me interessava. O cabelo loiro e trançado descia pelas costas. As mãos estavam nos bolsos do casaco preto, e me dei conta de que, como uma criança, ela se balançava alegremente ao som do violino ecoando pelas paredes da estação.

O trem finalmente chegou, e ela deu passagem para as pessoas mais apressadas e embarcou só no último instante. Scott e eu ficamos na plataforma, esperando que o seguinte viesse mais vazio. No momento em que as portas se fecharam, ela se virou. Nossos olhares se encontraram.

Pisquei algumas vezes, incrédulo. *Puta merda.*

"Grace?"

Ela pôs a mão no vidro e falou baixinho: "Matt?". Mas o trem já estava indo embora.

Sem parar para pensar, eu saí correndo. Corri como um louco até o fim da plataforma, com a mão estendida e sem tirar os olhos dela, querendo que o metrô parasse. E, quando a plataforma acabou, fiquei vendo o trem mergulhar na escuridão até ela sumir de vista.

Quando Scott me alcançou, a expressão dele era cautelosa.

"Uau, cara. O que é que foi isso? Parece até que você viu um fantasma."

"Um fantasma, não. Grace."

"Quem é Grace?"

Eu estava perplexo, olhando para o vazio que a havia engolido. "Uma garota que eu conhecia."

"Espera aí, essa é aquela que você deixou passar?"

"Mais ou menos isso."

"Eu tive uma dessas também. Janie Bowers, a primeira mulher a me dar uma chupada. Eu continuei batendo uma pensando nisso até, sei lá, os trinta anos."

Eu o ignorei. Só conseguia pensar em Grace.

Scott continuou falando. "Ela era líder de torcida. Andava com o time de lacrosse do nosso colégio. O pessoal chamava ela de Terapeuta. Sei lá por quê. Pensei que ela fosse virar minha namorada depois daquele boquete."

"Não, não é nada disso. Eu namorei a Grace na época da faculdade, antes de conhecer a Elizabeth."

"Ah, então é *esse* o lance. Ela é bem gata. De repente você pode tentar retomar o contato."

"É, talvez", respondi, mas imaginei que seria impossível ela ainda estar solteira.

* * *

Deixei que Brody, a vendedora de dezessete anos da Verizon, me convencesse a comprar o iPhone mais recente. Na verdade, adquirir um aparelho do último modelo custaria oito dólares a menos por mês. Eu estava distraído ao assinar a papelada porque a imagem de Grace no metrô, sumindo no breu, continuava rodando em looping na minha mente desde então.

Enquanto comíamos pizza, Scott me ensinou a jogar Angry Birds. Considerei isso um grande passo na superação da minha tecnofobia. A garota que ele queria ver não estava trabalhando naquele dia, então voltamos para o escritório logo depois do almoço.

Já no meu cubículo, procurei Grace no Google com todas as variações possíveis — primeiro nome, nome do meio e sobrenome; primeiro nome e sobrenome; nome do meio e sobrenome —, mas não deu em nada. Como isso era possível? Que tipo de vida ela levava para ser totalmente impossível de rastrear na internet?

Fiquei pensando no que tinha acontecido entre nós. Pensei nela no metrô — ainda linda, como eu lembrava, mas diferente. Ninguém jamais descreveria Grace como "bonitinha". Apesar da estatura baixa, ela tinha uma beleza exuberante demais para ser considerada só bonitinha, com olhos verdes enormes e cabelo loiro bem comprido e volumoso. Os olhos côncavos dela pareciam mais fundos, e as feições um pouco mais duras do que da última vez que nos vimos. Bastou um olhar para eu perceber que Grace não era mais o espírito livre e efervescente de anos antes. Fiquei louco de curiosidade para saber qual era a atual situação de vida dela.

Uma salva de palmas emergiu da sala de descanso no fim do corredor. Fui até lá e testemunhei o fim do anúncio da gravidez da minha ex-mulher para nossos colegas de trabalho. Não muito tempo depois do divórcio, comecei a notar com mais atenção como as pessoas ao meu redor iam seguindo em frente na vida. Eu estava estático, parado na plataforma, vendo passar um trem atrás do outro, sem saber em qual embarcar. Elizabeth já estava na estação seguinte, começando uma família, enquanto eu me escondia naquela merda de cubículo, torcendo para não ser notado. Recebi com indiferença aquela notícia. Estava entorpecido...

mas de qualquer forma mandei um e-mail mais tarde, por uma certa obrigação latente, mesmo depois do fracasso do nosso casamento.

Elizabeth,
Parabéns. Estou feliz por você. Sei o quanto você queria ter um bebê.
Com carinho, Matt

Dois minutos depois, recebi uma notificação.

Carinho? Sério mesmo? Você não consegue dizer "amor" nem tendo passado uma década da sua vida comigo?

Eu não respondi. Tinha bastante pressa. Precisava voltar correndo para o metrô.

2. Cinco dias depois que vi você

MATT

Eu pegava o maldito trem F todos os dias na hora do almoço, levava uma hora inteira de viagem de Midtown Manhattan até o Brooklyn, contando ida e volta, na esperança de cruzar com Grace de novo, mas isso nunca aconteceu.

No trabalho, as coisas iam mal. Eu tinha proposto um trabalho de campo três meses antes, mas a ideia foi rejeitada. Então fui obrigado a testemunhar a felicidade de Elizabeth e Brad enquanto recebiam todos os parabéns pelo bebê — e pela promoção de Brad, que veio logo depois do anúncio.

Nesse meio-tempo, eu continuava recusando qualquer mudança na minha vida. Era uma poça de merda estagnada. Me ofereci para voltar a participar de filmagens, desta vez uma in loco na América do Sul com a equipe da *National Geographic*. Nova York não era mais a mesma. Tinha perdido a magia. A floresta amazônica, cheia de maravilhas naturais e doenças exóticas, parecia mais atraente do que receber ordens da minha ex-mulher e do marido presunçoso dela. Mas a minha proposta não foi aprovada nem recusada. Ficou parada na mesa de Scott junto com várias outras.

Ao refletir sobre a minha situação, encarei a parede vazia da sala de descanso. Perto do bebedouro, com um cone de papel com água pela metade na mão, repassei mentalmente os anos insignificantes do relacionamento com Elizabeth, me perguntando o porquê. Como foi que tudo saiu tanto dos trilhos?

"O que você tá fazendo, cara?" A voz de Scott vinha da porta.

Eu me virei e sorri. "Tô só pensando."

"Você parece um pouco mais animado."

"Pra falar a verdade, estava pensando em como, aos trinta e seis anos, fui acabar divorciado e preso num cubículo infernal."

Ele andou até a cafeteira, encheu uma caneca e se recostou no balcão. "Não foi porque você era um workaholic?", ele sugeriu.

"Não foi por isso que a Elizabeth me traiu. Ela correu direto para os braços magrelos do Brad, e ele trabalha mais do que eu. Porra, até ela trabalha mais do que eu."

"Por que ficar remoendo o passado? Olha pra você. Um cara tão alto. Ainda tem cabelo. E pode ser que" — ele apontou para a região do meu abdome — "tenha um tanquinho..."

"Você tá dando em cima de mim?"

"Eu mataria pra ter um cabelo como o seu."

Scott sofria de calvície precoce desde os vinte e dois anos, quando começou a raspar a cabeça inteira.

"Como as mulheres chamam essa coisa?" Ele apontou para a parte de trás da minha cabeça.

"Coque?"

"Não, tem um nome, tipo, mais sexy pra isso. A mulherada adora essa merda."

"Se fala coque masculino."

Ele ficou olhando para mim. "Minha nossa, cara. Você é um homem livre e desimpedido, Matt. Por que não está na selva em busca de uma nova caça? Não aguento mais ver você pra baixo desse jeito. Pensei que você tivesse desencanado da Elizabeth..."

Eu fechei a porta da sala. "E desencanei mesmo. Já tinha desencanado fazia tempo. Nem me lembro mais de quando ainda tinha sentimentos por ela. Eu me deixei levar pela fantasia, pela ideia de viajar junto e tirar fotos. Mas sempre faltava alguma coisa. Vai ver eu trabalhava demais mesmo. Quer dizer, a gente só falava sobre isso, e não restou nada em comum. E agora olha só a minha situação."

"E a garota do metrô?"

"O que é que tem?"

"Sei lá. Pensei que você fosse tentar entrar em contato com ela."

"É. Talvez. Mas não é tão fácil assim."

"Você só precisa dar a cara a tapa. Aparecer um pouco nas redes sociais."

Será que é lá que vou encontrar Grace? Eu me dividia entre a indecisão constante de tentar de tudo para achá-la e a vontade de desistir porque era totalmente inútil. Ela devia estar com alguém. Devia ser a esposa de alguém. Uma pessoa melhor que eu. A vontade era me afastar de tudo, para lembrar que ainda não tinha nada.

"Se você está tão preocupado comigo, por que não aprovou a minha solicitação de viagem?"

Ele fechou a cara. Quando vi a profundidade nas rugas da testa de Scott, me dei conta de que nós dois tínhamos a mesma idade... e ele estava envelhecendo.

"Eu não estava falando de uma selva de verdade, cara. Fugir não vai resolver os seus problemas."

"Você virou meu psicólogo agora?"

"Não, eu sou seu amigo. Lembra quando você pediu pra trabalhar aqui na sede?"

Fui andando na direção da porta. "Só pensa a respeito. Por favor, Scott."

Pouco antes de eu sair da sala, ele falou: "Você tá indo atrás da coisa errada. Isso não vai te fazer feliz".

Ele tinha razão, e eu admitia isso internamente, mas não para o mundo. Achava que, se ganhasse outro prêmio e conquistasse reconhecimento pelo meu trabalho, isso preencheria o vazio que estava me consumindo. Mas, no fundo, sabia que essa não era a solução.

Depois do expediente, me sentei num banco no ponto de ônibus em frente ao prédio da *National Geographic*. Fiquei observando a multidão querendo voltar para casa, andando com o passo apressado pelas calçadas lotadas de Manhattan. Seria possível julgar o nível de solidão de uma pessoa pela pressa? Ninguém que tivesse alguém a sua espera em casa ficaria sentado num ponto de ônibus, depois de uma jornada de dez horas, só para observar o movimento. Eu sempre levava comigo na mochila uma velha Pentax da época da faculdade, mas não usava fazia anos.

Tirei a câmera do estojo e comecei a clicar as pessoas que entravam e saíam da estação de metrô, que esperavam os ônibus, que acenavam para os táxis. Torci para vê-la através das lentes de novo, como tinha acontecido tantos anos antes. Seu espírito vibrante; sua maneira de imprimir cor a um retrato em preto e branco só com o próprio magnetismo. Eu pensava em Grace com frequência desde sempre. Coisas simples, como o cheiro de panquecas doces à noite, ou o som de um violoncelo na Grand Central ou no Washington Square Park num dia quente, eram capazes de me transportar diretamente para aquele ano da graduação. O ano que passei apaixonado por ela.

Era difícil voltar a ver a beleza de Nova York. De fato, boa parte da sujeira e da bagunça não estava mais lá, pelo menos no East Village; tudo passou a ser mais limpo e mais verde, mas a energia palpável dos tempos de estudante também tinha desaparecido. Pelo menos para mim.

O tempo passa, a vida continua, os lugares mudam, as pessoas também. Ainda assim, eu não conseguia tirar Grace da cabeça depois de encontrá-la naquele trem. Quinze anos era tempo demais para se manter apegado a alguns momentos em que o meu coração batera mais forte quando era um rapaz.

3. Cinco semanas depois que vi você

MATT

"Matt, eu tô falando com você."

Levantei a cabeça e vi Elizabeth espiando por cima da divisória do cubículo.

"Hã?"

"Eu perguntei se você quer almoçar com a gente pra ver os slides novos."

"A gente quem?"

"Scott, Brad e eu."

"Não."

"Matt...", ela falou em tom de repreensão. "Você precisa estar presente."

"Tô ocupado, Elizabeth." Eu estava resolvendo o sudoku impresso no saco de papel pardo da lanchonete onde comprava sanduíches de peru. "E já tô comendo. Não tá vendo?"

"Você deveria comer na sala de descanso, não aqui. Dá pra sentir esse cheiro de cebola lá do fim do corredor."

"Isso é coisa da gravidez", eu resmunguei enquanto dava mais uma mordida.

Ela bufou e saiu murmurando qualquer coisa para si mesma.

Scott apareceu no meu cubículo em seguida. "A gente precisa ver logo esses slides, cara."

"Será que eu não posso nem comer em paz? Aliás, você chegou a ver a minha solicitação?"

Ele sorriu. "Você já conversou com a garota do metrô?"

"Peguei a mesma linha até o Brooklyn todos os dias durante um mês, e nada. Eu bem que tentei."

Era verdade, eu tinha mesmo procurado Grace. Depois do trabalho, passava por todos os lugares que costumávamos frequentar no East Village; cheguei até a rondar a frente do alojamento da NYU onde nós dois tínhamos morado. Não deu em nada.

"Hum." Ele coçou o queixo. "Com tantos recursos tecnológicos por aí, uma hora você encontra. De repente ela escreveu um anúncio na página de Conexões Perdidas. Você procurou por lá?"

Deixei o sanduíche de lado. "O que é uma página de 'conexões perdidas'?"

Ele entrou no cubículo. "Levanta daí, me deixa sentar." Eu saí da cadeira. Scott abriu o Craigslist no computador e foi até a seção de Conexões Perdidas. "É tipo quando a gente vê alguém por aí e rola um interesse, mas não consegue interagir. Você pode postar sobre isso e torcer pra lerem."

"Não seria mais fácil pegar o número da pessoa na hora?"

"É um lance dessa nova geração, o pessoal é todo sensível. Tipo, o cara não tem coragem de chegar em alguém, mas se tiver um clima, dá pra publicar alguma coisa aqui. Se o sentimento for correspondido, podem acabar vendo e respondendo. Não tem risco nem problema nenhum. Você descreve o que rolou e o que estava vestindo no dia, pra saberem que é você mesmo."

Eu fiquei só olhando para a tela, pensando que aquela era uma ideia muito idiota. "Pois é, mas na verdade eu conhecia a Grace. Podia ter falado com ela se o trem não tivesse começado a andar em um segundo."

Ele girou a cadeira para me encarar. "Escuta só, vocês não vão se cruzar de novo no metrô. Essa chance é mínima. Vai saber se ela não escreveu um post?"

"Vou procurar. Mas, se ela quisesse me encontrar, com certeza não seria nem um pouco difícil. Eu não mudei de nome e ainda trabalho no mesmo lugar."

"Nunca se sabe. Não custa nada dar uma olhada."

Passei a tarde inteira lendo postagens do tipo: *Vi você no parque, de jaqueta azul. Trocamos olhares o tempo todo. Se gostou de mim, me liga.* Ou: *Onde você foi parar naquela noite no SaGalls, numa hora estava falando de martíni com cereja e depois sumiu? Pensei que estivesse a fim de mim. O que aconteceu?* E o bastante frequente: *Quero fazer um monte de sacanagens com você. Pensei que soubesse disso quando chegou dançando daquele jeito e ficou se esfregando na minha perna no ClubForty. Me liga.*

Grace não estava lá, além disso era quase impossível encontrar alguém com menos de trinta anos na página de Conexões Perdidas. Foi quando li um post chamado "Um poema para Margaret".

Houve um tempo que existia um você e eu
Éramos amantes
Éramos amigos
Antes que a vida mudasse
Antes de virarmos dois estranhos
Você ainda pensa em mim?
— Joe

Era inconcebível que um Joe e uma Margaret de vinte e poucos anos falassem assim. De uma forma até assustadora, aquilo expressava exatamente o que eu sentia em relação a Grace, e por um momento me perguntei se não era ela. Liguei para o número do anúncio, e um homem atendeu.

"Alô, é o Joe?"

"Não. Já é a terceira vez que ligam hoje perguntando isso. Com certeza o Joe é um cara muito requisitado, mas ele não mora aqui, não."

"Obrigado."

Eu desliguei. De repente, o andar inteiro escureceu, com exceção das lâmpadas fluorescentes em cima da minha cabeça e da luminária na minha mesa. Do corredor, Scott gritou: "Vou deixar essa aí acesa pra você, Matt! Vai fundo". Ele sabia exatamente o que eu estava fazendo. Talvez Grace pudesse ler a minha postagem, talvez não. Fosse como fosse, eu precisava escrever — mesmo com a única finalidade de organizar os pensamentos.

Para meu Amor de Olhos Verdes:

Nós nos conhecemos há quase quinze anos, quando eu me mudei para o quarto ao lado do seu no alojamento estudantil da NYU.

Você disse que ficamos amigos à primeira vista. Eu prefiro pensar que havia algo mais.

Foi uma alegria descobrir um ao outro através da música (você era obcecada pelo Jeff Buckley), da fotografia (eu não conseguia parar de fotografar você), dos passeios pelo Washington Square Park e das coisas estranhas que precisávamos fazer para ganhar dinheiro. Aprendi mais sobre mim mesmo naquele ano do que em qualquer outra época.

Mas, por algum motivo, tudo isso se perdeu. Perdemos contato logo depois da formatura, quando eu fui à América do Sul trabalhar para a National Geographic. Quando voltei, você tinha sumido. Uma parte de mim ainda se questiona se eu não peguei muito pesado com você depois daquele casamento...

Só fui te rever um mês atrás. Era uma quarta-feira. Você estava se balançando em cima da faixa amarela da plataforma do metrô, esperando o trem F. Só percebi que era você quando já era tarde demais. De novo. Você disse o meu nome; eu li os seus lábios. Queria ter parado o trem só para poder dizer um oi.

Depois disso, todos os sentimentos e as lembranças da juventude voltaram com tudo, e já faz quase um mês que não paro de pensar em como deve estar a sua vida. Pode ser uma maluquice total da minha parte, mas o que você acha de sair para beber alguma coisa e conversar sobre o que aconteceu nessa década e meia?

M
(212)-555-3004

SEGUNDO MOVIMENTO:
QUINZE ANOS ANTES

4. Quando eu conheci você

MATT

Nós nos conhecemos em um sábado, no alojamento dos formandos. Ela estava lendo uma revista no saguão enquanto eu sofria para carregar pelo corredor a minha escrivaninha de madeira com dezenove anos de uso. Era o meu único pertence que a minha mãe tinha enviado da Califórnia, além de uma caixa com o equipamento fotográfico e uma bolsa de lona com roupas.

Quando ela olhou na minha direção, fiquei paralisado e constrangido, torcendo para que não me visse todo desengonçado equilibrando a mesa.

Não tive essa sorte.

Em vez disso, ela me deu uma boa encarada, inclinou a cabeça e estreitou os olhos. Parecia que estava tentando lembrar o meu nome. Mas com certeza nós nunca tínhamos nos encontrado. Sem chance que eu esqueceria um rosto como o dela.

Continuei imóvel e perplexo enquanto a olhava. Ela tinha olhos verdes enormes e incandescentes, que faiscavam com uma energia capaz de monopolizar as atenções. A boca estava se movendo, e eu olhando bem para ela, mas sem ouvir uma palavra; só conseguia pensar no quanto era linda, e de uma forma inigualável. As sobrancelhas emoldurando os olhos grandes e amendoados eram mais escuras do que o cabelo platinado, e a pele devia ter um sabor deliciosamente doce.

Ai, meu Deus, eu tô pensando no gosto da pele dessa garota?

"Bueller?"

"Hã?" Eu pisquei algumas vezes.

"Eu perguntei se você quer uma ajudinha." Ela sorriu, com pena de mim, e apontou para a escrivaninha equilibrada no meu joelho.

"Ah, sim, claro. Obrigado."

Sem hesitar, ela deixou a revista de lado, pegou uma das pontas do móvel e começou a andar para trás num ritmo difícil de acompanhar.

"Eu sou a Grace, aliás."

"Prazer", eu respondi, ofegante. O nome combinava com ela.

"E você, tem nome?"

"É o próximo", eu falei, apontando com o queixo.

"Seu nome é *O Próximo*? Que lástima, mas por outro lado fico curiosa para saber como os seus pais inventaram isso." Ela sorriu.

Eu soltei uma risadinha nervosa. Ela era de uma beleza estonteante, mas também tinha um lado meio palhaça. "Quis dizer que o meu quarto é o próximo."

"Eu sei, bobinho. Mas ainda não descobri o seu nome."

"Matt."

"Certo, Matt, o Próximo", ela falou depois de parar na frente do quarto. "Qual é o seu curso?"

"Fotografia."

"Ah, então eu te conheço lá da Tisch?"

"Não. É o meu primeiro ano aqui."

Ela pareceu intrigada. Eu claramente a fazia se lembrar de alguém. Só torci para que fosse de uma pessoa legal. Depois que pusemos a escrivaninha no chão, passei por ela para destrancar a porta. Com a cabeça baixa, não tirava os olhos dos meus Vans. "Pois é, acabei de me transferir da usc."

"Sério? Eu nunca fui pra Califórnia. Não acredito que você saiu da usc pra morar aqui neste asilo de velhinhos."

"Lá não era muito a minha cena." Eu me virei, me recostando na porta antes de abrir. A troca de olhares durou um pouco mais do que deveria, e cada um tratou de virar a cabeça para lados diferentes. "Eu precisava sair um pouco da Califórnia." Apesar do nervosismo, não queria que ela fosse embora. "Quer conversar um pouco enquanto eu arrumo as coisas?"

"Claro."

Ela empilhou livros na frente da porta para mantê-la aberta e me ajudou a entrar com a escrivaninha e posicioná-la no canto do quarto. Em seguida, sentou no tampo da mesa com as pernas cruzadas como se fosse meditar e levitar. Olhei ao redor do cômodo pela segunda vez naquele dia. Vinha com a mobília padrão completa: cama metálica de solteiro, mesinha que poderia servir como aparato fotográfico, aparelho de som que o último morador deixara para trás largado no chão, além de uma estante vazia. A minha caixa grande tinha alguns dos meus discos, livros, fotos e CDs favoritos. Já a pasta de portfólio de couro continha a minha melhor produção dos tempos da USC. Grace imediatamente começou a folhear. Havia duas janelas estreitas e compridas que iluminavam com perfeição o rosto de Grace. Era como se a luz do sol procurasse por ela.

"Uau, essa ficou incrível. É a sua namorada?" Ela estava mostrando uma foto de uma garota maravilhosa cujos olhos eram diabólicos e as curvas do corpo nu estavam completamente expostas.

"Não, ela não era minha namorada. É só uma amiga." Era verdade, mas ela também tinha articulado com os lábios as palavras *Você quer me comer?* pouco antes de eu tirar a foto, enquanto meu amigo — o namorado dela — presenciou tudo. Foi como eu falei, a USC não era a minha cena.

"Ah", ela disse baixinho. "Enfim, é uma foto muito boa."

"Obrigado. A luz aqui é incrível. Que tal eu tirar algumas de você?"

Percebi que ela engoliu em seco. Os olhos se arregalaram, e me dei conta de que ela devia ter pensado que eu queria fotografá-la nua. "Hã, com roupa, é claro."

A expressão dela se amenizou. "Claro, com prazer." Ela continuou observando a foto. "Mas eu poderia posar igual à garota aqui, se o resultado sair assim." Ela voltou os olhos verdes para mim. "Talvez algum dia, quando a gente se conhecer melhor. Em nome da arte, né?" Ela deu uma risadinha.

Tive que me esforçar para não a imaginar nua. "Ah, sim, em nome da arte." E, de fato, ela era uma obra de arte. A sua camisa era masculina e branca, com os dois primeiros botões abertos. As unhas do pé pintadas de rosa chamaram atenção antes que o meu olhar subisse para a pele sob o buraco da calça jeans na altura no joelho. Fiquei observando Grace trançar o cabelo loiro comprido por cima do ombro. Não conseguia tirar os olhos daquela garota, o que era óbvio, mas, em vez de me repreender, ela apenas sorriu.

"Por que você chamou o alojamento de asilo de velhinhos?", eu perguntei ao desembalar os objetos da caixa grande. Precisava me distrair e parar de encará-la.

"Porque aqui é um puta tédio. Sério mesmo, cheguei faz uma semana e já sinto a minha alma morrendo."

Eu dei risada do teor dramático. "É tão ruim assim?"

"Não toquei violoncelo nenhuma vez desde que mudei pra cá; fico com medo de reclamações. Aliás, se achar que eu toco alto demais, você me avisa, ok? É só bater na parede ou sei lá."

"Como assim?"

"Eu moro no quarto ao lado. As salas de ensaio são longe demais, então provavelmente vou praticar bastante aqui. Sou formanda em música."

"Bem legal. Vou adorar ouvir você tocar um dia desses." Eu mal podia acreditar que ela morava justo no quarto ao lado.

"Quando você quiser. Olha, no último ano, não tem muita gente ainda morando nos alojamentos. Qual é a sua desculpa?"

"Falta de grana pra morar em outro lugar." Percebi que ela estava usando um emblema com letras gregas. "E você? Por que não tá numa casa de sororidade?"

Ela apontou para o emblema no peito. "Ah, por causa disto? É falso. Quer dizer, não exatamente falso; eu roubei. Também sou pobre demais pra bancar um lugar melhor. Meus pais não têm grana pra me ajudar a pagar a faculdade, e não é fácil manter um emprego tendo que ensaiar tanto. Com isso eu como de graça no refeitório da 14th Street." Ela ergueu o punho e deu um soco no ar. "Pi Beta Phi, macarrão com queijo pra sempre!"

Era uma graça mesmo, como o nome dela dizia. "Não consigo imaginar este lugar sendo um tédio se você mora aqui."

"Valeu." Levantei a cabeça e percebi que ela ficou vermelha. "Não sou a alma da festa, não, mas meus amigos músicos vão dar uma animada quando as aulas começarem e todo mundo estiver de volta na cidade. Cheguei a morar com um monte de gente num apartamento meio merda no verão e me acostumei a ficar cercada de amigos. E aqui é bem parado. A maioria das pessoas fica na delas."

"Por que você não passou o verão em casa?"

"Falta de espaço. A casa dos meus pais é pequena, e eu tenho três irmãs mais novas e um irmão. Todo mundo ainda mora lá." Ela saltou da mesa e foi para o outro lado do quarto olhar o que eu tinha tirado da caixa e empilhado no chão. "Não acredito!" Ela pegou *Grace*, do Jeff Buckley. "Ele é basicamente o motivo pra eu ter vindo estudar na NYU."

"O cara é um gênio. Já foi num show dele?"

"Não. Mas morro de vontade. Acho que ele tá morando em Memphis. Eu vim do Arizona pra Nova York e passei os três primeiros meses procurando por ele no East Village. Tipo, bem groupie mesmo. Aí soube que ele tinha se mudado da cidade fazia um tempão. Ainda escuto *Grace* todos os dias. É a minha bíblia musical. Gosto de pensar que ele pôs o nome no álbum por minha causa." Ela deu uma risadinha. "Quer saber? Você é meio parecido com ele."

"Sério?"

"É, o seu cabelo é mais bonito, mas os dois têm olhos escuros e profundos. E ficam bem com a barba por fazer."

Passei os dedos pelo queixo, sentindo uma pontada de insegurança. "Acho que tô precisando raspar."

"Não, eu curti. Fica bem assim. E vocês dois têm um físico mais magro, mas você deve ser mais alto. Qual é a sua altura?"

"Um e oitenta e cinco."

Ela assentiu com a cabeça. "É, ele é bem mais baixo."

Me sentei na cama e me recostei, com as mãos atrás da cabeça, me divertindo enquanto a observava. Ela pegou a minha antologia de poesia beat. "Uau. Nós com certeza somos irmãos de alma. Por favor, me diz que vou encontrar o Vonnegut aqui também."

"Com certeza você vai encontrar o Vonnegut. Me passa aquele CD ali que eu vou pôr pra tocar", eu pedi, apontando para *Ten*, do Pearl Jam.

"Preciso ensaiar daqui a pouco, mas você pode pôr 'Release'? É a minha favorita desse álbum."

"Claro, mas só se eu puder te fotografar."

"Tudo bem." Ela deu de ombros. "E o que eu faço?"

"O que for mais natural."

Pus o CD no aparelho de som e comecei a fotografar. Grace se movimentou pelo quarto no ritmo da música, dançando e cantando.

Em determinado momento, ela parou e olhou bem séria para a lente. "Eu tô muito ridícula?"

"Não", eu falei, sem parar de acionar o obturador. "Tá linda."

Ela abriu um sorriso tímido e baixou o corpo miúdo sobre o piso de madeira, sentada como uma criança. Em seguida, estendeu o braço e pegou um botão. Eu continuei a tirar fotos e mais fotos.

"Alguém perdeu um botão", ela comentou com uma voz meio cantada.

Grace estreitou os olhos verdes e faiscantes bem na direção da lente. A última foto foi bem desse momento.

Ela se levantou, estendeu a mão e me entregou o botão. "Toma." Então parou um pouco e olhou para o teto. "Nossa, eu adoro essa música. Tô inspirada agora. Obrigada, Matt. Tenho que ir. Foi ótimo conhecer você. A gente pode conversar melhor outro dia, né?"

"Claro. A gente se vê."

"Vai ser difícil não ver. Eu moro no quarto ao lado, lembra?"

Ela saltitou porta afora, e no instante seguinte, quando Eddie Vedder terminou de cantar os últimos versos, ouvi os acordes graves do violoncelo através das paredes finas do alojamento. Ela estava tocando "Release". Movi a cama até o outro lado do quarto para que ficasse encostada na parede que eu dividia com Grace.

Dormi ao som do ensaio dela tarde da noite.

Passei a primeira manhã ali sustentado por uma barrinha de cereais velha, rearranjando os três móveis do quarto até me dar por satisfeito com o espaço minúsculo que seria a minha casa pelo ano seguinte. Em certo ponto, encontrei um post-it colado embaixo da gaveta vazia da escrivaninha. O bilhete, escrito com a caligrafia da minha mãe, dizia: *Não se esqueça de ligar para a sua mãe*. Ela não me deixaria esquecer, e eu adorava isso.

O orelhão ficava no primeiro andar. Uma garota de calça de moletom e óculos escuros estava sentada naquele canto, com o telefone no ouvido.

"Eu não consigo viver sem você, Bobbie", ela choramingava, limpando as lágrimas do rosto. Ela fungou e apontou para uma caixa de lenços de papel. "Ei! Você pode pegar pra mim?"

Alcancei para ela os lencinhos na mesa de canto perto de um sofá velho com um leve cheiro de Doritos. "Você ainda vai demorar muito?"

"Tá falando sério?" Ela baixou os óculos na ponta do nariz e me analisou por cima das lentes.

"Preciso ligar pra minha mãe." *Como eu sou patético. Mais ainda que essa garota.*

"Bobbie, tenho que desligar, tem um cara aqui que precisa telefonar pra mamãe dele. Eu ligo de novo em quinze minutos, tá bom? É, um cara aqui." Ela me olhou de cima a baixo. "Com camiseta do Radiohead. Pois é, tem costeletas... magrinho."

Eu gesticulei como quem diz: *Você tá maluca?*

"Certo, Bobbie, te amo, bebê, tchau. Não, desliga você... não, você primeiro."

"Vamos logo", eu murmurei.

Ela levantou e desligou. "É todo seu."

"Obrigado." Ela revirou os olhos. "Te amo, bebê", eu repeti quando ela se afastou.

Peguei o cartão telefônico na carteira e disquei o número da minha mãe.

"Alô."

"Oi, mãe."

"Matthias, como é que você tá, querido?"

"Bem. Acabei de me instalar aqui."

"Já ligou pro seu pai?"

Eu fiz uma careta. Tinha me transferido para NYU justamente com o propósito de ficar o mais longe possível do meu pai e da decepção dele. Mesmo depois que ganhei prêmios de fotografia na faculdade, ele continuava acreditando que eu não tinha futuro no ramo.

"Não, por enquanto só pra você."

"Sorte a minha", ela falou com sinceridade. "E como é o alojamento? Já conheceu o laboratório fotográfico daí?"

Minha mãe era a única pessoa que me apoiava. Adorava posar para as minhas fotos. Quando eu era mais novo, ela me presenteou com a velha câmera Ciro-Flex do meu avô, que deu início à minha obsessão. Aos dez anos de idade, eu já tirava fotos de tudo e todos.

"O alojamento é ok, e o laboratório é ótimo."

"Já fez alguma amizade?"

"Com uma garota. Grace."

"Ahhh..."

"Não é nada disso, mãe. É só amizade mesmo. A gente se conheceu e conversou um pouco ontem."

A garota apaixonada voltou, se sentou e se esparramou no braço do sofá dramaticamente e, de cabeça para baixo, ficou me encarando. Aquele rosto estranho e invertido me deixou desconfortável.

"Ela gosta de arte, que nem você?"

"Sim, de música. Ela foi bem legal. Simpática."

"Que ótimo." Dava para ouvir o som dos talheres e dos pratos do outro lado da linha. Eu me distraí pensando que a minha mãe não precisaria lavar louça se ainda fosse casada com o meu pai, um advogado bem-sucedido do ramo do entretenimento, enquanto ela era professora de artes numa escola particular, e o salário era bem baixo. Eles se divorciaram quando eu tinha catorze anos. Meu pai se casou de novo logo em seguida, mas a minha mãe continuou solteira. Na adolescência, eu decidi morar com o meu pai e a minha madrasta, apesar de sentir que o meu lar era na casinha térrea da minha mãe em Pasadena. Mas a casa do meu pai tinha mais espaço para mim e o meu irmão mais velho.

"Muito bem. Já soube que o Alexander pediu a Monica em casamento, né?"

"Sério? Quando?"

"Uns dias antes de você ir embora. Pensei que ele tivesse te contado."

Meu irmão e eu não nos falávamos, principalmente sobre a Monica, que já tinha sido minha namorada. Ele estava seguindo os passos do meu pai, prestes a ser admitido na ordem dos advogados da Califórnia. Na visão dele, eu era um fracassado.

"Que bom pra ele", comentei.

"Pois é, eles combinam." Houve um breve silêncio. "Você vai encontrar alguém, Matt."

Dei risada. "Mãe, quem disse que eu tô procurando?"

"Só fica longe dos bares."

"Eu frequentava mais bares antes dos vinte e um anos do que agora."
A garota apaixonada revirou os olhos para mim. "Preciso desligar, mãe."

"Tudo bem, querido. Vê se não demora pra me ligar de novo. Quero saber mais sobre a Grace."

"Certo. Te amo, bebê." Dei uma piscadinha para a garota, que levantou para me encarar.

"Hã, eu também te amo?", ela respondeu, aos risos.

5. Você era radiante

MATT

Eu matava o tempo reorganizando meu portifólio. Sabia que precisaria sair e fazer novas amizades em algum momento, mas por ora estava tentando atrair a atenção de uma pessoa em particular, fosse na entrada ou na saída. Talvez estivesse sendo muito óbvio ao deixar a porta entreaberta, por outro lado também não estava nem aí, principalmente quando enfim ouvi a voz de Grace no corredor.

"Toc-toc." Me levantei para vestir uma camisa, mas ela empurrou a porta com o dedo indicador antes disso.

"Ai, desculpa", ela falou.

"Não esquenta." Eu abri a porta e sorri. "Oi, vizinha."

Encostada no batente da porta, os olhos dela desceram pelo meu rosto e pelo meu peito, até o ponto onde a calça jeans deixava à mostra um pedaço da cueca boxer, e por fim até as minhas botas pretas.

"Gostei... da sua bota." Quando nossos olhos se reencontraram, os dela se semicerraram levemente.

"Obrigado. Quer entrar?"

Grace fez que não com a cabeça. "Não, na verdade eu vim te chamar pra almoçar. É de graça", ela se apressou em dizer e, antes que eu pudesse abrir a boca, acrescentou: "Eles inclusive vão pagar você".

"De que tipo de estabelecimento com almoço grátis estamos falando?" Levantei uma sobrancelha.

Ela deu risada. "Você vai ter que confiar em mim. Anda, põe uma camisa. Vamos lá."

Eu passei os dedos pelo cabelo, que estava espetado em todas as direções. Os olhos dela se voltaram de novo para o meu peito e os meus braços. Era difícil desviar a atenção daquele rosto em formato de coração, mas baixei o olhar e vi as mãos dela inquietas ao lado do corpo. Ela usava um vestido preto florido, meia-calça e botinhas de couro. Se balançou sobre os saltos da bota algumas vezes. Grace lembrava um beija-flor, por ser uma daquelas pessoas que nunca parava quieta, sempre movimentando alguma parte do corpo.

"Me dá só um segundinho. Preciso de um cinto." Fiquei remexendo as coisas no chão, mas não consegui encontrar nenhum. A calça já estava quase caindo.

Grace se empoleirou na cama e ficou me olhando. "Não tem cinto?"

"Não tô encontrando."

Ela foi até uma pilha de calçados perto do closet. Em seguida tirou o cadarço de um dos meus tênis Converse, fez a mesma coisa com um Vans e amarrou uma ponta à outra. "Isso deve servir."

Peguei o cinto improvisado da mão dela e passei pela cintura.

"Valeu."

"Não esquenta."

Quando vesti uma camiseta preta dos Ramones, ela abriu um sorriso de aprovação.

"Gostei. Tá pronto?"

"Vamos nessa, G."

Nós descemos correndo os três lances de escadas, e Grace abriu a porta de vidro do prédio. Caminhando na minha frente, ela abriu os braços e olhou para o céu. "Que dia lindo da porra!" Então se virou e estendeu a mão. "Vem, é por aqui!"

"Devo ficar preocupado? É muito longe?"

"Uns seis quarteirões de distância. E não, você não tem com que se preocupar. Vai gostar disso. O seu coração vai se sentir melhor, a sua carteira vai se sentir melhor e a sua barriguinha vai se sentir melhor."

Não conhecia ninguém com mais de doze anos que ainda dizia "barriguinha". Andamos lado a lado, ombro a ombro, sentindo o calor que irradiava da calçada.

"Ouvi você tocando ontem à noite."

Ela me lançou um olhar apreensivo. "Eu fiz barulho demais?"

"De jeito nenhum."

"Minha amiga Tati veio praticar comigo. Ela toca violino. Espero não ter atrapalhado o seu sono."

"Eu gostei bastante, Grace", falei com toda a seriedade. "Como você aprendeu a tocar?"

"Sozinha. Minha mãe comprou um violoncelo pra mim num bazar de garagem quando eu tinha nove anos. Minha família não tinha muita grana, como você já deve ter percebido. O violoncelo não tem trastes, então isso exigiu bastante treino de ouvido. Eu escutava um monte de discos e ia tentando reproduzir os sons. Tive um violão depois disso, e mais tarde um piano, aos doze anos. No ensino médio, minha professora de música escreveu uma carta de recomendação me colocando nas alturas. Foi assim que entrei aqui. Mas como o ano passado não foi fácil, eu não sabia se ia continuar."

"Por quê?"

"Nunca tive nenhuma educação musical além da banda da escola, e tudo aqui é bem competitivo. Basicamente tô tendo que me matar pra virar uma instrumentista de estúdio."

"E que tipo de música você curte tocar?"

"De tudo um pouco. Gosto muito de rock, mas de clássicos também. E, apesar de ser um saco arrastar aquele trambolho por aí, adoro o violoncelo. Amo esse lance da textura do som poder ser mais áspera ou mais suave. Quando toco as cordas com o arco, é como se eu estivesse jogando pedras num lago, e fico imaginando as pedrinhas lisas ricocheteando pela superfície da água." Eu detive o passo. Ela andou mais um pouco e se virou para mim. "O que foi?"

"Esse foi um jeito muito bonito de explicar o que você faz, Grace. Eu nunca pensei em música assim."

Ela suspirou. "Seria bom se a paixão bastasse."

"Não existe certo nem errado na arte. Minha mãe sempre diz isso."

Percebi que ela concordou levemente com a cabeça e apontou para a rua. "Vem, a gente precisa acordar."

Eu ainda estava totalmente perdido em Nova York, não sabia me orientar pelas ruas, nem andar de metrô, então ter Grace por perto amenizava a sensação de ser novo naquela cidade enorme.

"Então, você tem namorado?"

Ainda olhando para a frente, ela não hesitou nem um pouco ao responder. "Não, eu não namoro."

"Só sexo casual, então?" Eu abri um sorriso.

Ela ficou vermelha. "Uma dama não comenta. E você?"

"Eu namorei por uns dois anos depois de sair do colégio, mas desde então nada sério. Ela tá noiva do meu irmão agora, de fato o meu histórico de relacionamentos é realmente incrível."

"Tá brincando?"

"Não."

"E isso não é estranho? Quer dizer, o que aconteceu?"

"Ela me deu um pé na bunda na mesma semana em que eu falei que ia cursar fotografia. Foi igual com o meu pai." A última parte eu murmurei só para mim.

"E vocês tinham um relacionamento legal?"

"O meu pai e o da Monica são sócios num escritório de advocacia. Foi uma coisa meio arranjada. Eu gostava dela, mas nunca achei que a gente tivesse futuro. Ela queria que eu estudasse direito, só que essa não era a minha praia. Nesse sentido, a gente era bem diferente um do outro. Aí, duas semanas pós-término, ela começou a sair com o meu irmão. Nunca conversei com ele sobre isso. Podia ter falado um monte, mas não quis me rebaixar a esse nível. Ele que fique com ela."

"Você ficou mal?"

"Nem um pouco. Acho que isso diz bastante, né? A parte mais difícil é não dar risada dessa idiotice toda quando tô perto deles. Mais um motivo pra eu ter saído de Los Angeles. Meu irmão acabou de se formar em direito e gosta de esfregar isso na minha cara. Preciso me segurar pra não dizer que ele vai passar o resto da vida sabendo que eu já comi a esposa dele."

"Ah." Com as bochechas vermelhas, Grace pareceu levemente chocada. Não sabia ao certo se ela estava ofendida.

Continuamos andando em silêncio enquanto eu me repreendia por ter sido tão grosseiro. Então Grace apontou para uma placa. "Chegamos."

"A gente vai almoçar no New York Plasma Center?"

"Pois é. O lance é o seguinte: na primeira vez, você só pode doar plasma. Então trata de comer os pretzels e as barrinhas de cereal grátis que conseguir e beber o máximo de suco possível. Depois você pode ficar comigo enquanto tiram as minhas plaquetas."

"Espera aí... como é?"

"Ah, sim, as plaquetas demoram, tipo, uma hora, aí dá tempo de comer à vontade. Depois você ganha vinte e cinco pratas, e eu, cinquenta."

Enquanto eu tentava processar o que Grace dizia, ela caiu na risada. E acabei rindo também.

"Você acha que é loucura, né?"

"Não, é uma ótima ideia. Você é genial."

Ela me cutucou de leve com o cotovelo. "A gente vai se dar bem."

No banco de sangue, todos os funcionários reconheceram Grace e sorriram ou acenaram para nós na fila.

"Você vem sempre aqui?"

"Essa cantada é a mais manjada do mundo, Matt. Você precisa atualizar o seu repertório."

"É que eu curto muito garotas com plaquetas saudáveis."

"Assim é melhor. Você ganhou minha atenção. E tá com sorte, porque eu gosto muito de caras chamados Matthew."

"Na verdade, meu nome é Matthias."

"Porra, sério mesmo?" Ela inclinou a cabeça de lado. "Nunca ouvi esse nome. É bíblico?"

"Pois é. Significa 'divino'."

"Ah, para com isso."

"Não, é verdade. Significa 'apêndice divino'." Ela demorou um instante para entender aquilo. Fiz de tudo para segurar o sorriso.

Ela ficou boquiaberta. "Você é..." Grace balançou a cabeça e me puxou para perto do balcão.

"O quê? Eu sou o quê?"

"Um sem-vergonha!" Ela se voltou para a recepcionista. "Oi, Jane. Esse é o meu amigo Matthias. Ele tem um sangue de primeira qualidade e queria vender um pouco pra vocês."

"Você veio ao lugar certo." Ela pegou formulários debaixo do balcão. "Qual é mesmo o seu sobrenome, Grace?", a funcionária perguntou enquanto remexia nos arquivos.

"Starr."

"Isso mesmo, como é que eu fui esquecer? E você vai tirar só plasma hoje, Matthias?"

"Sim. É Matthias William Shore, se precisar do nome completo."

Grace me olhou de canto de olho. "Ora, Matthias William Shore, eu sou Graceland Marie Starr. Muito prazer." Ela estendeu a mão para me cumprimentar.

Eu beijei os dedos dela. "O prazer é todo meu. Graceland, né?"

Ela ficou vermelha. "Meus pais são fãs do Elvis."

"Um lindo nome para uma linda moça."

A mulher atrás do balcão encerrou abruptamente nossa troca de gentilezas. "Só sangue, Grace, ou plaquetas também?"

"Hoje eu vou vender minhas plaquetas enormes e voluptuosas." Ela se inclinou para perto de mim e murmurou no meu ouvido. "Ficou excitado agora?"

Eu dei risada. Ela sabia ser abusada, mas isso não escondia por completo o lado meigo e tímido. Algo nela me fazia querer conhecê-la de todas as formas possíveis.

Depois que os formulários foram preenchidos e os exames de sangue ficaram prontos, fomos levados para uma sala espaçosa onde dez pessoas estavam tirando sangue. Nós deitamos um ao lado do outro em camas reclináveis. Grace me observou com um sorriso enquanto espetavam uma agulha no meu braço. Ela foi plugada a uma máquina que tirava o sangue por um braço, removia as plaquetas e devolvia o plasma pelo outro. Eu comi pretzels à medida que o meu sangue era bombeado para a bolsa plástica. Ela levantou seu suco e falou: "um brinde".

Eu estava começando a me sentir tonto, quase inebriado. Um vazio passou a preencher a minha visão periférica. "O melhor encontro da minha vida", respondi, um tanto zonzo, erguendo a minha caixa de suco.

Ela sorriu, mas havia compaixão no olhar. "Quem disse que é um encontro?" Eu encolhi os ombros num gesto letárgico. "Vamos fazer um trato. Se você não desmaiar, podemos sair pra um encontro de verdade", Grace falou antes que a minha visão escurecesse de vez.

Pelo jeito, sal de amônia funciona mesmo. Quando meus olhos se abriram, dei de cara com uma enfermeira parecida com a Julia Roberts em *Três mulheres, três amores* debruçada sobre mim. Suas sobrancelhas grossas se franziram, e o cabelo comprido sacudiu quando ela falou: "Está tudo bem, querido?".

Eu assenti com a cabeça. "Acho que sim. Por que você tá de cabeça pra baixo?"

Ela sorriu. "A cama vira ao contrário para elevarmos os pés acima da altura do coração em caso de desmaio."

Ainda estava totalmente fora de mim. "Obrigado, linda. Você me salvou."

"Sem problemas, lindo." Ela deu uma risadinha.

Olhei para Grace, que parecia totalmente inerte.

"Você tá bem?", ela perguntou baixinho. Eu assenti.

Depois que tiraram a agulha e me encheram de doces, a enfermeira me ajudou a levantar. "Pode ficar aqui quanto tempo for preciso."

"Eu já tô bem. Só vou ficar sentado com a minha amiga ali."

Fui até Grace, que estava ficando pálida e visivelmente cansada. Ao sentar na cadeira ao lado da cama, percebi que os braços e as pernas dela estavam arrepiados. O vestido subiu um pouco na altura das coxas quando ela se largou sobre a cabeceira. Notando meu olhar, ela discretamente puxou a barra da saia para baixo.

"Oi." Analisei aquele maquinário cheio de rodas em alta velocidade e tubos. Parecia uma geringonça projetada pelo Willy Wonka.

"Oi, você", ela falou baixinho.

"Tá tudo bem?"

"Tá, sim, eu só tô cansada e com frio." Grace fechou os olhos. Eu levantei e comecei a passar as mãos nos braços dela.

Com as pálpebras entreabertas, ela abriu um sorriso e murmurou: "Obrigada, Matt".

Quando a enfermeira passou, eu me apressei em chamar a atenção dela. "Por favor, enfermeira. Ela tá com muito frio e meio aérea."

"Isso é normal. Vou pegar um cobertor." Ela apontou para uma cadeira ali perto.

Corri até lá e peguei o cobertor antes que a enfermeira tivesse a chance de se virar. Cobri Grace até o pescoço e prendi o cobertor nas laterais da cama até formar um casulo em torno dela.

"Perfeito. Um burrito de Grace."

Ela soltou uma risada silenciosa e fechou os olhos.

Eu me recostei na cadeira e fiquei observando minha nova amiga. Ela não usava muita maquiagem. Os cílios eram compridos, a pele, impecável, e o perfume cheirava a lilases e talco de bebê. Naquele curto período, deu para perceber que, por mais que parecesse uma desbravadora do mundo, havia uma fragilidade evidente nela, uma inocência infantil que pude detectar de imediato. Isso transparecia no olhar e nos trejeitos tímidos dela.

Olhando ao redor, percebi a presença de algumas pessoas que julguei serem moradores de rua e, num canto, de um homem desmazelado e obviamente bêbado, fazendo escândalo porque não tinha sobrado nenhum Oreo no cesto de biscoitos.

Recostei a cabeça e fechei os olhos, caindo num sono leve ao ouvir a máquina acima de mim remover as plaquetas de Grace e bombear o sangue de volta ao corpo. Fiquei me perguntando com que frequência ela fazia aquilo para ganhar cinquenta dólares.

Depois de sabe-se lá quanto tempo, senti o toque delicado de uma mão no meu ombro. "Matty, vem, vamos embora." Abri os olhos e vi Grace toda corada e com um sorriso de orelha e orelha. Ela me entregou vinte e cinco pratas. "Legal, né?" De volta ao normal, estava com a mesma postura de sempre e carregava a bolsa pequena na transversal. "Precisa de ajuda?" Ela estendeu a mão.

"Não." Eu levantei da cadeira em um pulo. "Tô pronto pra outra."

"E ainda ganhou vinte e cinco dólares."

Uma mecha se soltou do elástico de cabelo dela. Fiz menção de prendê-lo atrás da orelha, mas ela se encolheu toda. "Eu só ia..."

"Ah, desculpa." Ela se inclinou para a frente, e dessa vez me deixou ajeitar seu cabelo.

"Você tá cheirosa." A poucos centímetros do meu rosto, Grace olhou bem para mim. Os olhos dela se voltaram para a minha boca. Eu passei a língua nos lábios e me aproximei mais um pouco.

Ela virou a cabeça para o outro lado. "Tá pronto?"

Não me senti rejeitado. Em vez disso, o jeito reservado dela atraiu ainda mais meu interesse. Fiquei curioso.

"Pelo visto, uma galera drogada vem aqui", eu comentei depois de sair. "Será que eles usam esse sangue?"

"Sei lá. Nunca parei pra pensar nisso."

O sol já estava alto no céu, havia pássaros cantando e Grace permanecia parada, de cabeça baixa, olhando para uma fileira de formigas em direção a uma lata de lixo.

"O que você quer fazer agora?", perguntei.

Ela ergueu a cabeça. "Quer fumar um baseado e dar uma volta na Washington Square?"

Eu dei risada. "Pensei que você nunca fosse sugerir."

"Vamos lá, seu drogado." Ela me pegou pela mão e saímos andando. Um quarteirão adiante, ela tentou me largar, mas eu não deixei.

"As suas mãos são bem pequenas", comentei.

Na esquina, esperando para atravessar a rua, ela soltou a mão e estendeu diante dela. "Pois é, mas são feias e ossudas."

"Eu gostei." Quando o sinal abriu, eu segurei a mão de Grace de novo e falei: "Vem, esqueleto. Vamos atravessar".

"Engraçadinho."

Ela deixou que ficássemos de mãos dadas pelo restante do caminho.

Nós paramos no alojamento para eu buscar a minha câmera. Grace pegou um cobertor e o baseado mais fino que eu já tinha visto na vida. Na saída, nossa monitora Daria nos parou na recepção. "Aonde vocês estão indo?"

"Até o parque", Grace respondeu. "Por que você tá aqui?"

Daria enfiou na boca o último pedaço do seu empanado de peixe. "Tem um monte de gente chegando hoje. Preciso ficar de olho em tudo. Pode ser que passe o dia todo aqui. Aliás, eu queria conversar com você, Grace. Esse lance de tocar violoncelo à noite faz um barulho danado. Nos primeiros dias, tudo bem, porque não tinha quase ninguém, mas..."

"Eu moro no quarto ao lado e não ligo", interrompi.

Grace se virou para mim e balançou a cabeça. "Não. Tudo bem. Vou maneirar no barulho, Daria."

Nós saímos do prédio. "Essa Daria não parece um cara? Tipo o David Bowie, ou alguém assim?"

Ela franziu o rosto. "É, mas o David Bowie parece mulher."

"Verdade. De repente você pode aprender uns sons do Bowie pra animar a Daria."

"Pois é, acho que vou mesmo."

No parque, ela estendeu o cobertor perto de uma figueira enorme e se sentou encostada no tronco. Deitei de bruços, virado para ela. Fiquei observando Grace acender, tragar e passar o baseado para mim. "Você não acha que fumar aqui na caradura pode dar problema?"

"Não, eu venho aqui toda hora."

"Sozinha?"

"Um monte de gente da faculdade de música mata o tempo nesse lugar." Ela deu um bom pega, teve um sobressalto e tossiu a fumaça. "Puta merda!"

"Que foi?" Eu me virei e vi um homem de uns trinta e poucos anos andando na nossa direção. Vestia calça cáqui e tinha entradas profundas no cabelo. "Quem é esse?" Tratei de apagar o baseado.

"É o Dan... quer dizer, o professor Pornsake. Do curso de música."

"Você chama ele de Dan?"

"Foi ele que pediu. Não deve gostar muito do próprio sobrenome."

"Dá pra entender o motivo."

Com gestos nervosos, ela espanou a grama do colo e se sentou direito. Eu me virei de lado, apoiando a mão na cabeça, e fiquei olhando para Grace. Estava bem chapada só com o pouco que tínhamos fumado. Com olhos caídos e vermelhos, ela não parava de sorrir.

Eu comecei a rir. "Minha nossa, você tá chapadona."

Ela falhou ao tentar ficar séria. "Nem começa!" O tom de irritação era puro fingimento. Nós dois caímos numa risada histérica, mas silenciosa.

"Grace!", Dan chamou enquanto tentávamos segurar a onda. "Que prazer encontrar você aqui." O professor tinha um bigode grosso que se mexia dramaticamente ao falar. Fiquei tão compenetrado naquilo que nem percebi quando Grace me apresentou.

"Matthias?" Ela me cutucou.

"Ah, desculpa, prazer, professor." Eu me inclinei para apertar sua mão.

Ele abriu um sorriso meio estranho para mim. "Então, de onde vocês se conhecem?"

"Ele mora no quarto ao lado do meu no alojamento dos formandos."

"Ah." Alguma coisa na expressão dele deu a entender que tinha ficado decepcionado.

"Bem, eu vou deixar vocês em paz para voltarem ao que estavam fazendo antes." Ele olhou bem para Grace. "Se cuida, hein?"

Grace parecia distante e perdida nos próprios pensamentos conforme o via ir embora.

"Ele é a fim de você, né?" Eu me ajeitei melhor no cobertor.

"Sei lá, mas não posso mais pisar na bola. Já tô por um fio." Eu puxei um fiapo solto pendurado na bainha do vestido dela. "Obrigada", Grace falou, atordoada.

"De nada." Eu pisquei algumas vezes e bocejei.

Ela deu um tapinha no colo. "Quer deitar um pouco?" Fiquei de barriga para cima e deitei a cabeça nas coxas dela. Grace se apoiou no tronco da árvore e relaxou ao passar as mãos distraidamente pelo meu cabelo. "Nós ficamos amigos bem rápido", ela disse num tom casual.

"Pois é. Eu gosto de você. Por ser meio esquisitinha."

"Eu juro que ia dizer a mesma coisa de você."

"Você teve algum tipo de desilusão? É por isso que não namora? Só não me diz que é a fim do Pornsake."

Ela deu risada e procurou a ponta do baseado. "Por quê? Tá com ciúme?"

"Ciúme? Não, a vida é sua. Quer dizer, se você quer beijar aquele cara e arriscar engolir sem querer o que fica preso naquele bigode, fica à vontade."

"Ha ha ha. Não tem nada rolando com o Pornsake, não... que nojo! E não. Eu também não tive desilusão nenhuma. Só preciso me concentrar nos estudos e melhorar as minhas notas."

Eu sabia que havia algo além daquela justificativa, mas não quis insistir no assunto. Nós tínhamos acabado de nos conhecer, mas ela já tinha passado o dia todo comigo, e uma parte do anterior também, sem nem *pensar* em música, então só podia existir outra razão. Eu até poderia ter cogitado que ela não estava a fim de mim e não queria passar a impressão errada, mas era notável a maneira como ela me olhava e onde o olhar costumava se deter.

Peguei a câmera, virei para nós e cliquei três vezes.

6. Eu precisava conhecer você melhor

MATT

Mais tarde naquela semana, fui ver os negativos no laboratório fotográfico. Não consegui identificar a expressão de Grace em uma das fotos, então ampliei para revelar. Quando a imagem começou a aparecer, percebi imediatamente que, em vez da lente, Grace tinha olhado para mim, com uma expressão de adoração. Isso me fez sorrir durante todo o tempo em que permaneci ali. Peguei a foto depois que secou e fiquei esperando Grace nos degraus na frente do alojamento. Nesse meio-tempo, tirei um cigarro de trás da orelha e acendi.

Grace logo surgiu carregando o estojo enorme do violoncelo.

"Quer que eu leve pra você?", perguntei ao ficar de pé.

"Não, senta aí. Você tem outro desses?" Ela apontou para o cigarro e sentou do meu lado no degrau. Era fim de tarde, mas o tempo continuava quente. Eu vestia camiseta, jeans e nenhum sapato. Ela estava com uma blusinha branca de gola V e calça Levis rasgada. A pele das pernas era lisa e bronzeada. Ela levou dois dedos aos lábios, me lembrando do cigarro.

"Só tenho este, mas podemos dividir." Entreguei o cigarro e mostrei a fotografia recém-revelada.

"Nossa primeira foto juntos."

A parte de baixo tinha sido marcada com lápis dermatográfico no papel ainda em branco. Escrevi "BFFS" de modo que, quando a imagem aparecesse, aquela parte continuasse em branco.

Ela deu risada lendo. "Mas já?"

"É mais um desejo do que uma afirmação." Abri um sorrisão.

"Adorei. Vou guardar pra sempre. Obrigada, Matt."

"Ensaiou bastante hoje?"

"Ah, sim. Tô cansada e com fome."

"Se quiser, a Daria pode esquentar um empanado de peixe pra você."

Grace torceu o nariz. "Por que ela tá sempre comendo aquilo? É nojento."

"Provavelmente porque é barato."

"Por falar nisso... tem uma lanchonete que serve panqueca de graça de quarta-feira se você for lá de pijama. Tá a fim de café da manhã pro jantar?"

Eu dei risada. "Boa ideia."

Ela levantou e apagou a bituca com o pé. "Legal, então vamos vestir nossos pijaminhas."

Eu pus a calça de flanela de dormir, mas não tirei a minha camiseta branca. Calcei as pantufas enormes que me faziam parecer o Pé-Grande e fui para o quarto de Grace. Empurrei uma frestinha da porta e respirei fundo. De costas para mim, ela estava de sutiã e calcinha. Engoli em seco e tentei me forçar a dar meia-volta antes que ela me visse, mas não consegui tirar os olhos daquela bunda redondinha e perfeita. A calcinha era branca, florida, de malha e tinha um babado no cós, e o tecido subia um pouco na lateral. Senti uma vontade quase irresistível de me ajoelhar e mordê-la bem ali. Meu coração disparou e meu pau latejou enquanto eu prendia a respiração. *Puta merda!*

Sem notar a minha presença, ela levantou uma camisola cor-de-rosa por cima da cabeça e vestiu. Ao se virar, revelou a estampa de bolinha e uma Hello Kitty na frente. Não consegui conter o sorriso.

Quando me viu, ela ficou paralisada. "Faz quanto tempo que você tá aí?"

"Acabei de chegar", menti.

Grace olhou para a minha calça. Eu não segui seu olhar, só tentei me ajeitar discretamente para que ela não percebesse o que estava rolando da cintura para baixo.

"Ah." Ela notou as minhas pantufas. "Cara, isso é bem maneiro."

Eu dei risada, aliviado por não ter sido pego.

"O lugar é longe?"

"A gente vai ter que ir de metrô... é no Brooklyn." Já no chão, ela amarrou os cadarços dos tênis Converse azuis.

Enquanto ela se encaminhava para a porta, minha mão pousou naturalmente na base de suas costas. Ela parou e se virou para mim, com o rosto a poucos centímetros do meu. "Quer levar a câmera? É um lugar que vale umas fotos."

"Bem pensado."

Fui até meu quarto, peguei a câmera e a encontrei no térreo, onde estava junto com um cara e uma garota, ambos de pijama. "Matthias, essa é a Tatiana. Ela toca no conjunto de cordas comigo. E esse é o Brandon, namorado dela."

Eu não esperava companhia, mas fiquei animado com a ideia de conhecer os amigos de Grace. Estendi a mão e cumprimentei Tatiana primeiro.

Ela vestia um pijama vermelho com pezinhos e um boné. Até era bonita, mas bem sem graça perto de Grace. Brandon usava uma calça de moletom da universidade. Era um cara mais para baixinho, com cabelo escuro curto e óculos de aro fino. Nós rimos um pouco das nossas roupas e saímos.

A lanchonete era um lugar retrô anos 1950, com bancos de vinil vermelho e pequenas estações de jukebox em todas as mesas. Grace foi a primeira a se sentar e começou a folhear o catálogo de músicas. "Eu adoro essas coisas."

Tatiana e Brandon sentaram na nossa frente, quase no colo um do outro. Ela enfiou a mão na bolsa e pegou uma garrafinha. "Baileys e rum para os milkshakes de baunilha. Fica um absurdo de bom."

Grace e eu soltamos ruídos de admiração.

"Faz quanto tempo que vocês estão juntos?", perguntei.

"Três semanas", Brandon falou antes de dar um beijo em Tatiana. Notei que Grace os observava com intenso interesse.

Instintivamente, apoiei a mão na coxa exposta de Grace, onde a camisola tinha subido um pouco. Ela não me afastou, mas também não teve nenhuma reação. Quando movi a mão para cima, ela fez um gesto para eu deixá-la sair da mesa. Em seguida levantou e foi dançando para o banheiro, cantando "Please, Please, Please", do James Brown.

"Então, Brandon, você estuda o quê?"

"Música, só que mais a parte de gravação e o lado comercial da coisa. E você?"

"Fotografia."

Ele apontou para a câmera sobre a mesa. "Eu deveria ter adivinhado."

"Então você e a Grace andam inseparáveis nos últimos dias", Tatiana comentou.

"Ela é literalmente a única pessoa que eu conheço aqui. Acabei de mudar pra Nova York."

"Não foi isso que eu quis dizer", ela falou, bem-humorada.

"Bom, quem não ia querer alguém como ela por perto?"

"Isso é verdade."

Quando Grace voltou, nós nos empanturramos de panqueca e milkshake de baunilha batizado com Baileys à medida que Grace cantava em voz alta todas as músicas possíveis dos anos 1950. Enquanto isso, eu observava cada movimento e pequena mania dela.

"Você cheira a comida antes de pôr na boca", eu falei, aos risos.

"Quê? Cheiro nada." Ela franziu a testa.

Tatiana riu também. "Verdade. É uma coisa bem rápida, numa fração de segundo."

"Eu não faço isso", protestou Grace.

"Acredita em mim, é fofo." Dei uma piscadinha para ela.

"É vergonhoso. Eu faço isso desde criancinha."

Eu baguncei a parte de trás do cabelo dela. "É fofo, sim."

Ela olhou para mim, com o rosto vermelho, e sorriu.

Na saída da lanchonete, Tatiana e Brandon se despediram e foram para um cinema na direção oposta à nossa.

"Seus amigos são legais", comentei.

"Pois é. Eles estavam se agarrando pra valer hoje, né? Bom pra eles, eu acho."

"Espera aí, eu tenho uma ideia do que a gente pode fazer antes de pegar o metrô. Tenho um filme colorido aqui comigo." Apontei para a câmera pendurada no meu pescoço. "Quero tentar um negócio." Eu a puxei pela mão para a escada de acesso à passarela do metrô. O trânsito se movia em alta velocidade na rua abaixo de nós. Posicionei Grace de um dos lados da passarela e, usando a alça, prendi a câmera no gradil do outro lado. As luzes dos veículos brilhavam atrás dela, realçando a silhueta. A bainha da camisola cor-de-rosa esvoaçava delicadamente. "Vou ajustar o timer e correr pra cá. Fica olhando só pra câmera e não se mexe. A velocidade do obturador tá bem lenta, então a exposição vai ser longa. Tenta ficar bem paradinha aí."

"O que você tá tentando fazer?", ela perguntou enquanto via os ajustes na câmera.

"As luzes do trânsito vão ficar fora de foco, porque estão se movendo, mas se nós dois estivermos parados, vamos sair bem nítidos, junto com os prédios no fundo. O resultado vai ser bem legal. O timer dura dez segundos. Você vai ouvir uns estalos cada vez mais acelerados até o obturado abrir, e é nesse momento que não pode se mexer mais."

"Certo, tô pronta." Ela estava com as pernas ligeiramente afastadas, como se estivesse prestes a dançar. Apertei o botão e corri para o lado oposto. Sem nem olhar para ela, segurei sua mão e me concentrei na lente. À medida que o timer acelerava, senti que ela tinha se virado para mim. E, no último segundo, me virei para ela. O obturador se abriu, e eu falei, sem mover a boca: "Não se mexe".

Ela deu uma risadinha, mas continuou me olhando bem nos olhos, que lacrimejavam por causa do frio. Por mais que três segundos não sejam muito tempo, ao olhar no fundo dos olhos de alguém, é o suficiente para fazer uma espécie de promessa silenciosa.

Quando o obturador se fechou, ela soltou um suspiro e começou a rir. "Isso durou, tipo, uma eternidade."

"É mesmo?" Eu ainda não tinha tirado os olhos dela. E poderia continuar assim a noite toda.

No caminho do metrô de volta ao alojamento, nós dividimos meio baseado.

"Você teve muitos namorados na época de colégio?"

"Não. Eu não tinha tempo sobrando. Precisei arrumar um emprego quando fiz dezesseis anos, pra poder ter um carro e levar os meus irmãos pra escola."

"Onde você trabalhava?"

"Na Häagen-Dazs do shopping."

"Hum."

"Bom, no começo foi péssimo, porque eu ganhei, tipo, uns cinco quilos, e uma vez fiquei bem enjoada depois de me entupir de passas ao rum.

Não aguentava mais aquela rotina. Trabalhei lá por três anos, até terminar o colégio. Fiquei com o braço bem forte, de tanto usar a colher de sorvete. Um bem mais musculoso do que o outro."

Ela fez um muque e estendeu o braço para mim. Eu pincei aquele bracinho minúsculo antes que ela puxasse de volta. "Seu tonto."

"Bracinho de espaguete."

"Eu sou sarada. Me deixa ver o seu."

Fiz um muque também. A mãozinha pequena e delicada dela não era capaz nem de envolver o meu braço. "Cara, tô impressionada. O que você faz pra ficar assim?"

"Eu tenho uma daquelas barras penduradas na porta. Só isso, na verdade. E eu surfava bastante em LA."

"Você sente falta de lá?"

"De nada além de pegar onda."

Ela deteve o passo. "Merda, que horas são?"

Olhei no relógio. "Nove e quinze. Por quê?"

"Eu queria estar de volta às nove e meia."

"Por que nove e meia?"

"É quando este lindo vestido se transforma num trapo." Ela deu uma voltinha. Eu me agachei e a joguei sobre o ombro. "Ai meu Deus, me põe no chão!"

"Nada disso, princesa. Você vai estar de volta às nove e meia."

Abri a porta do alojamento e corri escada acima, com Grace pendurada no meu ombro e socando a minha bunda. Ouvi alguém atrás de mim dizer: "Cara, essa mina tá bebaça".

Eu a deixei diante da porta, chequei as horas e levantei as mãos. "Nove e vinte e nove, gata."

Batemos as mãos no ar. "Você conseguiu. Valeu, cara."

Quando olhei atrás de Grace, vi uma garota com a menor das minissaias jeans e de salto alto. Ela olhou de volta, e eu abri um sorriso na maior inocência.

"Gostou, né? É esse o seu tipo?"

Eu me recostei na porta e cruzei os braços. "Não exatamente."

"Você era pegador lá em LA?"

"Nem um pouco."

"Com quantas garotas você já ficou?" A expressão dela ficou bem séria.

"Isso é uma pegadinha?"

"Só tô curiosa, porque você é um cara bonitão e..."

"Você é linda. Isso significa que já ficou com um monte de gente?"

Ela bufou. "Tudo bem, não precisa responder."

"Eu tive pouquíssimas garotas na vida, Grace. Bem poucas mesmo."

"E já ficou com uma virgem?"

Inclinei a cabeça para trás e percebi que ela estava com o lábio tremendo e os olhos arregalados. A conversa era séria. "Não, com uma virgem, não." Abaixei a cabeça para encará-la, mas ela voltou os olhos para o chão.

Quase perguntei se Grace era virgem, mas já sabia a resposta e não queria constrangê-la.

"Bom, eu preciso ensaiar."

"Espera só um pouco." Corri para o quarto, remexi nas minhas coisas e voltei com o álbum *Surfer Rosa & Come on Pilgrim*. "Esse álbum é ótimo, um dos meus favoritos. A música sete é a melhor."

Ela leu o título: "'Where Is My Mind?'".

"Essa mesmo."

"Legal. Valeu, Matt. Ei, amanhã depois da aula..." Ela hesitou. "Eu ia estudar lá no terraço."

"Aham."

"Bom... quer ir comigo? A gente pode ficar escutando música."

"Ah, sim, vamos nessa."

"Certo, eu vou às três. Posso fazer uns sanduíches?"

"Parece ótimo." Abri os braços para um abraço. Quando fui envolvido pela cintura, beijei o topo da cabeça dela e senti cheiro de lilases.

Ela se afastou e estreitou os olhos. "Você beijou a minha cabeça?"

"Foi só um beijinho amigável. Assim." Eu me inclinei e a beijei no rosto. Ela ficou imóvel e de olhos arregalados. "Boa noite, Gracie."

"Boa noite, Matty", ela sussurrou enquanto eu voltava para o meu quarto.

Grace e eu passamos juntos quase todos os dias seguintes, e uma rotina logo se estabeleceu. Nós vendíamos nosso sangue, jantávamos de pijama e encontrávamos outras formas de economizar dinheiro. Estudávamos juntos, e ela tocava enquanto eu a fotografava. O cabelo loiro caía sobre o rosto dela conforme se entregava apaixonadamente ao instrumento, jogando a cabeça para trás e para a frente ao acompanhar o movimento do arco. Isso logo se tornou a minha visão favorita.

Ao longo do outono e no início do inverno, Grace e eu ficávamos um bom tempo um com o outro, na maior parte acompanhados dos colegas músicos dela. Brandon e Tati viraram um casal amigo e, embora Grace e eu não fôssemos um, a sensação era essa. Grace e Tati tinham esquemas para entrar de graça em qualquer museu, e inclusive me arrastaram para uma sinfonia sem pagar nada. Eu achava que Tati e Brandon se entusiasmavam um pouco demais no costume de passar duas horas seguidas ouvindo música clássica, e eu cheguei a pensar que de fato seria chutado para fora por aparecer lá de calça jeans, mas fiquei surpreso ao constatar o quanto gostei daquilo e o quanto todo mundo era gente boa.

Porém, por mais que gostasse de música, Grace sempre estava à procura de coisas para mim também. Ela passava recortes de jornais sobre exposições de fotografia na cidade por debaixo da minha porta. Nós fazíamos de tudo para manter distância do alojamento decrépito e do cheiro constante de empanado de peixe que exalava do quarto de Daria.

Sabe aqueles livros de viagens econômicas, no estilo *Havaí ou Nova York com cinco dólares por dia*? Juro por Deus que nós dois aprendemos a nos virar gastando apenas dois. Isso envolvia bastante macarrão instantâneo e pular a catraca do metrô, mas pudemos conhecer todos os cantos da cidade.

Nova York tem uma energia que se enraíza dentro das pessoas. Até um forasteiro feito eu acaba adentrando os diferentes distritos como se fossem organismos vivos e pulsantes. Não existe nada parecido. Este lugar se torna uma figura presente na sua vida, tal qual um amor que não sai de dentro de você. O misterioso elemento humano pode fazer alguém se apaixonar e ficar de coração partido ao mesmo tempo. Ao ouvir os sons e sentir os cheiros, você compartilha algo com todos ao seu lado na rua, no metrô, ou ainda olhando tudo de cima de um arranha-céu com vista para o Central Park. Você sente que está vivo e que a vida é linda, preciosa e passageira. Deve ser por isso que as pessoas de Nova York se sentem tão conectadas entre si; a cidade inspira amor e admiração coletivos. Juntos, Grace e eu estávamos nos apaixonando por ela.

Quase todas as tardes nos dois meses seguintes, eu encontrava Grace estudando no saguão e esperando por mim. Nossa amizade tinha se tornado tão confortável que me encostar nela, girá-la quando a abraçava, segurar sua mão e levá-la de cavalinho nas costas eram coisas totalmente normais. Às vezes havia momentos de maior intensidade, em que ficava subentendido que ela queria que eu a beijasse — e só Deus sabe o quanto eu também queria, mas Grace sempre acabava quebrando o silêncio ou desviando o olhar. Eu não ligava, só queria ficar perto dela. Aos poucos perdi o interesse em sair com outras garotas e até mesmo em reparar nelas.

"Tá tarde, hein?", ela comentou numa das várias noites a dois, só desfrutando da companhia um do outro.

"Duas horas." Eu olhei para o relógio.

"Melhor eu voltar pro meu quarto." Grace estava deitada na perpendicular na minha cama, de bruços e com a cabeça pendurada para fora. Vestia calça de moletom e uma camiseta dos Sex Pistols, além de estar com um coque improvisado. Eu sabia que ela não queria ir embora de fato, apesar de estarmos os dois bem cansados.

"Espera, vamos brincar de Eu Nunca..."

"Tá bom. Você começa", ela murmurou.

"Eu nunca roubei nada."

Ela pareceu triste por um instante, e em seguida baixou um dos dedos.

"O que você roubou?"

"Bom, algumas coisas. Tenho vergonha de contar a pior." Ela enterrou a cabeça no edredom.

"Qual é, pode contar. Eu não vou te julgar."

"Eu roubei quarenta dólares da minha vizinha", ela resmungou com a cara nas cobertas.

"Pra quê? Vamos lá, me conta. É parte da brincadeira."

"Não tô mais a fim de brincar disso."

Eu a virei para que me encarasse. "O que foi que aconteceu?"

Ela me olhou bem nos olhos. "Eu roubei pra comprar o anuário do colégio, tá bom? Fiquei me sentindo um lixo e ainda pretendo devolver o dinheiro pra ela."

Senti um aperto no coração por Grace. Não fazia ideia do que era não poder contar com os meus pais para conseguir quarenta dólares. Ela roubou para comprar o anuário do colégio, ainda por cima — uma coisa que a maioria nem sequer cogita ficar sem por falta de grana. Que tristeza.

"Vamos brincar de outra coisa", sugeri. "Que tal Transar, Casar ou Matar?"

Ela se animou. "Certo. Suas opções são... hã, deixa eu ver... Courtney Love, Pamela Anderson e Jennifer Aniston."

"Credo. Matar, matar, matar."

"É sério, você precisa responder direito, seu psicopata." Ela me deu um tapa na cabeça.

"Tá, sem dúvida, matar a Courtney... transar com a Pamela e casar com a Jennifer. Pronto! Sua vez. Bill Clinton, Spike Lee e eu."

"Ha! Essa é fácil. Transar com o Bill, casar com o Spike e matar você."

"Você é uma menina terrível, muito cruel."

"Ah, você me ama, vai." Ela se sentou na cama na intenção de sair do quarto.

"Grace?"

"Oi."

"Nada."

Queria perguntar o que estava rolando entre nós. Queria saber se poderia ser mais que uma amizade. Eu me virei para a janela.

Ainda sentada na cama, ela passou o braço pelo meu ombro. "Acho que eu casaria com você."

"Sério? Eu esperava que fosse matar o Bill, casar com o Spike..."

"Ha!" Ela se inclinou e me deu um beijo no rosto. "Você é um cara muito bonzinho."

Eu merecia um prêmio pelo autocontrole insano que vinha demonstrando. Meus lábios se contorceram. "Só isso?"

"Tá querendo confete?"

"Não tô querendo nada, Grace. Só acho que, às vezes, isso" — gesticulei entre nós — "não é natural."

"Isso o quê? Nossa amizade?"

Eu dei risada. "É, mais ou menos isso." Estava me esforçando bastante para evitar a questão do sexo, mas toda hora flagrava Grace me olhando enquanto eu vestia uma camisa ou um cinto. Era difícil não pensar que o desejo era recíproco. Apesar de não dizer nada, passei a ficar possessivo em relação a ela. Percebia quando os outros caras a secavam sem que Grace notasse, fora estar morrendo de medo de que ela acabasse se entregando para qualquer babaca.

Ela se levantou para tomar o caminho da porta, mas antes se recostou em mim. Os olhos dela fitaram o chão. "Não me pressiona." Em seguida, ergueu a cabeça para me encarar. "Tá bom?" Não estava irritada. A expressão dela era de sinceridade, como se estivesse implorando por um favor.

"Eu não fiz isso."

"Eu sei." Ela abriu um sorriso. "É por isso que eu gosto tanto de você."

"Aconteceu alguma coisa com você? É por isso que..."

"Não, não é nada disso. A minha mãe tinha dezoito anos quando eu nasci. Sei lá, de certa forma acredito que eu arruinei a vida dela."

"Que péssimo ela ter feito você se sentir assim." Eu fui até Grace.

"Não foi ela que fez eu me sentir assim. Só não queria esse tipo de vida. Sempre achei que o meu pai se ressentia por isso. Sei lá, Matt, acho que me concentro tanto nos estudos pra me manter na linha. É por esse motivo que eu não namoro. Mas gosto do que existe entre nós. Sem pressão nenhuma."

"Eu entendo."

Por mais que não tenha sido isso que ela disse, eu sabia que Grace também sentia a tensão sexual cada vez maior entre nós. Eu passava metade do tempo tentando esconder o volume nas calças, e ela, evitando olhar para os meus braços. Quem estávamos tentando enganar?

"Obrigada por ser compreensivo comigo."

"Por nada." Eu me inclinei para beijá-la no rosto. "Você é uma garota muito boazinha." Senti que ela estremeceu e sussurrei. "Talvez até demais."

Ela me empurrou e revirou os olhos. "Boa noite, Grace."

Fiquei observando ela sair pelo corredor com um andar provocante e gritei: "Você tá sorrindo! Eu sei que tá, Gracie".

Sem se virar, ela fez o sinal de paz e amor.

7. Você era a minha musa

MATT

No laboratório fotográfico no dia seguinte, o professor Nelson deu uma olhada na minha folha de provas e abriu um sorriso. "Matt, você tem um olho bom mesmo. Sua composição é perfeita e original, bem diferente do que eu vejo nos seus colegas. Eu adorei a granulação e como você puxou o filme. Qual é a velocidade desse, e para quanto você regulou a câmera?"

"É de quatrocentos. Eu puxei pra três mil e duzentos."

"Ótimo. Foram fortes emoções na hora de revelar o negativo, né?"

"Pois é."

"Esta ficou fantástica. É você?"

Sentado no chão e usando o timer, eu tinha tirado uma foto de Grace na minha frente. A única coisa no enquadramento eram as pernas dela, logo abaixo da barra do vestido de lã. Meus braços envolviam as panturrilhas. Não dá para ver isto, mas eu estava beijando os joelhos dela.

"Já pensou em usar mais cor, cenários mais amplos... um estilo documentário?"

"Ah, sim, inclusive fotografei com um rolo de filme colorido outro dia, mas ainda não revelei. É que eu gosto muito dela nos retratos." Apontei para Grace.

"Ela é belíssima."

"É mesmo."

"Sabe de uma coisa, Matt, eu detestaria ver a sua habilidade e o seu talento serem desperdiçados."

"Tenho pensado em ir pro ramo da fotografia publicitária."

Ele assentiu, mas não pareceu gostar muito da ideia. "Suas fotos têm uma qualidade narrativa que eu não costumo ver por aí. Nós podemos analisar aspectos como composição, enquadramento, contraste ou até impressão, mas esta deve ser a verdadeira marca de um artista: expressar algo sobre a humanidade com uma única imagem bidimensional."

Fiquei meio sem graça com o elogio, porém aliviado por finalmente ouvir o que na verdade já sabia: eu era bom naquilo. "Nunca vou parar de fotografar. Só não sei como fazer disso uma carreira."

"Tenho um amigo que trabalha na *National Geographic*. Todo ano ele escolhe um estudante para acompanhá-lo numa viagem internacional. Você teria que participar de um processo seletivo, mas acho que a chance é boa. Técnica você já tem."

Fui pego de surpresa com a sugestão, e ainda mais com a forma como ali as minhas perspectivas se tornaram claríssimas. Eu considerava a *National Geographic* um sonho distante. Era uma fantasia dos tempos de criança, como virar jogador de beisebol ou presidente. Viajar pelo mundo fotografando seria o ápice do meu sucesso profissional, e eu mal podia acreditar que uma chance daquela, mesmo se fosse só um estágio, estava caindo no meu colo.

"Com certeza tô interessado." Ainda não sabia o que pretendia fazer depois de formado, mas então tudo começou a se encaixar.

Fiz uma impressão extra da foto e passei por baixo da porta de Grace durante o intervalo entre as aulas. No caminho de volta à universidade, eu a vi sentada do outro lado da rua a mais ou menos um quarteirão de distância. Gritei para chamá-la, mas ela não ouviu. Quando cheguei mais perto, entrou às pressas num estabelecimento médico. Esperei impacientemente o sinal abrir e atravessei a rua correndo quando o trânsito parou. Uma vez lá dentro, vasculhei cada andar do prédio até encontrá-la perto de uma mesa com café e donuts no quinto andar. De avental hospitalar, despejou creme em um copo fumegante de isopor. Ao me aproximar, ela me viu e levou um susto: "O que você tá fazendo aqui?".

"O que *você* está fazendo aqui?"

"Geralmente, o histórico médico de uma pessoa é um assunto pessoal." Ela ergueu uma bolinha de massa frita. "Quer uma rosquinha?"

"Não tenta mudar de assunto. Você tá doente, Grace?" Eu me senti mal só de pensar na possibilidade.

"Não, eu não tô doente. Me inscrevi pra participar de um estudo médico. Quer se juntar também?"

"Você vai virar cobaia em troca de café e rosquinhas grátis?"

"Vou ganhar oito pratas por dia. É uma boa grana."

"Grace, você tá maluca? Que tipo de estudo é esse?"

"Eu só preciso tomar um remédio e, depois que parar, eles vão verificar se surge algum sintoma de abstinência."

"Como assim? Nada disso." Balancei a cabeça, incrédulo. Eu a virei pelos cotovelos e apontei para o outro lado da cortina. "Vai vestir a sua roupa. Você não vai fazer isso." Olhei para o avental aberto nas costas. Ela estava muito linda com uma calcinha florida. Eu amarrei a parte de trás.

Ela se virou e me encarou com aqueles olhos grandes e verdes cheios de lágrimas. "Eu preciso fazer, Matt. Tenho que pegar meu violoncelo de volta."

"Como assim de volta?"

"Eu penhorei pra conseguir o restante do dinheiro das mensalidades."

"Mas e o crédito estudantil e a ajuda de custo?"

"Tive que mandar dinheiro pra minha mãe, porque a minha irmã caçula precisava ir ao dentista, e eles não tinham como pagar." Lágrimas escorreram. Quando estendi a mão para limpá-las, ela se esquivou.

"Grace, eu não vou deixar você fazer isso. A gente vai dar um jeito, eu prometo." Parecia uma loucura que ela, uma estudante de música, tivesse vendido seu instrumento. Era difícil compreender aquele nível de desespero.

"Você não entende."

"Então me explica."

Ela cruzou os braços na altura do peito. "Tô ajudando os meus pais com dinheiro. A situação deles é mais crítica do que eu dei a entender, então tô repassando todo o meu crédito estudantil possível. Quase não tenho grana pro restante do semestre, e a minha mãe me ligou avisando que eles iam ser despejados. Até chegaram a garantir o dinheiro do aluguel, mas a minha irmã estava com um dente quebrado, e o nome deles está tão sujo que precisaram pagar o dentista em espécie. Eu não podia deixar a minha irmã ir pra escola com dor e com o dente da frente quebrado."

Fiquei bastante chocado, no entanto isso não significava que Grace era obrigada a participar de estudos médicos potencialmente perigosos. "Isso não é responsabilidade sua."

"É a minha família. Com o que ganhar nesse estudo, posso conseguir o dinheiro de volta em menos de uma semana. Os pagamentos são feitos todos os dias. Vou recuperar o violoncelo e vai ficar tudo certo. Mas eu preciso fazer isso, Matt. Não é nada de mais."

"Claro que é, Grace. Você não sabe que tipo de efeito esse medicamento pode causar no seu corpo."

"Você realmente não entende."

"Tô tentando entender. Eu tenho um dinheiro guardado. Posso pegar seu violoncelo."

Ela balançou a cabeça. "Não vou deixar você fazer isso. Você precisa comprar papel fotográfico e filmes."

"Suprimentos eu tenho de sobra. Não se preocupa." Grace detestava aceitar a minha ajuda. Ela queria ser independente. "Vai se trocar... tá tudo certo."

Ela se virou e foi para trás da cortina. Quando voltou, estava com um sorriso inseguro no rosto. "Você deve achar que eu sou louca."

"Eu gosto das suas neuroses." Abracei os ombros dela. "Só não posso deixar você virar rato de laboratório."

Ela foi até a mesa onde havia comida, alcançou alguns sachês de creme em pó e enfiou na bolsa. Ela pegava esses sachês em todo lugar, e em casa misturava com água para comer com cereal. Eu sorri para ela e balancei a cabeça. Com uma voz inocente, ela falou: "Só tô fazendo umas comprinhas". O clima ficou mais leve, e saímos de lá rindo. Mesmo assim, não gostei nada de saber que Grace se privava de um dinheiro que o pai dela provavelmente estava torrando em cerveja.

Fomos até o banco, onde eu saquei meus últimos trezentos dólares. Não contei para Grace que na verdade fiquei oito centavos no vermelho. Ela me levou até a loja de penhores onde pôs o violoncelo no prego, e lá fomos recebidos por um cara de meia-idade atrás do balcão.

"Oi, Grace", ele falou.

Lancei um olhar de desaprovação para ela. "Ele te conhece?", murmurei.

Ela franziu as sobrancelhas. "Mais ou menos."

"Veio buscar o violoncelo?"

"Pois é."

Eu entreguei os trezentos dólares para o sujeito, que foi para os fundos da loja e voltou carregando o estojo enorme. Grace preencheu a papelada e nós saímos. Do lado de fora, eu a parei. "Espera um pouco aqui. Eu já venho."

Voltei para a loja de penhores e pedi papel e caneta para o cara. "Este é o meu número. Por favor, não deixa a Grace penhorar o violoncelo de novo. Ela é uma musicista incrível. E precisa dele pra estudar. É só me ligar que eu venho aqui acertar tudo."

Naquela noite, depois de Grace ir dormir, eu escapuli até o saguão e liguei para o meu pai do orelhão.

"Filho?"

"Oi, pai."

"E aí, está deixando todo mundo na NYU impressionado?" Havia sarcasmo em cada sílaba. Ele nunca foi bom em disfarçar o desdém.

"Tô ligando porque uma amiga precisa de ajuda, então queria saber se você pode me adiantar um dinheiro pra emprestar para ela." Meu orgulho já tinha ido para o espaço. Fechei os olhos e fiquei esperando pela resposta.

"É por causa de uma garota? Uma namorada?"

"Não, pai. Não é isso."

"Você engravidou a menina? É isso o que está me dizendo?"

Respirei fundo. "Ela é a melhor amiga que eu tenho aqui, e não tem nenhum tipo de apoio financeiro. Não é como eu, ou como o Alex. Está bancando os estudos sozinha. Ela é musicista e precisa de um violoncelo novo, mas não tem condições de comprar um." Eu precisei mentir um pouco; não queria entrar em detalhes.

"Eu tenho o casamento do seu irmão para pagar, né?"

"Os pais da Monica não vão pagar pelo casamento?"

"Bom, a gente queria uma bela festa de noivado, e tem também o jantar de ensaio, e o open bar..."

"Tudo bem, pai, esquece. Sem problemas."

Houve um silêncio do outro lado. "Bom, pelo menos você está começando a dar valor ao que nós fazemos por você. De quanto você precisa, filho?"

"Uns trezentos dólares."

"Eu te transfiro amanhã. Eu estou disposto a ajudar você, Matthias. Não é só porque escolheu o futuro mais complicado possível que..."

Eu dei risada. Ele não conseguia ser de outro jeito.

"Quando arrumar um emprego, eu devolvo o dinheiro. Obrigado, pai." Eu desliguei.

Por mais que fosse doloroso recorrer a ele, eu não me importava; só conseguia pensar no quanto Grace estava se esforçando, nos sacrifícios para se manter estudando. Ela acreditava na música e tinha certeza de que tudo valia a pena, e a fé é um combustível inesgotável. Era isso o que eu aprendia com ela: a ter fé em mim mesmo e na minha arte.

Eu já sabia o que sentia por Grace antes mesmo de prestar atenção naquilo. Já tinha dito a palavra certa muitas vezes, mas soava diferente depois que realmente compreendi o que significava. Quando pensava no que havia entre nós, não importava que fosse só uma amizade. De qualquer forma, eu a amava.

8. Você me mudou

GRACE

Apesar de já ter dominado a arte de correr com um estojo gigante de violoncelo, cheguei atrasada na manhã seguinte. Por sorte, o professor Pornsake gostava de mim, e a aula dele era tranquila, mas não porque eu era uma puxa-saco, como Tatiana dizia. Na verdade, só o que eu precisava fazer era tocar — a única coisa que sabia fazer direito na vida. Na maior parte dos dias, esquecia tudo ao fechar os olhos e encontrava refúgio na música. Mas aquela sexta-feira foi diferente.

"Você está atrasada de novo, Graceland."

"Grace", corrigi ao tirar o violoncelo e o arco do estojo.

Havia várias crinas quebradas penduradas no meu arco, e eu estava tentando arrancá-las enquanto Dan me rodeava com a típica calça cáqui alta demais na cintura e a polo laranja dois números menor do que o ideal. Lancei um olhar incomodado para mostrar que estava irritada com aquela atenção desnecessária.

"Que foi?", perguntei.

Ele pegou o arco da minha mão para examinar melhor. "Isso é nylon."

"Eu sei."

"Você é a primeira instrumentista, Grace. Providencie um arco de qualidade. Por que está usando essa porcaria?" Um pedaço do bigode avançava sobre o lábio superior e se mexia a cada sílaba.

"Eu sou membro da Sociedade Protetora dos Animais. Não uso arcos feitos de crina de cavalo."

Dava para ver o corpo de Tatiana tremendo de rir na cadeira à minha frente.

Pornsake deu um sorrisinho. "Ora, Grace. Sério mesmo?"

Eu bufei. "Vou comprar um arco novo esta semana." Apesar de não ter dinheiro algum, eu sabia que ele estava certo — crina de nylon é mesmo uma porcaria.

"Muito bem. Certo, pessoal, vamos começar com o 'Cânone' de Pachelbel."

Tatiana soltou um suspiro audível. Nós estávamos cansadas de tocar aquilo. Era como se todos os professores de música quisessem nos preparar para fazer parte de quartetos de corda que tocam em casamentos. O "Cânone" de Pachelbel, a "Música Aquática" de Händel e a "Marcha Nupcial" de Mendelssohn já tinham se embrenhado tanto na nossa mente e nos nossos músculos que passei a acreditar que isso interferia na minha capacidade de tocar outras coisas.

Pornsake foi até a frente da sala e começou a contagem regressiva a partir de três. Dei um chute na cadeira de Tati e murmurei: "No estilo irlandês". Tocamos da maneira tradicional e então diminuímos o compasso, deixando todo mundo perdido. A maioria parou para olhar feio para Tati e para mim enquanto eu transformava uma peça clássica numa dança folclórica irlandesa. Os estudantes com mais senso de humor largaram os instrumentos e bateram palmas no ritmo, e alguns inclusive tentaram nos acompanhar. Recebemos uma breve salva de palmas no final, mas Pornsake ficou imóvel como uma estátua diante da classe, com os braços cruzados.

"Muito bonito. Talvez vocês duas possam ser musicistas de rua. Só Deus sabe o quanto Nova York precisa de mais gente tocando pelas esquinas."

Eu não falei nada, porque já tinha abusado da sorte, mas Tatiana ousou responder. "Professor Porn... Sake..." Levei a mão à boca para segurar o riso enquanto Tati prosseguiu, com a maior cara de pau. "A gente tem que variar um pouco."

Ele ficou balançando a cabeça por uns cinco segundos, como um daqueles bonecos bobblehead. "Tudo bem. A energia não está muito boa hoje aqui mesmo. Dispensados. Vão ensaiar no parque e tomar um ar fresco. Retomamos amanhã."

Eu me agachei para abrir o meu estojo, comemorando internamente por um instante, até sentir o professor Pornsake se aproximando outra vez. "Menos você, Grace. Fique mais um pouco."

Paralisada na cadeira, meus olhos se fixaram no mocassim bege dele. Senti o estômago se embrulhar, ponderando se ele estava apenas esperando todo mundo sair da sala para fazer algum tipo de proposta.

Cruzando as pernas e os braços, eu me recostei na cadeira gelada de metal e esperei os outros guardarem seus materiais. Tati se virou com uma expressão de interrogação. Prendendo os cabelos castanhos frisados em um rabo de cavalo, ela murmurou: "Por que ele quer que você fique?".

Encolhi os ombros. "Nem imagino."

"Ei, você e o Matt estão a fim de sair hoje à noite? O Brandon quer encher a cara."

"Por que você sempre acha que eu vou estar com o Matt? Ele não é meu namorado."

Ela revirou os olhos. "Eu sei, eu sei, você não namora. Só imaginei porque vocês estão sempre juntos."

"Na verdade, eu preciso estudar. Não vou sair hoje. Mas o Matt pode fazer o que quiser." Pelo jeito, todo mundo pensava que Matt e eu éramos um casal. Precisaria me esforçar para ingressar na pós-graduação — naturalmente o próximo passo mais lógico —, só que, quando o assunto era Matt, o meu autocontrole se extinguia. Queria passar cada segundo do dia com ele, mas as minhas notas iam de mal a pior, e eu poderia perder a posição de primeira instrumentista se continuasse com aquelas gracinhas.

"Por que você e o Matt não trepam de uma vez e resolvem isso logo?"

Pornsake apareceu bem nesse momento. "Ora, Tatiana, é uma bênção, sinceramente um milagre, que a sua vulgaridade não transpareça no seu ofício." Pornsake vivia com esse papo de ofício. Tatiana era uma musicista fenomenal, apesar de não ter nada de erudita quando largava o violino. Era uma garota durona ao melhor estilo de Nova Jersey.

"Valeu, profe, vou encarar isso como um elogio. Tchau, Grace." Ela pegou o estojo do violino e, ao sair da sala, ainda gritou: "Passa lá em casa à noite depois que trepar com o Matthias".

Inexpressivo, Pornsake ficou me encarando. "Que tal darmos uma volta?"

Sair em público era mesmo a melhor opção. "Claro." Então o segui até a porta. Ele andou num ritmo mais acelerado do que o normal, e logo fiquei sem fôlego tentando acompanhá-lo com o violoncelo nas costas. "Aonde vamos?"

"Você vai ver. É aqui perto." Caminhamos quatro quarteirões até um predinho de tijolos de esquina. Era uma loja de música. Não havia nenhum letreiro, mas viam-se os instrumentos pela porta de vidro. "Essa é a loja do Orvin. Ele é o melhor fabricante de arcos do planeta."

Com os dentes cerrados, respirei fundo. "Professor..."

"Por favor, me chame de Dan."

"Dan... eu não tenho dinheiro pra comprar um arco novo. Só ia trocar as cordas do meu."

Ele balançou a cabeça compreensivamente. "Grace, não é o tipo de coisa que eu faça pelos meus alunos, mas quero fazer isso por você."

"Como assim?"

"Eu mesmo vou comprar o arco, porque você é talentosa demais. Adoro seu jeito de tocar, e você já tem um violoncelo excelente." Ele olhou para o meu estojo. "E precisa ter um arco excelente também."

Enquanto esperava pela minha resposta, reparei na maneira como os olhos dele se enrugaram nas laterais quando sorriu, e pela primeira vez vi certo charme naquele rosto bem-humorado.

"Certo."

"Vamos lá, você precisa conhecer o homem." Ele abriu a porta e fez um gesto para que eu entrasse. Atrás do balcão havia um homenzinho de pelo menos setenta anos cujos fios de cabelos, brancos e escassos, brotavam das laterais da cabeça.

"Daniel, meu garoto", ele falou com um sotaque alemão carregado. "Quem você trouxe aí?"

"Orvin, essa é a Grace, a minha aluna mais talentosa." *Uau, sério? Eu não fazia a menor ideia.*

Pus no chão o instrumento, me inclinei sobre o balcão e o cumprimentei. Ele segurou e examinou a minha mão por alguns segundos. "Pequena e delicada para uma violoncelista, mas estou vendo que é forte."

"Sim. Grace precisa de um arco novo, e eu queria que ela tivesse o melhor."

"Claro, claro, eu tenho um aqui que combinaria perfeitamente com ela." Ele foi para os fundos da loja e voltou com o arco mais lindo que eu já tinha visto. Quando o entregou para mim, a madeira macia da base parecia manteiga derretida entre os meus dedos. "Uau, como é lisinho."

"É de pau-brasil e prata de lei, com crina de cavalo da melhor qualidade", Dan comentou. Orvin assentiu. Logo Dan sacou o talão de cheques, olhou para Orvin e arqueou as sobrancelhas.

"Mil e cem", Orvin falou.

"Como é?", eu levantei a voz.

Nenhum dos dois respondeu.

"Já volto." Orvin ressurgiu dos fundos da loja com o arco embalado.

Dan entregou o pagamento, pegou o arco e olhou para mim. "Está pronta?"

Eu o encarei com o melhor ar de descrença imaginável. "Tá zoando com a minha cara, né? Você acabou de comprar pra mim um arco de mil e cem dólares?"

"Considere isso um investimento. Aceita, vai."

Do lado de fora, ele tentou me entregar o embrulho de papel pardo.

"Falando sério, Dan, eu não posso aceitar. De verdade, não tenho como te pagar de volta. Eu mal tenho dinheiro pra comer."

"Então deixa eu te pagar um jantar", ele respondeu na hora.

Fiquei só piscando várias vezes para ele, que aguardava uma resposta. "Eu..."

"Não seria um encontro, Grace."

"Mas é o que parece." Hesitei em aceitar; ainda não sabia o que Dan queria de mim.

"Seriam só duas pessoas comendo juntas. A gente pode conversar sobre a orquestra que eu vou formar no verão. Estive pensando em convidar você para fazer parte."

"Entendi. Hã..."

"Vamos lá. Por favor."

Meu professor de música da faculdade estava implorando para me levar para jantar. Eu procurei ao redor por mais sinais de que tinha sido transportada para um universo alternativo.

"Que horas?"

"Eu passo no seu alojamento às sete. Você gosta de comida tailandesa?"

"Claro."

"Tem um lugar a uns dois quarteirões do campus que é muito bom."

"Sei onde é. Te encontro lá." O restaurante ficava em frente à loja de equipamentos fotográficos onde Matt tinha acabado de começar a trabalhar. Só torcia para que não cruzássemos com ele.

Quando voltei ao alojamento, estava um frio congelante. Atravessei o saguão correndo até o meu quarto e ensaiei com o arco novo por algumas horas. Era incrível como aprimorava a qualidade do som, amplificando a música e preenchendo o ambiente com notas impecáveis.

Às seis horas, já estava morrendo de fome, inclusive ansiosa para o jantar com Pornsake, apesar de saber que seria um tanto constrangedor. O plano era me empanturrar de comida de graça e tentar manter uma conversa leve e impessoal. Escolhi uma meia-calça roxa de lã e um suéter comprido, além de botas. Fiz um coque e enrolei um cachecol grosso no pescoço. Passei um pouco de rímel e brilho labial para melhorar meu aspecto e fumei meio baseado, mesmo não sendo a ideia mais esperta. No fim, um jantar com meu professor de música justificaria uma alteração química na mente. Desci correndo as escadas para o saguão, onde preparei uma caneca de chocolate quente.

Dei de cara com Carey Carmichael e Jason Wheeler, dois estudantes que moravam no meu andar, sentados no sofá de couro e murmurando entre si.

"Oi, Grace. Cadê o Matt?", Carey perguntou.

Eu remexi na pilha de revistas atrás do sofá. "Deve estar revelando uns negativos no laboratório da faculdade."

Percebi que Carey lançou um olhar de interrogação para Jason.

Jason se virou para mim. "Então, vocês dois estão namorando ou...?"

Isso de novo não. "Somos só amigos", respondi cautelosamente. "Por quê?"

"Ah, legal", Carey falou, dando risada. "Pensei que vocês estivessem juntos pra valer."

"E se a gente estivesse?" *E o que tinham a ver com isso?*

"Mas não estão", Carey retrucou. Eu a olhei feio. Nunca tinha me dado conta de que ela parecia a versão feminina de Danny Bonaduce.

"Mas e se estivesse?" Tentei soar despreocupada.

"Todo mundo sabe que rola umas festonas no laboratório fotográfico de sexta-feira. A galera enche a cara e fica trepando nas salas escuras. É tipo uma enorme orgia de celuloide."

Fiquei boquiaberta. Matt ia ao laboratório toda sexta à noite e sempre voltava meio bêbado e chapado.

"Não é bem uma orgia", Carey falou quando viu a minha expressão. "As pessoas vão lá pra curtir. Você sabe como é esse pessoal da fotografia. Fora os boatos de que tem gente que transa nas salas escuras."

Não fazia ideia daquilo. Matt nunca tinha mencionado nada do tipo. Por que deveria me importar? A vida era dele, e eu não tinha motivo nenhum para me meter nisso.

"Carey", Jason falou, olhando bem para ela. "Com certeza o Matt não tá só revelando fotos."

Fui atingida no estômago. "Vai se foder, Jason."

"Qual é o problema, Grace? Você por acaso é alguma santinha?"

"Problema nenhum." Eu olhei no relógio. Eram quase sete horas. "Preciso ir."

9. Por que não contamos um para o outro?

GRACE

O ar do lado de fora do alojamento me atingiu como uma rajada de vento polar. O inverno estava chegando. Corri até o semáforo, apertei o botão para atravessar a rua, e assim fiquei totalmente congelada em meus passos. Do outro lado, Matt — vestindo camiseta preta por cima de uma blusa térmica cinza e botas — olhava bem para mim. Quando ele atravessou a rua naquele frio, segurando firme as alças da mochila, pude jurar que o vi bater os dentes de tanto tremer.

Com o coração disparado, engoli em seco. Não tive escolha a não ser retribuir o sorriso dele, apesar da vontade de fazer um milhão de perguntas que não podia. A vida era dele, éramos apenas amigos. Na hora de atravessar, nós caminhamos um na direção do outro e paramos no meio da faixa de pedestres.

"Aonde você vai?", ele quis saber.

"Jantar."

O olhar de Matt baixou para o meu corpo e então voltou para os meus olhos. Nos três meses em que nos conhecíamos, eu raramente usava algo mais elaborado do que moletom e hidratante labial. A expressão dele de desejo era perceptível. "Eu acompanho você." Estava realmente batendo o queixo, atraindo minha atenção para seus lábios grossos e a barba por fazer. Quis esfregar o meu rosto no dele.

O sinal estava prestes a abrir, e nós precisávamos sair do meio da rua. "Você tá morrendo de frio, Matt. É melhor voltar pra casa. Não vai acontecer nada comigo."

Corremos lado a lado para a calçada.

"Onde você vai jantar?"

"Naquele restaurante tailandês aqui perto."

As mãos deles estavam enfiadas nos bolsos, e os braços, comprimidos contra o corpo. "Posso te acompanhar até lá."

"Não preciso que você me acompanhe por só dois quarteirões, Matt. Eu vou ficar bem."

Uma leve careta surgiu no rosto dele quando deu um passo na minha direção e fez carinho na minha bochecha, de forma que apenas centímetros nos separavam. "Quem convidou você pra jantar?... Grace?"

Olhei para trás de Matt e avistei Dan parado logo adiante, com uma expressão indecifrável. Matt o viu e, em seguida, se voltou para mim, levantando as sobrancelhas. "Pornsake?" Não gostei do tom de deboche na voz dele.

E o empurrei. "Vai se foder, Matt. Com certeza você tem coisa melhor pra fazer. Não é a hora da orgia na sala escura onde você deveria estar?"

"Quê?"

"Tô sentindo o cheiro de rum na sua boca."

"E daí? Eu tomei algumas doses com uns amigos da fotografia. Ia pra casa ver se você estava a fim de matar o tempo."

"Eu não posso. Tenho outros planos. Tchau, Matt." Dei as costas e saí andando sem olhar para trás.

Dan fez um aceno hesitante e abriu um sorriso simpático para Matt. Eu não queria mais ver a cara de Matt, então o peguei pelo braço e segui na direção do restaurante.

Quando chegamos, Dan puxou a cadeira para mim. Gentil e cavalheiro, se ofereceu para escolher um vinho para nós. Passamos a primeira hora do jantar conversando informalmente sobre a orquestra que ele pretendia montar no início do verão. Planejava sair da NYU e realizar seu sonho de conduzir uma orquestra itinerante.

O jeito que se portava na universidade foi deixado de lado, e o entusiasmo pela música o fez parecer mais um colega do que um professor. Rimos bastante, e o papo foi tranquilo. Havia algo nele — possivelmente a maturidade e o conhecimento — que o tornava atraente para mim pela primeira vez.

"Você e Matt estão namorando?", ele quis saber.

Precisei tomar uma decisão naquele momento. Não era muito a

minha cara mentir, mas, sabendo o motivo da pergunta, não queria dar nenhuma esperança para Dan. "Bom, é complicado."

Ele olhou para os próprios dedos inquietos sobre a mesa. "Ouvi um comentário da Tatiana de manhã..."

"Eu gosto do Matt", interrompi. E não era nenhuma mentira.

"Isso faz bastante sentido."

"Como assim?" Não entendi se era uma insinuação de que Matt e eu formávamos um bom casal ou um comentário genérico sobre namoros entre universitários.

"Garotas como você sempre escolhem caras como o Matt." Isso me irritou. Não gostei do fato de Dan achar que conhecia Matt de alguma forma, embora ali a minha opinião sobre ele não fosse das melhores.

"Que conversa é essa, por acaso eu voltei pro colégio, Dan?" De repente, me vi totalmente na defensiva. "Certas garotas só podem sair com determinado tipo de cara, é isso?" Estreitei os olhos e me debrucei sobre a mesa. "Espera aí, então foi por isso que você comprou o arco e me chamou pra jantar. Achou que ia me levar pra cama assim?"

Ele ergueu a mão para que eu parasse. "Vamos com calma. Antes que a sua imaginação acabe indo longe demais, a resposta é não. Não quero dormir com você." Ele olhou para o teto e inclinou a cabeça para o lado. "Bom, na verdade..."

"Ah, esquece." Tentei me levantar da mesa.

"Para com isso, Grace. Só quis dizer que, na faculdade, caras como o Matt geralmente só pensam naquilo, sabe? Eu já fui como ele também; sei como tudo isso funciona. Comprei o arco porque fiz questão de que você tivesse um. E te convidei pra jantar porque gosto de conversar com você. A vida não é assim tão preto no branco como a gente acredita quando é jovem. Mesmo sendo menos de uma década mais velho, uma coisa já aprendi: existem muitas zonas cinzentas. Sair pra jantar com um homem não precisa envolver sexo necessariamente."

Ainda sem palavras, engoli em seco. Ele se inclinou e segurou a minha mão do outro lado da mesa. "Certo?"

"Certo." O silêncio constrangedor se manteve até o fim da refeição.

Depois do jantar, fomos juntos até o alojamento sem que ele nem fizesse menção de me dar um abraço. Agradeci pelo arco e pelo jantar e me despedi dizendo que nos veríamos na aula no dia seguinte. Quando abri a porta, imediatamente ouvi Operation Ivy tocando no aparelho de som do saguão, o que era um aviso para eu prosseguir com cautela; ao entrar no corredor, avistei Matt no sofá abraçado com uma garota igualzinha à Rachel de *Friends*. Ele me viu, encheu um copinho com um líquido marrom e gritou: "Body shots!". Em seguida, enfiou uma fatia de limão na boca da garota, sacudiu um saleiro sobre o decote e — sério mesmo — *sorriu* para mim ao lamber a parte de cima dos seios.

Logo bebeu tudo e tascou um beijo nela.

Notei as outras pessoas presentes apenas ao desviar os olhos daquela cena, que estava me deixando enojada. Todos se divertiam bastante.

Depois de desocupar a boca, Matt me encarou. "Quer também?" Ele levantou a garrafa de tequila.

Mostrei o dedo do meio e tomei o caminho da escada, mas ele me alcançou.

"Como foi o encontro com o Pornsake?"

Nem sequer me virei. "Foi só um jantar, não um encontro."

"Tá bom, Grace. Você que sabe."

Fiquei furiosa do alto do patamar. "E se eu disser que transei com ele?"

"Sei que é mentira." Ele visivelmente tinha bebido um bocado. Estava sem nenhum pudor.

"Ele comprou um arco pro violoncelo, daí ganhou um boquete no banheiro do restaurante."

Matt contraiu os lábios e me olhou nos olhos. "Ah, é? Então por que não vem curtir um pouco aqui com os meus amigos? Garotas que gostam de boquete são sempre bem-vindas."

"Tudo bem, vamos lá." Passei por ele e desci três degraus. Perplexo por alguns instantes, Matt ficou plantado na escada antes de me seguir.

No saguão, dei alguns goles na tequila, então fui até um cara alto e loiro de cabelos compridos. "Eu sou a Grace." Estendi a mão.

"Oi, Grace", ele respondeu, segurando a minha mão delicadamente. "Você é a Grace do Matt?"

Eu bufei. "Não sou a Grace de ninguém." Entreguei a garrafa e me voltei para Matt no sofá, mas dessa vez ele estava sozinho, olhando para mim.

Uma hora de bebedeira e chapação se passou. Fiquei bem fora de mim.

A Rachel de *Friends* tinha voltado, e meu amigo loiro chegava mais perto a cada troca de respostas. Mesmo assim, Matt não tirou os olhos de mim.

"Quer subir pro meu quarto?", meu amigo loiro perguntou.

"Vamos lá."

Fui conduzida até as escadas. Quando chegamos ao primeiro andar, ele me empurrou contra a parede e tentou me beijar. Eu virei a cabeça. "Não."

Ele deu risada. "O que você acha que a gente vai fazer no meu quarto?"

"Conversar?" Fiquei toda vermelha.

Ele jogou a cabeça para trás. "Então você é do tipo que gosta só de instigar?"

"Já chega." Matt segurou a cabeça do cara num gesto mais ou menos amigável, mas sem dúvida querendo esclarecer um ponto. "Ela tá muito bêbada. Sério mesmo que você vai transar com alguém assim? Cara, ela tá sem condições."

Eu franzi a testa.

O cara loiro olhou bem para Matt. "Verdade." Ele revirou os olhos para mim e voltou para o saguão.

Eu me joguei nos braços de Matt e desmoronei de exaustão. Queria que ele me contasse tudo e voltasse a ser meu melhor amigo, mas tinha medo de que muito houvesse mudado entre nós em um único dia. Ele me abraçou e murmurou no meu ouvido. "O que você tá fazendo, linda?"

Comecei a chorar. Admito que isso foi vergonhoso, mas o álcool, a maconha e o meu comportamento ridículo deixaram os meus sentimentos em frangalhos. "Você tem nojo de mim?"

"Do que você tá falando?"

"Você disse pra ele: 'Vai querer transar com *alguém assim*?' O que isso significa?"

"Grace, os seus olhos estão, tipo, quase fechados. Você tá totalmente bêbada e chapada. Eu conheço aquele cara e sei que não ligaria se você estivesse desmaiada; ele ia tentar tirar vantagem da situação do mesmo jeito."

Escondi o rosto nas mãos e chorei ainda mais. Um pouco de rímel escorreu pelas bochechas.

"Vem comigo. Vamos esquecer essa merda toda." Ele me guiou escada acima.

No meu quarto, joguei as chaves na mesinha e fui cambaleando até o banheiro. Ouvi um CD do U2 sendo tocado no aparelho de som.

Quando ficamos a sós, foi como se tudo estivesse bem de novo e pudéssemos voltar a ser Grace e Matt. Não havia motivo para discussões. Porém, lá fora, no mundo real...

Saí do banheiro e o peguei mexendo no termostato.

"Tô cozinhando aqui. Que diabos aconteceu com o aquecedor?"

"Daria já solicitou o conserto. Eu pedi pra ela ontem." A caldeira do nosso andar passava três dias sem funcionar, então de repente ressuscitava e não parava mais. Era assim a vida num prédio velho em Nova York.

Comecei a abaixar a meia-calça. "Vira de costas." Mas ele continuou me olhando. "Vira que eu vou me trocar." Ele enfim obedeceu — com a maior má vontade. De uma pilha de roupas na minha cama peguei um vestido florido fresquinho, pus, sentei no chão e fiquei observando Matt descalçar as botas. Ele foi andando de meia pelo piso de madeira e tentou abrir a janela. "Assim eu vou ficar com frio."

Ele me avistou usando apenas o vestido de alcinha. Então tirou a camiseta. Minha respiração acelerava sempre que o via sem camisa. Os ombros dele eram largos, mas a cintura era estreita, e costumava usar calça jeans com a cintura bem baixa, às vezes com a cueca à mostra. Naquela noite, a cueca estava escondida, e a calça, amarrada com o cinto de cadarço que eu tinha feito.

"Tá olhando o quê?" Ele veio sorrindo na minha direção.

"Não fica se achando. Eu só estava reparando nesse cinto bacana."

"Ah, sim, claro." Ele pegou a garrafa da prateleira de livros, deu um gole e me entregou, mas eu recusei. Não aguentaria nem mais uma gota. "Meu outro cinto quebrou. Minha mãe vai fazer um novo quando eu for passar o recesso de fim de ano lá."

"Ela faz cintos?"

"Pois é, ela tem vários talentos."

"E como é o processo?"

"Os padrões no couro são criados com ferramentas de metal." Ele apontou para a alça da câmera deixada na minha mesinha de cabeceira no dia anterior. Nem olhei. Ainda estava concentrada nos contornos daquele abdome... e ele notou. Quando me voltei para o seu rosto, ele me encarava.

Saí do transe e estendi a mão para alcançar a câmera, que tinha um padrão intrincado de círculos e triângulos perfurados na alça. "Ficou bem legal."

Ele se aproximou e ofereceu a mão. "Vem dançar comigo."

"Quê? Não."

"Levanta daí e dança comigo, sua covardona."

"Eu não consigo dançar muito bem neste estado."

"Você parecia ótima flertando lá embaixo com sei-lá-quem."

"E tô me sentindo mal por isso. Por favor, nem toca no assunto. Aliás, você também estava todo saidinho tomando body shots com a Jennifer Aniston."

"Ela até que lembra mesmo a Jennifer Aniston, né?"

Revirei os olhos.

"Vai, levanta. Eu te conduzo. Você só precisa me acompanhar."

Segurei a mão dele e fiquei de pé. Dei uma risadinha nervosa, mas ele não hesitou; pôs a mão na base das minhas costas, segurou a outra mão e me puxou para perto do corpo nu. "Põe a mão no meu ombro, Grace."

Começou a tocar "With or Without You", do U2. Matt se balançou um pouco ao ritmo da música, então me afastou e me girou. Ao me puxar de volta, nossos corpos se aproximaram ainda mais. Ele beijou meu ombro nu. Meu coração estava disparado. Eu sentia a pele quente dele contra a minha. Sem parar a dança, nos afastamos poucos centímetros. Passei um dedo pelo contorno dos músculos laterais de seu abdome, admirando a barriga. O V profundo na musculatura parecia apontar para baixo, guiando meus olhos para lá. Pela maneira como seu peito se movia, pude ver que a respiração estava acelerada também.

"O que você tá fazendo?" A pergunta veio num tom baixo e grave.

"Desculpa..." Tentei afastar a mão, mas ele a puxou de volta.

"Não precisa parar, não."

Me apoiei na cintura dele e tateei a lateral firme do peitoral, passando pelo tufo de pelos macios no meio do peito, até chegar à nuca. Começamos a balançar de um lado para o outro, como se a música fosse lenta. De olhos fechados, havia um sorriso em seus lábios. "Humm. Minha vez."

"Você não me leva a sério mesmo, né, Matt?"

Ele abriu os olhos na hora e pude sentir como estava duro. "Isso não é sério o bastante pra você?", ele perguntou rispidamente.

Eu o afastei e cambaleei para o lado. Ele se sentou na cama e desligou o aparelho de som com o pé. Na sequência, se inclinou para a frente, apoiou os cotovelos nos joelhos e escondeu a cabeça entre eles. "Desculpa."

"Eu também preciso pedir desculpa." Atravessei o quarto, envergonhada de verdade pela primeira vez em um bom tempo. Desabei perto dele na cama e abracei seus ombros. Nós deitamos perpendicularmente na cama, olhando para o teto. Apoiei a cabeça naquele braço, como já tinha feito tantas vezes.

"Não é justo fazer isso com você. Me desculpa, Matt."

"Tudo bem." Não acreditei muito.

Já tinha pensado em diversas formas de falar o que eu queria para ele, mas sempre saía tudo errado. "Você quer que eu tire a roupa pra... quer dizer, você quer tirar uma foto minha... tipo, que nem a da garota nua no seu..."

Ele deu uma risadinha. "Você acha que isso vai ajudar a minha situação, Grace?" Matt ergueu a cabeça e olhou na direção da virilha.

Meu rosto ficou quente e totalmente vermelho. "Não, é que..." Engoli em seco, e meus olhos se encheram de lágrimas. Não reconhecia a minha voz. Parecia fraca demais. "Eu sou virgem, Matt."

Não havia muitas virgens da minha idade na NYU, e eu estava começando a questionar se já não tinha perdido o bonde. É assim que acontece; à medida que a pessoa fica mais velha, vai se tornando cada vez mais difícil dar início a uma relação íntima. Evitei isso por estar totalmente concentrada nos estudos e na música. No segundo ano, não conhecia ninguém que ainda fosse virgem. Me sentia uma piada. E com medo de os caras acharem que eu fosse esquisita ou imatura demais.

Matt fez uma careta, arregalou os olhos e acariciou o meu rosto. "Eu sei, Grace. Tipo, desde o dia em que a gente se conheceu. Você não precisa fazer nada. Me desculpa por ter feito você se sentir assim."

"Você sabia?"

Ele assentiu. Pelo jeito, era bem óbvio. Por acaso eu tinha a palavra VIRGEM tatuada na testa?

"Eu só achei que você fosse gostar de fazer um retrato meu igual ao daquela garota."

Matt percebeu que isso seria muito mais importante para mim do que para ele. "Eu vou adorar te fotografar, Grace. Nunca ia deixar de querer."

Ele se levantou, respirou fundo para se recompor e pegou a câmera. Ao me ver toda encolhida no vestido, ele falou: "Só vou tirar as fotos. Você pode fazer o que se sentir mais à vontade, certo?".

"Certo. Pode pôr uma música?"

"Claro." Ele trocou o CD e "Lover, You Should've Come Over", do Jeff Buckley, começou a tocar. Fui até a beira da cama, tirei o vestido pela cabeça, joguei de lado, abaixei a calcinha até os tornozelos e chutei para longe, sem olhar para Matt em nenhum momento. Segurando os seios, ouvi alguns cliques enquanto ficava ali sentada, olhando para o chão. Ele cobriu a cúpula do abajur com um tecido fino para diminuir a luminosidade do quarto. Tirei o edredom da cama, revelando os lençóis brancos antes de me deitar sobre o travesseiro. Finalmente consegui olhar para ele, mas continuei escondendo o corpo da melhor maneira que podia.

Ele inclinou a cabeça, como se estivesse analisando o enquadramento, ao passo que apoiava a lente com a mão esquerda. Ao se aproximar de mim, percebi que estava tentando decifrar a minha expressão. De pé ao lado da cama, Matt alisou meu joelho dobrado, roçando os dedos levemente na minha panturrilha. "Tenta relaxar um pouco, tá bom, linda?"

Eu assenti, toda nervosa. "Meus peitos são pequenos demais."

Ele balançou a cabeça e sorriu. "Tira as mãos da frente, Grace. Você é lindíssima." Alguma coisa na postura confiante de Matt — além da seriedade com que encarava a fotografia — tornou fácil posar para ele. Quando afastava a câmera, eu podia ver a felicidade em seus olhos. Isso lembrava a maneira como eu me sentia tocando música. Era como se algo sublime o invadisse. De olhos fechados e com a respiração acelerada, pus as mãos atrás da cabeça e fiquei escutando os sons do obturador à medida que Jeff Buckley me prometia que nada jamais chegaria ao fim.

Mais tarde, já enrolada nas cobertas, vi Matt vasculhando o quarto. "O que você tá fazendo?"

"Procurando a minha camiseta."

Eu a puxei de debaixo da cama. "Encontrei. Mas agora é minha." Vesti a peça. Simplesmente adorava o cheiro das roupas de Matt — amaciante misturado com sabonete masculino.

"Vai fazer as minhas roupas de refém?"

"Fica aqui comigo?"

Ele ficou me olhando por um tempo desconfortavelmente longo. "Matt?"

"Tudo bem", ele disse baixinho, tirando a calça jeans e vindo até mim só de cueca. Quando afastei minha colcha velha, ele se enfiou entre as cobertas. "Vem cá, Gracie." Ele me puxou para junto de si e eu apaguei naqueles braços.

Algum dia vou ser capaz de parar de pensar em como me senti envolvida daquela maneira? Nossos corpos se fundiram em um só. Dormir sozinha nunca mais voltou a parecer normal. A postura dele era extremamente confiante. Masculina. Me aninhar ali foi mais do que natural. Talvez tenha sido por causa de todos os meses que passamos nos conhecendo, esperando por esse momento. Ou talvez tenha sido porque ele já tinha feito aquilo antes.

10. Foi nesse momento que você me ganhou

GRACE

De manhã, Matt já não estava mais lá. Sem dúvida tinha testado ao máximo o autocontrole.

Pornsake agiu normalmente na sala de ensaio no sábado, mas Tatiana me lançou olhares estranhos. "Você tá com uma cara muito alegrinha hoje, Grace. Ai. Meu. Deus." Ela se inclinou sobre a cadeira para se aproximar. "Você deu pro Pornsake depois da aula?"

"Credo, não! E vê se fica quieta." Olhei ao redor para a classe, que nos encarava.

Dan fez um anúncio que nos salvou daquela situação constrangedora.

"Quem tiver interesse em viajar para o exterior comigo no ano que vem como integrante da orquestra que estou montando, por favor, fique depois da aula. Os testes vão ser hoje à tarde."

Guardei o violoncelo e fui atrás de Tatiana na direção da porta. Dan me segurou pelo braço. "Grace, você não vai fazer o teste?" Observei a mão dele no meu cotovelo. Dan passou a ficar à vontade demais comigo. "Eu devia ter avisado antes. Vou me candidatar à pós-graduação. Entreguei a papelada hoje de manhã."

"Mas nós conversamos sobre a turnê ontem à noite..."

"Dan... Professor, eu penso em fazer uma pós desde o primeiro ano. Não sei se posso simplesmente largar tudo por um ano e meio."

"Você pode fazer pós-graduação a qualquer hora, Grace. Eu me arrependo de não ter feito mais coisas assim quando tinha sua idade. É por isso que vou dar um tempo da universidade." Ele parecia frustrado.

"A questão não é..."

"O quê?"

"Esquece." Percebi o ciúme se manifestando nele e tentei esclarecer a questão. "Quanto antes eu terminar a minha formação, mais cedo vou começar a ganhar dinheiro."

"O ponto não é dinheiro, Grace. Estamos falando de música. Você tem mais paixão do que qualquer outra pessoa pra quem dei aula." Ele olhou para Tati, parada na porta só escutando.

"É uma questão de dinheiro, sim, porque eu não tenho nem um puto." Dei uma risadinha. "Fora a fortuna da dívida estudantil." Eu me desvencilhei da mão dele.

"Entendo." O tom era de quem não tinha se convencido, no entanto balançou a cabeça. Fui correndo até a Tati.

Do lado de fora da sala, ela bateu com um ombro no meu. "Acho que você acabou de partir o coração do Pornsake."

"Ele é superbonzinho, mas simplesmente não entende."

"Eu também não tô entendendo."

"Como assim? Não tenho dinheiro nem apoio nenhum. Você pensa que viajar pela Europa é de graça?"

"Esse não é o único motivo, né?"

Eu sabia que ela mencionaria Matt. "Nem começa. Se é uma ideia tão boa assim, então você deveria fazer o teste."

Ela deteve o passo abruptamente. "E vou mesmo." Tati deu meia-volta. "A gente se vê, Grace."

Ela não precisava se submeter a testes para nada. Era simplesmente boa demais. Pornsake com certeza a aceitaria, mas Tati provavelmente preferia que eu fosse junto. Era frustrante ela não compreender a minha situação.

No caminho de volta ao alojamento, passei pela loja de Orvin e o vi sentado num banco ao ar livre.

"Oi, Orvin." Ele espremeu os olhos para me enxergar. "Sou eu, a Grace. Lembra? Vim aqui com o Dan."

"Ah, sim." Ele deu um tapinha no banco ao lado. "Pode sentar, moça simpática."

Já estava ficando tarde, e podia sentir o vento especialmente frio naquele dia, diante de uma fileira de táxis passando por nós. "Aliás, o arco novo é fantástico."

Ele abriu um sorriso que fez as têmporas se enrugarem. "Fico contente ouvindo isso, Grace."

"Nem acredito na diferença do som."

Ele continuou olhando só para a frente, mas pôs a mão sobre a minha. "Não esqueça, isso são só ferramentas. Ainda que a música viaje através dos instrumentos, ela vem de você, da sua alma."

Uau. "Pois é", eu murmurei. Compreendia perfeitamente.

"Dan tem muita fé em você."

"Tem mesmo. Pena que me canso rápido da música clássica, o que acaba criando problemas pra mim."

"Ha!" Ele deu uma risadinha. "Eu entendo, querida. Os melhores musicistas não se sujeitam às regras. A única coisa que você precisa é conhecê-las bem para deixar de se sujeitar a elas."

Ficamos em silêncio por um bom tempo. Fechei os olhos brevemente e comentei: "A música tá em todo lugar, né?".

Ouvi freadas dos carros, buzinas, risadas de criança e o constante tilintar dos canos que emanava dos bueiros. De repente, todos os sons abafados se tornaram distintos ao se fundir numa linda sinfonia. A trilha sonora da minha vida.

Percebi que Orvin me observava.

"Vê o que eu quis dizer? Está tudo dentro de você."

Meus olhos lacrimejaram por causa do vento, mas sobretudo pelas emoções.

"Pois é."

"Você precisa aprender a decolar com as próprias asas antes de voar alto."

Agradeci a Orvin várias vezes. A cada dia aprendia como simplificar a vida. Talvez amadurecer fosse isso. Apesar de os adultos dizerem que tudo se complica com a idade, acredito que todos querem novos desafios para superar. Nossos piores medos vão desde dormir sem o ursinho de pelúcia favorito a descobrir que não temos nenhum propósito na terra. Será que o tempo, a maturidade e a resiliência proporcionam o tipo de contentamento tão evidente em Orvin? Ou ele simplesmente desistiu e se resignou à vida de sempre?

"Volte quando quiser", ele falou quando se levantou do banco.

"Ah, com certeza."

Na minha carteira havia um cartão telefônico que tinha ganhado na rifa mensal do alojamento. Liguei para a minha mãe do orelhão mais próximo.

"Grace, como vai, querida?" Ela parecia ocupada. Podia ouvir meu pai gritando com os meus irmãos ao fundo.

"Como tá todo mundo?"

"Seu pai perdeu o emprego de novo."

"Ah, não. De novo, não." Na verdade, não fiquei nem um pouco surpresa.

Ela soltou um suspiro de irritação. "Sim, de novo."

"Eu queria muito ir pra casa no Natal. Posso arrumar um emprego temporário no shopping e ajudar vocês."

"Ah, Grace, seria maravilhoso. Você tem como pagar a passagem?"

"Em vez de um presente de Natal, pensei que poderia ganhar a viagem pra casa..." Um brilhinho de esperança se acendeu dentro de mim.

A expectativa logo caiu por terra. "A gente não tem como pagar, querida. Eu sinto muito."

Não ia para casa fazia quase um ano. Lamentava muito pela minha mãe e não queria ser um fardo para ela, mas estava com saudade dos meus irmãos, da bagunça deles e da energia da família reunida mesmo em tempos difíceis. A ideia de passar as festas de fim de ano sozinha no alojamento era assustadora. Seria como as últimas semanas do verão, quando fiquei lá sem ninguém. Antes de Matt chegar.

Houve um longo e desconfortável silêncio. "Tudo bem, mãe. Então, preciso guardar uns minutinhos neste cartão."

"Sim, eu entendo, claro. Amamos você, querida."

"Eu te amo, mãe."

Passei o fim de semana sozinha no quarto, bebendo vinho barato e sofrendo pela minha mãe, mas sobretudo por mim. A porta estava semiaberta quando Matt apareceu no corredor mais tarde à noite.

Ele abriu a porta. "Toc-toc."

"Pode entrar. Fica aqui comigo." Eu estava tocando violoncelo perto da janela, usando a camiseta dos Ramones do Matt.

Ele entrou e pôs a bolsa no chão. "Nunca vou recuperar essa camiseta, né?"

Olhei para ele, que sorria perto do batente. Senti alguma coisa me dominar. Fui andando até Matt e arranquei a camiseta dele por cima da cabeça. Eu vestia apenas calcinha e sutiã. "Então toma."

Ele piscou algumas vezes. "Hã..."

"Me beija, Matt."

Ele fechou a porta com o pé. "Você bebeu?"

"Me beija."

Envolvi seu pescoço nos meus braços. A mão dele repousou na parte inferior das minhas costas e, finalmente, Matt me beijou.

De início, o beijo foi lento e delicado, até começarmos a nos mover mais depressa, enroscando as línguas, com as mãos passeando livremente. Nossa pele estava em chamas, e tudo ganhou um senso de urgência. Beijamos e beijamos, e em pouco tempo fiquei louca para ser tocada em toda parte.

Eu me atrapalhei para abrir o cinto dele.

"Pode deixar." Ele se livrou dos sapatos. Enquanto eu me despia do sutiã e da calcinha, ele se desvencilhava da calça. Pus a mão na parte da frente da cueca.

"Você vai?", eu perguntei.

"O quê?" Ele respirava ofegante.

"Transar comigo?"

Ele me segurou pelo pescoço e levantou meu queixo para me encarar. Aquele olhar era de pura reverência. "Você quer que seja eu?"

Fiz que sim com a cabeça.

Ao se inclinar para me beijar de novo, ele levou a boca à minha orelha. "Grace, eu nunca quis tanto uma coisa na minha vida quanto estar dentro de você agora."

Minhas pernas e meus braços formigaram só de pensar nele fazendo isso. "Mas não pode ser depois de você ter bebido tanto assim. Confia em mim. Certo?"

"Me sinto confiante."

"Eu sei, só que você não vai querer que aconteça estando entorpecida."

"Ah, não?", murmurei.

"Não, linda."

Sabia que era verdade. "Certo."

Ele me aninhou junto ao peito por alguns segundos antes de nos separarmos. Eu o toquei por cima da cueca. "A gente pode fazer outras coisas."

Vi os músculos do pescoço se movendo enquanto ele engolia em seco. "Vai pra cama", Matt falou, e eu fui. Ele tirou a cueca. Ao observá-lo daquele jeito — nu, exposto, e terrivelmente excitado —, quase senti pena. Não era o primeiro pênis que eu via, mas diante das circunstâncias sem dúvida foi o que provocou o maior choque. Fiquei até um pouco assustada. Não dava para acreditar que eu tinha praticamente implorado por ele segundos antes.

Diante da minha expressão apavorada, ele disse: "Não se preocupa, vai ser legal quando você estiver pronta".

Ele deitou na cama de conchinha comigo. Os corpos estavam quentes, colados um ao outro. Matt afastou o meu cabelo e beijou meu ombro. Estremeci antes de relaxar nos braços dele e fechar os olhos.

Ele passou uma mão pela minha cintura, e a outra acariciou a lateral do meu seio — sem parar de beijar a minha nuca.

"Por que você ficou tão chateada naquele dia? Faz tempo que eu quero perguntar", ele murmurou. Encolhi os ombros. "Me fala."

"Porque a Carey e o Jason disseram que o pessoal da fotografia faz orgias na sala escura toda sexta."

A gargalhada fez o peito dele tremer. "Que absurdo. Eu posso te levar lá na sexta. Não tem nada a não ser uns nerds das artes, como eu."

"Então por que eles falariam aquilo?"

"Sei lá. Vai ver é uma lenda urbana do campus."

Meu corpo relaxou junto ao dele. A mão na minha cintura apertou o quadril. "Você precisa me contar o que tá rolando na sua cabeça."

"No momento, nada. A sua mão tá causando um curto-circuito no meu cérebro." Dei uma risadinha, mas Matt não achou graça.

"Qual é o lance com o Pornsake?"

"O nome dele é Dan."

"Qual é o lance com o Dan?"

"Nenhum. Ele é um cara legal. E meu professor. Comprou um arco novo pra mim e me convidou pra jantar. Ponto final. Ah, e ele tá montando uma orquestra pra tocar pela Europa toda. E quer que eu faça parte."

Matt ficou tenso. "Por quanto tempo?"

"Um ano e meio... mas eu não vou. É tempo demais, e eu não quero adiar a pós."

Ele beijou minha orelha. "Entendi." E relaxou de novo.

Sua mão desceu mais um pouco, e soltei um suspiro quando ele encostou na parte mais sensível do meu corpo. Fazendo movimentos circulares precisos e suaves, logo a pressão foi aumentando. O ar bateu nos meus mamilos expostos, provocando calafrios na espinha. Minhas pernas ficaram moles.

"Alguém já tinha tocado em você assim?"

"Não." Faltou fôlego na resposta.

Ele beijou a minha orelha. "E você, já se tocou desse jeito?"

Fiz que sim com a cabeça.

"Me conta como você gosta."

"Disso que você tá fazendo", eu gemi.

"Eu quero você demais, Gracie."

Com toda a tensão acumulada ao longo dos meses, e depois de vários minutos sem pararmos, eu senti que ia acontecer. Ele continuou no mesmo ritmo; tinha exata noção do que fazer comigo. Eu estava tão excitada que era quase doloroso, mas ele sabia que eu precisava daquele alívio. Pus a mão sobre a dele para que não parasse. Meu estômago se contraiu, e ondas frias de eletricidade se espalharam pelas pernas. Ao lembrar que Matt estava vendo tudo, a sensação boa começou a passar.

"Relaxa. Deixa rolar." Foi isso o que eu fiz para me sentir bem de novo, e dessa vez foi mais depressa, até não ter como voltar atrás. Meu corpo todo pulsava. Ele manteve aquela mão grande e quente em mim enquanto beijava e chupava meu pescoço à medida que os tremores foram passando.

A minha cabeça pressionou o ombro dele com força. "Nossa", foi tudo o que consegui dizer.

Matt fez carinho nos meus braços. "Você é tão linda."

Eu tinha sentido aquilo antes apenas sozinha, nunca pensei que fosse ficar à vontade o bastante com alguém para me soltar assim. Matt realmente sabia o que fazer.

"Obrigada", falei bem perto do ouvido dele. Tentei dar um beijo mais demorado, porém ele me interrompeu. "Hora de dormir, mocinha." E beliscou a minha bunda.

"Ai, seu besta!"

"Dorme, Grace."

"Não quer que eu faça nada?"

"Claro que quero, e em breve, ou vou acabar morrendo. Mas não hoje."

"Onde você aprendeu tudo isso?" Minha voz saiu rouca.

Ele estava deitado de barriga para cima, e eu de lado, apoiada nele e o olhando bem.

"Onde foi que eu aprendi tudo o quê?"

"O que você fez comigo. Todos os caras sabem?"

Ele ficou em silêncio. Os olhos piscaram em direção ao teto. Devia estar procurando a melhor forma de responder àquilo. Uma leve luminosidade entrou pela janela. O luar chegava a atravessar a cortina, me permitindo ver o sorriso preguiçoso de Matt.

"Não sei se são todos, mas se eu disser como aprendi, você vai achar graça."

"Ah, agora você *precisa* me contar." Mordi o braço dele. "Como foi? Você é um especialista em pornografia?"

"Não. Ninguém aprende nada com pornografia. É o tipo de coisa que só existe pra agradar os homens." Matt era bem maduro para a idade.

"Hum, pelo visto *eu* preciso assistir uns filmes."

"Não precisa, não. Só a sua existência já dá tesão em qualquer um. Confia em mim."

Me afastei e virei para o outro canto. "Ah, fala sério, Matt. Eu não sei nada, vou passar vergonha na hora."

Ele ficou de lado e me puxou para perto, deitando colado às minhas costas. "Não pensa mais nisso, tá, Grace?", ele falou baixinho. "É só deixar rolar naturalmente."

"Tudo bem", respondi com um bocejo.

Continuamos deitados à meia-luz, prestes a pegar no sono.

"Minha mãe me ensinou."

"Quê?" Aquilo me despertou. "Sua mãe te ensinou o quê?"

"Bom, ela é meio hippie e feminista. Não que ela tenha me mostrado

como fazer. Mas sempre tentou ensinar a gente — eu e o meu irmão —
a tratar as mulheres em pé de igualdade, e isso faz parte também."

"E aí...?"

"Ela me deu um livro sobre orgasmo feminino e basicamente falou:
'Não seja um babaca'."

Eu ri tanto a ponto de me encolher toda. "Uau!", falei entre risos. "Já
gostei da sua mãe, Matt."

"Vocês duas se dariam bem."

"Então você leu o livro?"

"Página por página. Várias vezes."

"Bom, e você passou com louvor no teste prático. Com certeza não
foi a primeira vez."

"Chega de conversa, Gracie. Fecha os olhos."

"Quero conhecer a sua mãe um dia desses."

"Ah, sim." Ele ficou em silêncio por um tempo. "Tomara."

Acordei sozinha na manhã seguinte. Na mesinha de cabeceira tinha
um bagel, um café e um bilhete.

G,

Eu precisei sair correndo. Daria tinha assado uns bagels, então peguei
um pra você. Só que é para comer, sem cheirar primeiro, se não quiser sentir o rastro de empanado de peixe. Qual é o problema dela,
afinal?! Vou trabalhar hoje à noite, mas você pode passar lá na Photo-
Hut para a gente combinar alguma coisa. Vou comemorar o Natal lá
na Califórnia. Quer ir comigo? Você pode conhecer a minha mãe e
agradecer pelas minhas grandes habilidades.
Até mais, M

A ideia de estar com ele no Natal me fez abrir um sorrisão.

11. Nós fizemos promessas não declaradas

GRACE

Passei a tarde toda com Tati no Washington Square Park. A ideia era ensaiar, mas acabamos só fumando um baseado. Contei os detalhes da noite anterior, e a reação dela foi dizer: "Não acredito que você teve um orgasmo. Isso é, tipo, pular uns dez passos e ir direto pro nível de quem tá trepando com a mesma pessoa há um ano". Meu rosto variou entre uns dez tons de vermelho.

O tempo logo ficou frio e fechado; senti no rosto a primeira gota de chuva ao sair do parque. *Que merda*. Eu ainda precisaria andar seis quarteirões, sem guarda-chuva nem dinheiro para um táxi, carregando um violoncelo enorme.

Até chegar à PhotoHut, o céu tinha despencado, me encharcando em questão de minutos. Ao correr para dentro da loja, a sineta tocou, mas Matt não estava atrás do balcão.

"Gracie, tô aqui!", ele gritou da sala dos fundos.

"Como você sabia que era eu?", gritei de volta.

Lá o encontrei sentado à mesa com uma luminária pequena acesa. Matt olhou por cima do ombro e sorriu. "Dava pra saber."

"Então prova."

Ele deu risada. "Você abre a porta até o fim pra passar com o violoncelo, mesmo quando não tá com ele. A sineta toca por um segundo a mais com você do que com um cliente normal."

Ao erguer os olhos da mesa mal iluminada, ele finalmente me viu. "Minha nossa, Grace. Você tá congelando."

Matt veio correndo para tirar o violoncelo das minhas mãos. "Tá caindo uma chuvarada." Eu tremia visivelmente. Meus dedos dormentes tornaram impossível a tarefa de desabotoar o casaco. Ele imediatamente abriu os botões e tirou meu sobretudo de cima dos ombros, deixando que caísse no chão. Fui envolvida pelo seu corpo alto e, em segundos, já estava aquecida.

"Fui ao parque com a Tati e começou a chover."

"Shhh, você tá ensopada, tira essa roupa." Ele me soltou para procurar alguma coisa no armário, enquanto eu verificava se o estojo do violoncelo não tinha molhado por dentro.

Ele voltou com uma toalha. "Sabia que isso estava em algum lugar. Quer tirar a blusa pra eu pôr na secadora?"

"Tem uma secadora aqui?"

"Sim, uma secadora de fotos. É mais um tipo de rolo gigante e quente, mas pelo menos você não vai morrer de frio."

"Eu posso ir pra casa."

Ele franziu a testa.

"Não me olha assim."

"Você não acha que a gente precisa conversar?"

"Acho que sim", eu falei, hesitante. Quando levantei a blusa, percebi os olhos dele fixos em mim. "Vira de costas."

"Eu já vi você pelada de verdade, Grace."

"E daí? Vira logo, seu tarado."

Ele obedeceu, dando risada. "Como você é tonta."

Joguei a blusa na cabeça dele e me enrolei rapidamente na toalha. Matt começou a mexer nos botões da secadora de fotos no canto da sala enquanto eu girava numa das cadeiras do escritório, cada vez mais depressa.

Quando ele terminou aquilo, tomou impulso em outra cadeira e veio deslizando pelo piso de linóleo. "Carrinho bate-bate!", ele gritou pouco antes de me acertar em cheio e derrubar nós dois.

"Isso é o que você chama de *conversar*?" Ele veio para cima de mim com uma cara maliciosa.

Matt se abaixou, beijou a ponta do meu nariz e ficou de pé, oferecendo a mão para me levantar. Segurei firme a toalha no corpo até me sentar de novo. Os movimentos dele não tinham nada de desajeitados, eram sempre muito confiantes.

Isso era incrivelmente sexy.

93

Aproximando a cadeira para ficarmos cara a cara, ele sorriu de novo. "Você vai passar o Natal comigo na Califórnia ou tá planejando ir pra casa ver seus pais?"

"Na verdade, eu não tenho grana pra nada disso." Baixei os olhos para as minhas mãos no colo. Apesar de ele saber da situação, ainda era difícil não me sentir constrangida.

"Eu pago a viagem pra casa dos seus pais. Ia adorar que você fosse comigo, mas também não quero ser egoísta."

Mesmo estando com saudade da minha família, sentiria mais a falta de Matt se ficássemos três semanas longe, portanto preferia ficar com ele. "Você realmente quer que eu conheça os seus pais?"

"Quero, sim, Grace."

"Seria incrível conhecer a Califórnia. Eu nunca fui."

"Então tá combinado. Ah, tem mais uma coisa...", ele abriu um meio--sorriso todo convencido, "... você falou sobre transar ontem à noite. Lembra?"

Fiquei vermelha na hora. "Claro que lembro. Não estava tão bêbada assim."

"Pois é... como ficam as coisas entre a gente?"

"O que você acha?", rebati sem pensar duas vezes.

"Você quer namorar? Ou só alguém pra perder a virgindade?"

Enfiei a toalha embaixo dos braços, me inclinei para trás e olhei bem para ele. "Bom, não existe uma palavra pra amigos que transam?"

"Sim, é namorado ou namorada." Percebi um ar meio estranho, como se ele estivesse esperando determinada reação minha.

"Mas precisa ser um lance meio casual, né?"

"Bom, a gente precisa estudar pra caramba. Além disso, eu vou viajar no verão, e você vai começar a pós."

Tudo ao meu redor parou. "Você vai embora?" *Como é que eu não sabia disso?*

"Pois é." Ele pegou um papel no balcão e entregou para mim. Era uma carta da *National Geographic* informando que Matt havia sido selecionado para um estágio.

Eu reli duas vezes e, ao erguer os olhos, ele estava com um sorriso enorme e satisfeito. Mesmo sentindo os meus olhos se encherem de lágrimas egoístas, eu o abracei. "Tô superfeliz por você! Parabéns, Matt, nem acredito nisso. Quer dizer, você é incrível, mas uma oportunidade dessas, nossa... Você deve ser o único estudante de graduação que eles escolheram."

"Eu sei, fiquei em choque. É uma chance única. Desculpa não ter contado antes; era muita ansiedade e medo de que não rolasse."

Continuei olhando para a carta. "Isso é o máximo! Nossa, que orgulho de você."

"Vou passar o verão fora, e você vai estar na pós-graduação quando eu voltar. Se tudo sair como o planejado, vou ter um emprego."

Ainda não conseguia acreditar que Matt ia embora. Meus sentimentos eram conflitantes, porém aquilo era o melhor para ele. "Então, por enquanto... a gente mantém só um lance casual?"

"Eu não quero sair com mais ninguém. Também não queria encontrar você se pegando com qualquer um no corredor, mas podemos manter só um lance casual, sim."

"Certo."

"Certo o quê, Grace?"

"Também não quero sair com mais ninguém." *Nunca mais.*

Um cheiro estranho invadiu a sala. Eu farejei o ar e arregalei os olhos. Lã queimada.

"Minha blusa!"

"Merda!" Matt foi correndo num pulo até a secadora. Ele apertou um botão e trouxe o que restou da minha peça de roupa favorita. "Ah, não, você vai ter que ficar pelada mesmo." Ele tentou segurar o riso.

"Não tem graça nenhuma, Matt. Era a minha blusa favorita."

Ele deixou o suéter sobre a mesa e me puxou. "Você não precisa disso." Jogando a toalha de lado, Matt começou a beijar meu ombro e meu pescoço. Inclinei a cabeça para deixar toda a área à mostra, mas a sineta da porta da frente tocou justo nessa hora.

"Merda!" Eu me desvencilhei da cena e peguei a toalha do chão enquanto ele ia para a entrada, de onde vinha uma voz familiar. Dan.

Fiquei parada atrás da parede ouvindo a conversa.

"Oi, Matthew."

"É Matt."

"Oi, Matt. Tatiana me disse que Grace estaria aqui."

"Pois é, hã... ela tá meio ocupada."

"Só preciso conversar com ela um minutinho."

Se fosse adivinhar a expressão de Matt, diria que estava se divertindo.

"Cara, ela tá seminua na sala dos fundos."

"Hã... e o quê..." Dan não tinha palavras.

Matt ficou com pena dele. "Ela chegou encharcada de chuva, aí tá esperando as roupas secarem lá."

Eu levantei a sobrancelha. *Melhor não mencionar que estávamos começando a pegação.*

"Ah."

"Oi, Dan!", eu gritei.

"Oi, Grace. Nós precisamos conversar."

"Não pode ser na aula de sexta-feira?"

"É, acho que sim." Houve uma longa pausa. Será que Matt estava olhando feio para ele? "Beleza, vamos fazer isso. Até lá."

Eles se despediram educadamente, e a sineta tocou de novo. Matt voltou no instante seguinte, e eu ainda vestia a calça jeans úmida e uma toalha branca enrolada nos ombros como um xale.

"Preciso fechar daqui a pouco." Ele bateu uma palma. "Então, o que foi que a gente decidiu mesmo?"

"Deixar as coisar rolarem." Ele assentiu com a cabeça. "Sem sair com outras pessoas... até você ir embora."

Todos os ruídos do maquinário pararam. O silêncio se tornou absoluto.

"Amigos pra sempre?" Ele observou meu rosto com atenção, como se estivesse tentando guardá-lo na memória.

Era impossível desviar os olhos.

Apesar de amigos para sempre ser uma expressão batida, ali soou como música ou poesia. Devia significar algo mais. Ele estava dizendo *Preciso de você na minha vida.* Tentei detectar senso de humor, mas não havia nada... apenas o pedido. Estávamos um diante do outro, cheios de confiança mútua apesar de sermos tão jovens. A sala fria e escura de repente se iluminou. Os olhos de Matt se acenderam, e eu fiquei até zonza ao sentir um calor se espalhar dos pés à cabeça. Com as mãos abertas e estendidas para mim, me convidou para um abraço, mas não consegui me mover; só de ser olhada daquela maneira, fui reduzida a sentimentos avassaladores acumulados.

É impossível recriar a primeira vez que prometemos amar alguém, ou a primeira vez que nos sentimos amada. Não dá para reproduzir a mistura de medo, admiração, timidez, paixão e desejo, porque nunca mais acontece de novo. Passamos a vida toda tentando reviver uma experiência como aquela. Isso não quer dizer que seja inviável se apaixonar por outra pessoa e seguir adiante; significa apenas que o momento de espontaneidade total — a fração de segundo ao dar um passo rumo ao desconhecido, com o coração disparado e a mente lotada de dúvidas, *esse* exato momento — jamais vai se repetir. Nunca vai ter a intensidade da primeira vez. Pelo menos, é assim que aconteceu comigo. É por isso que minha mãe sempre dizia que guardamos o passado na memória. Tudo parece melhor quando assume a forma de uma lembrança.

"Sim, pra sempre", eu disse por fim.

12. Parecia estar tudo bem

GRACE

Duas semanas depois, estávamos fazendo as malas para passar a semana do Natal na Califórnia. Tínhamos nos encontrado bem pouco desde a noite no PhotoHut, por causa das provas finais e das horas extras que Matt precisou fazer para pagar a minha viagem.

"Onde a gente vai ficar quando estiver lá?"

"Na minha mãe. A casa dela em Pasadena é pequena, mas tem um quarto de hóspedes. É melhor do que no meu pai; tem até gente trabalhando lá. É uma coisa absurda." Ele estava sentado num pufe roxo no canto do meu quarto, folheando a *National Geographic*, de pernas abertas e descalço. Parecia mais do que confortável vestindo calça jeans, camiseta do Sonic Youth e boina.

"Como assim, 'gente trabalhando lá'?"

Ele fez um gesto vago. "Tipo empregados e tal."

"Ah." De repente fiquei apreensiva. Mesmo que não fôssemos ficar lá, em algum momento eu ia conhecer o pai, o irmão e a madrasta de Matt, sem saber o que eles pensariam de mim. A pobre e patética Grace com suas roupinhas de brechó.

"Não esquenta, Grace, com eles é tudo uma questão de aparências. É só ser você mesma. Você é perfeita." Ele baixou a revista e olhou para mim. "Aliás, o que o Pornsake queria na loja aquele dia?"

"Ele ainda tá tentando me convencer a tocar no exterior. Agora que a Tati vai, isso é mais um argumento."

"Ah", ele disse baixinho. Seu olhar se distanciou por alguns instantes. "Ele deu a entender que era um assunto urgente."

"Ele é assim mesmo."

"Que cara insistente." Matt abaixou a cabeça e continuou a focar apenas a revista.

"Ele se importa com essas coisas."

"Ele quer te levar pra cama."

"Você também." Joguei a *National Geographic* de lado.

"Isso é verdade." Os olhos dele brilhavam.

De pé entre seus joelhos, beijei sua cabeça. A mão dele passeou pela parte posterior das minhas pernas descobertas.

"Você usa esses vestidinhos curtos pra me enlouquecer, né?"

A voz dele soou áspera. Desde quando Matt demonstrou suas habilidades, não tínhamos feito nada além de dar uns beijos. Dormimos aninhados algumas noites, exauridos pela maratona de estudos, mas nada além disso. Sinceramente, o autocontrole dele era digno de um santo. Estávamos prontos, eu estava preparada, e Matt sabia disso. Agora que o estresse das provas finais enfim tinha passado, a única tensão restante atingia nossos corpos e pedia para ser liberada toda vez que nos tocávamos.

"Tô quase terminando. Vou até o seu quarto depois do banho. Tem vinho lá?"

"Talvez um pouco", ele murmurou com a boca colada à minha barriga enquanto eu bagunçava seu cabelo.

"Eu só quero um pouquinho pra poder relaxar."

Ele agarrou minhas pernas com mais força e me encarou. Já tinha entendido tudo. "Vou comprar vinho."

Eu assenti. "Que horas é o voo amanhã?"

"Seis e quinze."

"Nossa, que cedo." Olhei para o relógio; já eram onze da noite.

Matt segurou o meu rosto com as duas mãos e deu um beijinho. "Passa lá quando estiver pronta. A gente pode dormir no avião."

Engoli em seco e concordei.

Antes de chegar à porta, ele se virou. "Ei, Grace." Se segurando no batente, seu olhar estava voltado para o chão. Vi o tríceps se flexionando quando ele se balançou uma ou duas vezes.

"Quê?"

"Antes de ir... pensa bem se é isso mesmo que você quer fazer... certo?" Ele ergueu a cabeça e estreitou os olhos. "E vê se usa esse vestido."

A camiseta dele tinha subido, revelando a musculatura inferior do abdome. Foi impossível não olhar. Quando voltei ao rosto, esperava ver um sorriso convencido, mas os lábios dele estavam imóveis. Sérios.

"Certo."

Depois que ele saiu do quarto, vasculhei o armário em busca do que usar na casa do ricaço do pai dele. Basicamente enfiei tudo o que tinha na mala, tirei o vestido, estendi na cama e fui para o chuveiro. Um milhão de inseguranças passaram pela minha cabeça ao prestar atenção em cada centímetro do meu corpo.

Fechei os olhos e respirei fundo, deixando a água quente escorrer por tudo. Minha mão instintivamente foi descendo enquanto eu repassava sem parar as imagens de Matt me tocando. Pus a mão nos seios, imaginando que seria a sensação que ele teria. Será que eu era gostosa? Tentei imaginar como deveria me posicionar ou me mover. Não fazia a menor ideia.

Depois do banho, sequei o cabelo às pressas e passei só um pouquinho de gloss. Tinha apenas um conjunto de sutiã e calcinha que combinavam. Era de renda preta barata, e a cintura já estava desfiando. Vesti a lingerie e me olhei no espelho de corpo inteiro. Segurando os seios por cima da renda e tateando os quadris, meus nervos começaram a se acalmar. Eu precisava saber o que ele sentiria ao passar a mão em mim. Com a pele quente e lisa, já estava molhada quando abaixei mais a mão. Por fim, pus o vestido vermelho com flores pretas por cima da cabeça.

Tudo para a viagem estava pronto e empilhado perto da porta. A única coisa que completaria os planos da noite era perder a virgindade. Mesmo estando mais nervosa do que nunca, me sentia pronta.

Bati na porta dele logo em seguida, e meu estômago se revirou ao ouvi-lo atravessar o quarto. Matt tinha me pedido para pensar bem no que queria fazer, mas naquele momento eu tinha dúvidas.

Ele escancarou a porta, já me entregando uma taça de vinho. "Achei que você ia precisar disso agora."

Como era típico da minha personalidade bobalhona, comecei a tagarelar. "Pois é, quer dizer, sei lá o que eu tô fazendo, o que esperar desse momento, ou o que você gosta, ou... tipo, como eu tenho que fazer... ou como deve ser a minha aparência ou a sensação..."

"Para com isso, Grace. A gente não precisa falar sobre nada disso. Bebe o vinho e vem cá ficar comigo. Relaxa, somos só nós dois."

"Boa ideia." Encontrei *The Bends*, do Radiohead, ao remexer nos CDS dele e pus para tocar.

"Ótima escolha." Ele estava do outro lado do quarto jogando alguns pertences na mala.

Matt já tinha tirado a camisa, e a calça jeans sem cinto caía abaixo da linha da cueca.

Deitei atravessada na cama dele, deixei o vinho no chão e peguei a câmera. "Diga xis."

Ele sorriu através do visor. "Você fica bem melhor do outro lado dessa coisa. Pega aqui." Eu entreguei de bom grado a câmera.

Fiquei de barriga para cima e levantei os olhos, deslizando o vestido pelas coxas. Ele começou a fotografar.

"Você é tão linda, Grace."

"Mas você me acha sexy?"

"Sim. Muito."

Sentei na beira da cama enquanto ele deixava a câmera na mesinha de cabeceira. Estava dando o último gole de vinho quando soaram os primeiros acordes de "Fake Plastic Trees".

"Adoro essa."

Ele estendeu a mão para a bainha do meu vestido, e eu, para o botão da calça jeans.

"Fica de pé, linda."

"Não sei o que fazer, Matt."

"Você vai saber."

Ele tirou a minha roupa, me agarrou pela nunca e me beijou como se esse fosse o seu único propósito de vida. A temperatura ao nosso redor triplicou. A outra mão dele desceu pelas minhas costas, chegando até a bunda, e se encaixou debaixo da renda. Ele estava todo duro contra mim.

Interrompendo o beijo, dei um passo atrás. Matt estava ofegante. Observei como me olhava, apenas esperando e desejando por ele ali parada.

Ele assentiu, com os olhos arregalados. "Tô gostando disso."

Alguma coisa me dominou, eu me senti encorajada e confiante de fato. Cheguei mais perto, abaixei a calça jeans e a cueca dele e fiquei de joelhos.

"Uau." *Espera aí, eu disse mesmo "uau"?* Me senti ridícula. Eu era incapaz de ser uma garota sexy; não podia agir como se soubesse o que estava fazendo, principalmente estando na frente daquilo. Toda a minha confiança se esvaiu em um instante. Ouvi a risadinha de Matt.

"Fica de pé, Grace."

"Por quê?" Resmunguei quando ele me puxou por baixo dos braços. Ele estava com um sorriso largo.

"Você é a coisa mais linda do mundo, sabia?"

Cruzei os braços e fiz beicinho. "Que droga, eu estava tentando ser sexy."

"E também é. Agora deita aí e vamos devagar."

As pessoas nunca dizem que momentos como esse podem ser bem constrangedores. Quando você tenta reproduzir o que viu na TV ou leu nos livros, tudo fica muito estranho. Peguei a garrafa de vinho e dei um gole. Matt estava completamente nu ao deitar na cama. A confiança silenciosa dele era uma bênção disfarçada; não era "o cara", tentando bancar o gostoso. Ele não precisava se esforçar para isso — simplesmente era. Tirei o sutiã e a calcinha sem muita cerimônia enquanto ele permanecia olhando para o teto.

Se apoiando sobre o cotovelo, ele chegou mais perto e falou: "Fecha os olhos".

Matt me beijou, e o calor se espalhando pelo meu corpo fez a vontade aumentar. Quando mordeu o meu lábio, pensei que fosse perder a cabeça. A mão dele passeou por entre as minhas pernas e parou lá embaixo. Minha respiração não se alterou, eu não suspirei, nem o impedi. Eu queria mais — mais pressão, mais contato. Pus a mão sobre a dele e apertei. Como ele tinha dito, eu sabia o que fazer. Não havia mais constrangimento.

Os lábios de Matt percorreram o meu corpo todo, parando nos meus seios; a língua brincando com um mamilo ao passo que a mão não parava de se mexer. Eu pude escutar os ruídos — gemidos baixinhos. Não como as mulheres nos filmes, e sim sons involuntários de prazer. Ele segurou meu quadril com força e me deu um beijo ainda mais profundo na boca. Em seguida, passou para o meu pescoço e nariz, sugando e beijando até eu me contorcer debaixo dele. Em puro êxtase.

"Só fica me sentindo", ele murmurou. Como eu poderia não sentir?

Envolvi o pau dele com a mão e aproximei o corpo de Matt com a outra. "Ainda não."

Ele se sentou de cócoras e abriu uma camisinha. "Eu tomo pílula!", gritei, toda sem jeito. Surpreso, ele jogou a cabeça para trás. Sem piscar, eu o encarei. Havia luminosidade suficiente no quarto para ver o rosto um do outro. Admito que um pouco de humor não é uma má ideia quando se está prestes a perder a virgindade.

Quando Matt deu risada, eu corajosamente peguei todo o pau dele de novo. "Só me come logo, tá bom?"

Ele estava sorrindo, mas havia certa reverência na sua expressão. "Você sempre me surpreende, Grace." Se ajeitando para ficar bem em cima de mim, ele apoiou o peso sobre os cotovelos e me beijou com carinho, sugando meu lábio inferior. Tudo ficou mais lento, no melhor dos sentidos, e então ele tocou na minha vulva de novo, mais suavemente do que antes.

"Ahhhh", eu gemi.

Matt soltou um ruído satisfeito, agarrou a parte posterior da minha coxa e a levantou. Meu corpo estava aberto para ele. Eu fiquei à espera. A ansiedade amplificou tudo — o calor, a intensidade, o jeito como tudo dentro de mim estava latejando. Eu sabia que aquilo era a coisa certa.

"Eu te amo", Matt disse perto da minha orelha, e então ele estava dentro de mim. Houve um momento em que senti uma pressão, mas não foi tão doloroso quanto eu tinha imaginado. Manteve um ritmo bem lento até tudo parecer completamente normal, como algo de que senti falta durante toda a vida.

Começamos a nos mover mais depressa, com gemidos silenciosos, espontâneos e reais. Era estranho notar que eu e ele estávamos nos mexendo tanto para nosso próprio prazer quanto para retribuí-lo. Como nada igual, o sexo é absolutamente altruísta e egoísta ao mesmo tempo. Quente e frio, yin e yang, preto e branco, e todas as nuances entre uma coisa e outra. Por fim, o mundo começou a fazer sentido. Naquela hora, eu passei a fazer parte do segredo coletivo.

Os ecos da voz dele se repetiam na minha mente enquanto nos movíamos juntos. *Eu te amo. Eu te amo. Eu te amo.*

Eu te amo. Pra sempre. Eternamente.

13. Alguma coisa mudou?

GRACE

Matt e eu dormimos um total de vinte minutos antes de o despertador tocar. Depois de desligar o aparelho, ele rolou por cima de mim, juntando nossos corpos nus. Minhas mãos procuraram o seu cabelo, e ele abaixou para abocanhar meu mamilo, passando a língua e os dentes de leve. O quarto estava completamente escuro, mas carregado de eletricidade.

"Tá dolorida?", ele murmurou.

"Não." Eu queria sentir Matt em toda parte... de novo. Esperava algum incômodo, talvez um sangramento, ou uma lembrança assustadora de que poucas horas antes eu ainda era virgem. Porém não havia nada, só dois jovens insaciáveis e famintos um pelo outro.

Ele voltou para o meu pescoço e foi beijando, chupando e subindo até a orelha. Eu estava arfando, e os dois dias de barba por fazer dele pinicavam minha pele de um jeito delicioso. Senti a ereção quente contra minha coxa, pressionando nossos corpos juntos.

"Ahhh, Matt."

"Eu adoro esse som."

Sua voz perto do meu ouvido provocou ondas de eletricidade que desceram pelas minhas pernas. Estremeci todinha. Não havia nada capaz de nos fazer parar naquele momento. A intensidade era tamanha que fiquei completamente sem fôlego. Nos tornamos um borrão, agarrando, apertando, beijando, chupando, subindo e descendo; cada movimento fluía perfeitamente na cama de solteiro de Matt. Ele me puxou para que eu montasse nele. "Assim." Levantou meus quadris, guiando a si mesmo para dentro de mim. Arqueei as costas e estiquei as mãos sobre aquele abdome rígido.

Os meus gemidos agudos se misturaram com os sons graves e baixos de satisfação profunda vindos do fundo do peito dele.

"Tá gostando? Tá gostando disso, Matt?" Cavalguei mais depressa.

"Tô, linda." A voz dele estava áspera; os olhos, inebriados de desejo; os lábios, ligeiramente entreabertos.

Com movimentos ainda mais fortes, me joguei para trás, apoiando as mãos nas coxas dele e intensificando o atrito. Ele pôs o polegar no meu clitóris, em que diversas terminações nervosas se juntavam, logo acima de onde nossos corpos foram conectados. Os gestos leves e sutis fizeram com que eu me esquecesse do resto do mundo. As paredes podiam desmoronar e meu violoncelo podia estar em chamas que eu permaneceria bem ali até o fim, grudada em Matt.

Ao acelerar, ele me agarrou pela cintura e ficou tenso. A minha boca se abriu sem emitir nenhum som. Mal respirava por medo de que o prazer passasse. Fechei os olhos e deixei rolar. Era estranho; não que eu tivesse esquecido que Matt estava lá — como poderia? —, mas a consciência de tudo ao meu redor estava bastante limitada. Era como se não lembrasse nem que *eu mesma* estava lá, até que o tesão ganhou força máxima e as ondas de calor e os calafrios se espalharam pelo meu corpo. A pulsação no clitóris foi mais impactante do que nunca. Matt soltou um ruído abafado de seu âmago.

Quase dolorosamente, a palavra "isso" escapou da minha garganta. Não foi um grito triunfante e cinematográfico. Apenas discreto. Porém eufórico.

Um último pensamento passou pela minha cabeça antes que eu desabasse sobre Matt. *Preciso descobrir que livro é esse que a mãe dele deu.*

Instantes depois, ele estremeceu sob mim enquanto eu continuava ali largada. Ele me deu um beijo na cabeça e respirou fundo.

"A gente precisa ir, né?", eu grunhi contra os pelos de seu peito.

"Sim, é melhor. Mas ficar na cama o dia todo com você e passar o Natal em Nova York não é uma ideia ruim."

"Você não vai sentir falta de estar com a sua família?"

A expressão dele se tornou indecifrável. "Não."

"Não?"

"De ver a minha mãe, talvez. Com certeza posso ficar sem os jantares pomposos com o meu irmão metido a besta."

"O que aconteceu pra vocês dois se tornarem tão diferentes?"

Matt me deitou de costas na cama e se levantou. "Acho que eu dei mais sorte." Ele abriu um sorriso presunçoso. "Preciso de um banho."

Fiquei olhando para a bunda gostosa dele enquanto se afastava. Mesmo sob a luz fraca da manhã, a musculatura bem definida das costas era visível.

Caí no sono no táxi a caminho do aeroporto, apoiando a cabeça no ombro de Matt. "Acorda, linda. Já chegamos." Matt olhou no relógio. "Puta merda, a gente precisa correr."

Ele pegou a própria bolsa e a minha pequena mala de rodinhas no porta-malas. Passamos rapidamente pela fila do check-in e logo embarcamos no avião. Fiquei com o assento do meio, e Matt, com o da janela. Eu dormi de novo no ombro dele antes mesmo de decolarmos.

Mais ou menos na metade da viagem, acordei com um pouco de turbulência. Matt dormia com os fones no ouvido. Quando voltei do banheiro, ele pediu dois Bloody Marys. Seus olhos brilhavam para mim enquanto eu me sentava novamente.

"Gracie." Ele me entregou o copo de plástico.

"Matthias." O ar entre nós parecia carregado de eletricidade.

"Pedi um duplo pra você."

"Eu nunca bebi isso", falei ao afivelar o cinto. "Mas sempre tô disposta a experimentar tudo pelo menos uma vez."

Fiquei imediatamente surpresa com o quanto gostei do sabor apimentado e salgadinho de tomate daquele primeiro gole. "Não dá nem pra sentir o álcool."

Ele deu risada. "Essa é a ideia."

Eu me virei para encarar Matt. Ele estava com olheiras e o cabelo castanho espetado em todas as direções. Ainda assim, ele conseguia parecer extremamente sexy. Ele bebeu um pouco, olhou para mim e sorriu até enrugar os olhos. "Bom, né?" A voz soou grave o bastante para provocar calafrios da minha espinha até o meio das minhas pernas.

"Aham", respondi, ofegante. Pensei no que Matt e eu tínhamos feito poucas horas antes, e no que isso significava... o que nos tornava um para o outro.

Como se estivesse lendo os meus pensamentos, a expressão dele mudou, desaparecendo com o sorriso. "Tá tudo bem?"

"Tá, sim." Eu me sentia bem — até feliz, fervilhando de expectativa —, mas ainda um tanto apreensiva. Por quê? Minha primeira vez tinha sido perfeita — quase boa demais para ser verdade. Depois de ouvir tantas histórias horrendas das meninas do meu colégio sobre como as delas tinham sido constrangedoras, dolorosas e confusas, como eu não celebraria o que tinha acabado de acontecer? Cada momento com Matt tinha sido incrível. Ele não me pressionou, foi paciente e respeitoso. Além de cuidadoso, mas sem perder a iniciativa, e, por fim, carinhoso e atencioso. Todos esses pensamentos deixaram a minha cabeça a mil... a lembrança das mãos dele me tocando embaixo das cobertas no quarto minúsculo do alojamento... a boca no meu corpo inteiro...

Matt ficou me observando durante o meu devaneio. Seus olhos pararam na minha boca aberta. Ele sabia no que eu estava pensando. E piscou algumas vezes para recobrar o foco. "Eu adoro essa boca."

Me inclinei para o lado e, em busca de conforto, toquei os lábios dele com os meus. Rendidos à energia que nos cercava, praticamente nos alimentamos dela na tentativa de saciá-la. Trocamos beijos lentos e carinhosos, com as línguas dançando, até ouvir o som inconfundível de alguém limpando a garganta para chamar atenção. A mulher no assento do corredor nos encarava. Parecia ser uma sulista do tipo jovial, com maquiagem carregada e uma cabeleira loira platinada.

Era muita falta de educação nossa aquela pegação no confinamento de um avião? Provavelmente, mas eu não estava nem aí. Estaria quase disposta a tirar a roupa ali mesmo se Matt pedisse. Eu sorri para ela. Lançando um olhar que dizia algo como "eu te entendo", retribuiu o sorriso e revirou os olhos, desistindo de nos repreender.

Matt parecia exausto. Ele juntou minha mão à dele antes de se recostar e fechar os olhos. Peguei meu drinque na bandeja do assento e virei tudo em três goladas. Estava delicioso, e o álcool fez efeito praticamente na hora. Recostada no ombro de Matt, dormi de novo.

* * *

"Esqueci de perguntar, como a gente vai fazer pra chegar lá?"

Matt pegou minha mala roxa da esteira de bagagens. "Minha mãe vem buscar a gente."

Quando chegamos à calçada do aeroporto de Los Angeles, uma minivan cor de vinho encostou. "É ela."

Matt deslizou a porta e abriu os braços. "Mamãe!"

Ela abriu um sorriso de felicidade. "Matthias, que saudade! Entrem logo, vocês dois."

"Mãe, essa é a Grace." Fiquei toda apreensiva parada ao lado do carro enquanto ele acomodava nossas coisas.

"Ouvi falar muito de você, Grace. Prazer em conhecê-la. Eu sou a Aletha." Ela apertou a minha mão. Era uma mulher miudinha com um leve sotaque grego, feições um tanto proeminentes, mas bem bonita, e o mesmo nariz perfeito de Matt. O cabelo escuro era mesclado por fios grisalhos, e ela usava uma longa echarpe de tecido fino enrolada tantas vezes no pescoço que parecia uma blusa de gola alta.

"O prazer é meu, Aletha."

Matt se acomodou no banco da frente, ao passo que eu me sentei no do meio e afivelei o cinto de segurança. O terceiro banco, típico de toda minivan, tinha sido removido para dar lugar a materiais de arte, inclusive uma enorme roda de oleiro de metal.

"Matthias, acabei de comprar essa roda aí atrás por uma ninharia. Preciso que você instale pra mim no Louvre. É muito pesada."

"Claro, mãe."

Ela lançou um olhar na direção dele e abriu um sorriso. "Já desistiu de me chamar de mamãe? Meu menino tá grande demais pra isso?"

"Mamãe", Matt falou com uma voz estridente de bebê.

"Que menino mais bobo." Eles pareciam se dar muito bem. Eu gostaria de ter uma relação dessas com a minha mãe.

"Então, Grace, o Matthias me contou que você é musicista?"

"Sim, eu tô estudando música."

"Violoncelo, né?"

108

"Isso, mas eu toco outros instrumentos também. Só sou melhor no violoncelo."

"Ah, o pai do Matt tem um lindo piano de cauda na casa dele. Você deveria tocar pra eles quando for lá. É uma pena um instrumento como aquele ser só uma peça de decoração."

"Eu concordo", disse Matt.

"Pode ser. Vou pensar em alguma peça de que eles possam gostar." Eu só não sabia se tinha gostado muito da ideia. Pelo que Matt dizia sobre esse lado da família, pareciam ser pessoas com preconceito contra qualquer tipo de artista.

Não muito tempo depois, o carro embicou na entrada de uma casa pequena, porém muito charmosa, de estilo bangalô, com revestimento em madeira pintada de verde e janelas duplas bordô.

As plantas do jardim da frente chegavam até a cintura, bem podadas o suficiente para tornar o lugar encantador, em vez de abandonado. Apesar do tempo frio, nem de longe estava tão congelante quanto em Nova York.

"Que lugar bonito." Peguei o caminho para a porta.

"Agora que os meus meninos cresceram, tenho tempo de sobra pra gastar no jardim." Aletha destrancou a porta da frente, ladeada por duas luminárias de bronze. "Pode entrar, Grace, vou te levar até o quarto. Matthias, por favor, pegue a roda de oleiro pra mim, querido." Nós entramos enquanto Matt corria de volta para o carro.

Eu não sabia o que esperar. Ela me submeteria a um interrogatório ou explicaria as regras da casa? Me senti terrivelmente deslocada e apreensiva. Fui andando até o quarto de hóspedes atrás dela, que imediatamente abriu a janela para arejar o ambiente — a mesma coisa que Matt sempre fazia em qualquer lugar. Eles eram bem parecidos quanto aos trejeitos elegantes e temperamento tranquilo. *Quais traços Matt teria herdado do pai? Se é que havia algum.*

Ela me segurou pelos braços. Senti um frio na barriga.

"Não precisa se preocupar." Ela sorria. "Eu só queria um tempinho a sós pra te dizer que Matthias anda bem feliz ultimamente, e boa parte disso deve ter a ver com você."

"Ah, é?" Tentei não perder a pose.

"Bom, seja bem-vinda à minha casa."

Eu pus a mala no chão e percebi que ela tinha deixado a bolsa de Matt de canto. "Obrigada por me receber, Aletha. Tô muito contente pelo Matt ter me trazido pra passar as festas de fim de ano com vocês." Apontei para a cama de casal, coberta com uma colcha florida. "É aqui que eu vou dormir?"

"Sim, acho que vocês dois vão ficar bem confortáveis. O Matthias adora essa cama."

Engoli em seco. *Vocês dois.* Senti meus olhos ficarem desidratados, como se eu não piscasse fazia tempos. E talvez não tivesse mesmo. Aletha deu risada e me abraçou. "Ah, Grace. Gracinha. Eu não nasci ontem."

Fiquei lá sozinha e atordoada, e me joguei na cama, exausta.

Mais tarde, depois de um longo cochilo, Matt e eu nos sentamos à mesa de jantar enquanto Aletha servia tigelas de uma canja de galinha bem quente e cheirosa.

"Você falou com o Alexander?", ela perguntou depois de trazer a comida à mesa.

"Não."

Ela ergueu os olhos da sopa e os estreitou acima dos óculos quadrados. Parecia irritada, mas eu não a conhecia bem a ponto de ter certeza.

"Eu não falei, mãe. Alex e eu não conversamos direito desde a última vez que a gente se viu."

Ela baixou o garfo, olhou para mim e então para Matt. "Vocês são irmãos. Eram inseparáveis quando crianças. O que foi que aconteceu com esta família?" A voz dela ficou embargada.

Matt pareceu afrontado, até que sua expressão se amenizou.

"Eu vou falar com ele, mãe." Ele estendeu o braço por cima do tampo. Ela beijou a mão dele. "É impossível deixar de sentir que pessoas como o Alex estão promovendo uma involução da espécie. Ele usa bermuda rosa e camisa polo, e se refere a si mesmo como um Adônis." Matt abriu um sorriso.

Eu engasguei com um pedaço de frango sem segurar a gargalhada. Nem mesmo Aletha se aguentou. As lágrimas escorreram pelo seu rosto enquanto ria tanto que mal podia respirar.

"Ei! Ele é meu filho!", ela enfim disse.

A atmosfera ficou imediatamente mais leve. "Não é culpa sua", Matt ainda ria enquanto nós recuperávamos o fôlego.

"Ai, nossa, Matthias. Essa é a única coisa que você puxou do seu pai."

"O quê?" Meu interesse de repente se acendeu.

Ela abriu um sorriso afetuoso. "Ele e o pai são muito bem-humorados. Não conseguem falar sério por mais de dois minutos antes de transformar tudo em piada."

"Ele não é mais assim", interveio Matt.

Os ombros de Aletha se sacudiram num riso silencioso. "Bom, pelo menos o seu pai *era* assim."

Terminamos a sopa em meio a uma conversa agradável, e então Matt se levantou da mesa. "Obrigado, mãe. Estava uma delícia. Grace, você quer ir tomando banho enquanto eu ajudo a minha mãe com a louça?"

"Tudo bem. Mas eu posso ajudar também."

"Nada disso, Grace. Pode deixar com a gente." Aletha se aproximou do filho e deu um tapinha no ombro dele.

Antes de sair da sala de jantar, uma cristaleira de madeira repleta de fotografias chamou minha atenção. Matt logo percebeu isso. Havia diversas imagens dele e de Alex quando crianças, além de vários trabalhos de arte, cúpulas de abajur enfeitadas com pedrarias, câmeras antigas, peças de cerâmica feitas à mão e vários retratos em preto e branco de uma Aletha bem mais jovem, rindo alegremente. "Fui eu que tirei essas fotos quando era menor", Matt contou.

"São incríveis." Fui olhar mais de perto, e Matt veio comigo. "Ela foi, tipo, a sua primeira musa."

Eu me virei para encarar aqueles olhos escuros, que estavam se estreitando para mim. Ele olhou para a minha boca, ligeiramente entreaberta. Passou os dedos pelo meu rosto, e o toque dos polegares calejados era divino. Eu me arrepiei.

"Você é minha primeira musa, Grace."

A música que Orvin tinha me ensinado a ouvir estava de volta. Os sons invadiram os meus ouvidos quando Matt se inclinou para a frente e carinhosamente me beijou na boca.

* * *

O lado de Matt da cama estava gelado e vazio na manhã seguinte. Fui até a sala de jantar e encontrei Aletha sozinha à mesa, bebendo café e dando colheradas numa grande tigela de mingau de aveia.

"Bom dia, querida."

"Bom dia, Aletha. O Matt saiu?"

"Sim, ele foi fazer umas coisas na rua e não quis acordar você. Quer aveia?"

"Só café mesmo, obrigada."

"Pode sentar." Percebi que ela estava usando um avental manchado de tinta e sapatos de jardinagem. Ela notou que eu tinha reparado no visual.

"Eu estava no Louvre. É o meu ateliê lá nos fundos, mais conhecido como garagem. Chamo assim porque, poxa, eu queria minha arte no Louvre, e o meu cantinho é o mais perto que vou chegar disso. Posso te levar até lá depois do café da manhã." Ela foi até a cozinha, e eu me sentei na sala. Distraidamente, comecei a seguir com o dedo uma ranhura da madeira enquanto a mãe de Matt procurava uma caneca num armário alto. Aletha parecia ter a alma tão em paz que a vida tinha deixado de ser um mistério para ela.

"Tô meio nervosa de conhecer o pai do Matt e a família dele", admiti sem pensar que ela poderia se ofender por me referir ao seu filho como a família do ex-marido.

Olhando dentro do armário, elegantemente equilibrada na ponta dos pés, ela parou por um segundo. Foi tempo suficiente para perceber que o comentário tinha sido mesmo incômodo.

"Não se preocupa." Ela nem olhou para mim. De volta à sala de jantar, se recostou na cadeira, me entregou uma caneca de cerâmica feita à mão com um café preto cujo aroma estava ótimo. Sem tirar o sorriso do rosto.

"O Charles, o pai do Matt, já foi muito parecido com ele um dia."

"É?"

Ela apontou para a mesa de centro, onde havia um jarrinho de metal com creme em cima de uma bandeja de prata.

"Eu prefiro preto mesmo", respondi sem que ela tivesse dito nada.

Aletha se acomodou na cadeira do outro lado da mesa, tirou os óculos da ponta do nariz e os deixou perto da tigela vazia de aveia. "Às vezes o dinheiro muda as pessoas. Sobre o Alexander, não se preocupa. É na Monica que você precisa ficar de olho, principalmente perto do Matthias. Ela, sim, é uma cobrinha venenosa. Alexander é só... enfim, o Matt o descreveu bem ontem à noite. Inofensivo, mas não exatamente benevolente. Acho que essa é a melhor maneira de resumir."

Chocada com a sinceridade, eu arregalei os olhos.

"Só tô falando das coisas como elas são, Grace. A Monica sempre gostou do Matt. Só que gosta ainda mais de dinheiro. O Alexander deve saber disso, o que acabou afastando os irmãos. Apesar de sempre terem sido diferentes, eles eram bem próximos até ela entrar em cena."

Ansiosa para mudar de assunto, balancei a cabeça e dei um gole no café enquanto meu estômago dava cambalhotas. "Queria dar uma coisa pro Matt." Fiz uma pausa, e ela ficou à espera. "Só não tenho muito dinheiro. Alguma ideia do que ele poderia gostar?"

Ela ergueu os olhos do café e sorriu. "Sim, que bom que você perguntou. Tem um presente que seria perfeito. Vamos lá pro ateliê."

Segui Aletha até a garagem, aparentemente tão antiga quanto a casa, porém não tão bem conservada; o revestimento de madeira pintado de bege precisava de um bom reparo. Ela me chamou para entrar e fechou a porta às pressas, dando risadinhas como se fôssemos duas colegas de escola. Havia estantes por toda parte com esculturas, cerâmicas secando e um cavalete cuja pintura de paisagem estava pela metade. As paredes eram cobertas de prateleiras que iam até o teto, lotadas de pincéis, latas, ferramentas de metal e potes de vidro. A nova roda de oleiro tinha sido posicionada num canto. A única superfície reluzente e intocada era o tampo redondo e metálico do implemento de ceramista. Aletha pegou um avental da porta dos fundos e entregou para mim.

"Que tal você fazer alguma coisa pro Matthias?"

"Legal, mas o quê? Não sou boa nessas coisas." Alcancei uma lata de café cheia de pequenas ferramentas prateadas. "Pra que serve isso?"

"Pra fazer trabalhos em couro."

"Ah! O Matt precisa de um cinto. Ele tá usando dois cadarços amarrados."

"Perfeito." Ela foi até um gabinete comprido de metal e pegou uma tira de couro com quatro buracos redondos perfurados na ponta. "Só o que você vai precisar é de uma fivela. Isso nós podemos comprar baratinho num brechó."

Eu estava cada vez mais encantada por ela.

Peguei um martelinho e algumas ferramentas da lata. "Então é só bater com isso no couro?"

"Primeiro a gente precisa umedecer um pouco o material, para deixar maleável. Assim o padrão vai ficar mais marcado e durar por mais tempo, talvez até pra sempre." Ela foi até a pia de estilo fazenda e voltou com um pano molhado. Em seguida, encharcou o couro com a toalhinha e deu um passo atrás. "Manda ver, querida."

"Que tipo de padrão eu faço?"

"A escolha é sua."

Observei as ferramentas com diferentes formatos na ponta. Havia uma rodinha com três linhas curvadas. Foi essa que eu peguei, além de um pequeno círculo sólido, e pressionei o maior com facilidade, imprimindo uma marca permanente. Em seguida, bati com o menor no centro do outro.

Ela se aproximou. "Uau, ficou parecendo um olho, né?"

"Pois é, acho que sim."

"Então vamos dar um toque feminino. Posso?" Eu assenti, e ela escolheu uma ferramenta com formato de uma pequena lágrima e fez seis pequenas perfurações, três acima e três abaixo do olho. Tratou de estampar um segundo olho e repetiu o processo. Na sequência, pressionou várias vezes uma ferramenta de meia-lua nas fileiras das extremidades, criando uma borda estampada. Quando percebi, uns cinco centímetros do cinto já tinham o padrão definido; abstrato o bastante para parecer uma estampa herbal ou olhos femininos em meio a desenhos tribais.

"Nossa, tô impressionada."

"Agora você já tem o padrão. 'Olhos para Matt', se a gente quiser dar um nome." Ela deu risada.

"'*Meus* olhos para Matt'", corrigi, o que a fez rir ainda mais.

"Ele vai adorar. É só ir repetindo o desenho até fechar o cinto." Ela arranjou um banco alto de madeira para eu começar a trabalhar.

14. Você tinha dúvidas?

GRACE

Terminei o cinto horas mais tarde, no momento em que escutei o som de uma motocicleta estacionando na frente da casa. Pendurei o presente dentro do armário, fechei a porta e estava saindo da garagem no momento em que Matt apareceu. Ele me empurrou de volta para dentro e me beijou com vontade. Eu o envolvi com os braços e deixei que ele erguesse minhas pernas ao redor dos seus quadris. Em seguida, fechou a porta e me prensou contra a superfície de madeira.

"Não vai dizer não pra mim", ele falou no meu ouvido.

"Matt, a sua mãe."

"Tira isso." Ele me pôs no chão e removeu meu avental. "Na verdade, tira tudo." Ele começou a puxar minha camiseta, mas eu o impedi. "Ela não vai entrar aqui", Matt falou, ofegante.

"Como assim, por quê?"

Ele baixou as mãos. "Porque ela sabe que a gente tá aqui. Enfim, onde foi que paramos mesmo?" Ele olhou para o teto, batendo com o dedo no queixo, e apontou o indicador para mim. "Ah, sim, tirando a sua roupa."

"Espera aí, ela pode querer que a gente demonstre o mínimo de respeito."

"Ou pode entender que nós dois somos jovens apaixonados", ele se apressou em rebater.

Houve um silêncio, como se o ar tivesse sido sugado do ambiente e nos deixado num vácuo, sem palavras, com os olhos cravados um no outro. A expressão de Matt permanecia impassível.

Eu levantei as sobrancelhas.

Ele encolheu os ombros de leve. "Que foi?"

"E nós somos?"

"Jovens? É, relativamente, sim."

"Não... tô falando de..."

"O que você acha, Grace?" Logo sua boca estava colada à minha, mas dessa vez não havia mais um senso de urgência. O beijo se estendeu por um bom tempo de uma forma romântica e carinhosa, como se estivéssemos tentando nos fundir um ao outro.

Por fim, eu me afastei. "Você tem uma moto?", perguntei, com um ar sonhador.

Ele assentiu com a cabeça e me beijou ao pé do ouvido.

"E vai me levar pra sair?"

"Ah, se vou."

"A gente nunca conversou sobre aquela noite, né?"

"E precisa conversar?" O tom de voz dele de repente ficou tenso.

Uma onda repentina de paranoia me fez recuar alguns passos para longe do abraço de Matt. Ele estava evitando o assunto. Por quê? Será que não havia alguma coisa que não quisesse me contar? *Não fui boa o bastante? Mas como poderia?*, pensei. Ele era como um deus, exalava uma mistura inebriante de carinho e sensualidade. Na maior parte do tempo, eu não conseguia tirar os olhos dele. E, para completar, era legal, inteligente, forte e talentoso.

Sério mesmo, universo? Já tá bom, né? Porra, e como tá! Não é justo fazer uma pessoa assim tão incrível.

Matthias era o tipo de cara com quem as garotas sonham em se casar. O tipo que fazia as meninas escreverem seus nomes com o sobrenome dele na capa do fichário. *Graceland Shore. Graceland e Matthias Shore. Sr. e sra. Shore.* As fotos de família surgem automaticamente na sua cabeça, como estrelas viajando na velocidade da luz. Você lá, toda feliz e grávida pela décima segunda vez, com crianças feito Adônis e Afrodite em miniatura agarradas às suas pernas, enquanto troca olhares com o marido. Dá vontade de gritar para o mundo todo ouvir: "Esse homem é meu!". E você adora chupar o pau dele. Eu nunca tinha feito isso, claro, mas pretendia. Enfim, a questão é que se trata de um homem que faz você topar qualquer coisa por ele.

E então, como uma criatura mitológica, ele aniquilaria seu coração com apenas uma demonstração de indiferença.

E precisa conversar?

Essa doeu.

Ele estreitou os olhos, me analisando e pedindo explicações. Ou era só um joguinho? Meu estômago se revirou de ansiedade.

"Certo, Grace, que diabos tá acontecendo?"

Não me segurei mais. "Eu fui muito ruim na cama?"

"Como é? Que conversa é essa? Você tá falando sério?"

"Você vai responder ou não?"

Ele corrigiu a postura. "Sério mesmo que eu preciso explicar que basicamente acabei de dizer que tô apaixonado por você? Pensei que tivesse ficado claro. Puta merda, Grace. Tô com o pau quase explodindo e desesperado pra pegar você numa garagem imunda nos fundos da casa da minha mãe. O que aconteceu com a ideia de que os gestos valem mais do que as palavras?" Ficamos nos encarando por um momento, e ele baixou o tom de voz. "Juro que aquela noite foi facilmente a melhor da minha vida. Duvido que alguém supere isso algum dia. Você é linda e sexy de um jeito único, e foi tão perfeita que não parei de pensar nisso até agora." Ele deu risada da própria calça. "Isso tá tornando extremamente constrangedora a minha presença em aviões e na casa da Aletha."

Meu coração foi acertado em cheio. Ele me ganhou de vez.

Matt segurou a minha mão. "Vamos lá, bobinha. Eu queria te levar pra almoçar na casa do meu pai, e já tá ficando tarde."

"Sério?" Eu olhei no relógio. Não tinha previsto que Matt visitaria o pai tão cedo. "Puta merda." Corri para a casa de Aletha meio sem rumo, em círculos. "Não sei que roupa usar."

Matt veio atrás de mim e sentou na cama do quarto de hóspedes para me observar, com as mãos atrás da cabeça e um sorriso satisfeito e presunçoso. "Tanto faz. Você fica bem em tudo... e sem nada."

"Ai meu Deus! Ai, meu Deus!" As roupas da minha mala voavam pelo quarto. "Eu não tenho o que vestir!"

"Aqui." Matt recolheu uma peça do chão. "Usa isso." Era *o* vestido, aquele com as flores pretas e o decote nas costas. "E meia-calça e bota. Você fica linda assim."

Examinei o tecido amassado na mão. "Joga pra mim", uma voz falou da porta. Aletha estava de braços estendidos. Quase comecei a chorar quando vi o sorriso afetuoso dela. Em casa, eu precisava passar não só as minhas roupas, mas também as do meu pai e dos meus irmãos. Minha mãe sempre disse que eu tinha que fazer a minha parte. Mesmo apenas de férias lá, eu ficava horas concentrada nas tarefas domésticas, sobretudo passando roupa. Era detestável. Só de ver uma tábua de passar, já ficava de mau humor. O pequeno gesto de Aletha me lembrou do quanto eu desejava uma mãe protetora — que não deixasse as bebedeiras do meu pai governar nossas vidas. Uma mãe que, ao telefone, parecesse animada e interessada no meu bem-estar. Uma mãe que não precisasse se desdobrar tanto.

"Obrigada, Aletha."

"Pra mim é um prazer, querida." Ela soou sincera. Como se passar meu vestido de fato a deixasse contente.

Em vinte minutos, eu estava tamborilando os dedos no banco do passageiro da minivan de Aletha enquanto Matt batia no volante ao som de Sex Pistols no último volume, costurando o trânsito e ignorando totalmente meu nervosismo.

"Ei!", eu gritei por cima da música.

Ele baixou o rádio. "Não precisa surtar, Grace. Eles não passam de um bando de babacas pretensiosos. É só você tocar uma música. Vão ficar todos de boca aberta. Monica vai morrer de inveja. Alexander vai ser um cuzão. Meu pai e a mulher dele vão ser educados, mas arrogantes. Vão ficar falando que um chef famoso preparou a comida, e o meu pai vai fazer questão de mencionar quanto custou o vinho."

"Eu fico meio mal por aparecer de mãos vazias."

"A minha mãe providenciou uma garrafa de prosecco."

"O que é isso?"

"Um vinho espumante, tipo champanhe."

Soltei um suspiro de alívio. "É perfeito."

Quando ele parou diante do que eu francamente chamaria de uma mansão, meus olhos se arregalaram. A casa estava toda decorada com luzes natalinas brancas, e havia uma enorme árvore de Natal — coberta por enfeites extravagantes e enormes bolas de vidro ornamentais — bem no centro da entrada onde os carros circulavam.

"A minha madrasta adora essa merda toda, mas não monta nada. Simplesmente contrata gente pra fazer."

Peguei a garrafa atrás do assento do motorista. Nós dois nos dirigimos para a porta com certa apreensão. Matt tocou a campainha; achei estranho ele não ter simplesmente entrado na casa onde passou boa parte da vida.

Uma mulher gorducha de sessenta e poucos anos, usando um avental que eu só tinha visto no cinema, atendeu à porta. Era a cara da Alice de *A Família Sol-Lá-Si-Dó*, porém sem a mesma simpatia.

"Matthias." O sotaque carregado era obviamente alemão.

Ele a beijou no rosto. "Naina, essa é a Grace."

"Prazer em conhecê-la." Ela apertou minha mão com firmeza antes de seguir pelo hall de entrada e por um longo corredor, onde nós a acompanhamos.

Quem é essa?, eu articulei com a boca.

"A governanta", ele murmurou, se inclinando perto do meu ouvido. "Ela é brava." Eu arregalei os olhos.

Naina se virou, e nós detivemos o passo. "Eu ouvi o que você falou, menino."

Matt abriu um sorriso. "Naina trabalha aqui desde que eu tinha doze anos. Ela me ajudava com a lição de casa, me ensinou a falar vários palavrões em alemão e sempre deixou eu me entupir de doces."

Naina bateu o pé no chão e pôs as mãos nos quadris largos. "Matthias", ela esbravejou, mas logo começou a rir, com o rosto ficando vermelho. "Vem cá." A mulher roliça praticamente arrancou os pés de Matt do chão num abraço de urso. "Eu senti sua falta, Matthias. Aqui não é a mesma coisa sem você." Eles desfizeram o abraço.

Matt apontou com o polegar para o próprio peito. "Eu sou o favorito dela."

Faltavam dois dias para o Natal, e eu estava prestes a conhecer o pai, o irmão, a madrasta e a vingativa ex-namorada-e-em-breve-cunhada de Matt. Ainda bem que tinha algo nas mãos quando entrei; era como um escudo contra o que quer que nos aguardasse naquela grandiosa sala de estar. Matt arrancou a garrafa de prosecco das minhas mãos — adeus, escudo — e entrou primeiro, abrindo os braços e estufando o peito, sem largar a bebida da mão direita. "Feliz Natal, família. Cheguei!"

Vi o pai e a madrasta de Matt diante de uma janela que ia do chão ao teto, com vista para um quintal enorme e uma piscina imaculada. O pai estava de terno escuro e gravata. A madrasta vestia uma saia justa bege, uma camisa branca e um colar de pérolas reluzentes. Era o exato oposto de Aletha, com cabelo loiro chanel impecável e pele lisa submetida a diversos procedimentos estéticos.

O pai tinha o visual de alguém que passava bastante tempo diante do espelho, mas o sorriso era sincero, como o de Matt. Uma figura que inegavelmente era Alexander levantou do sofá. De terno branquíssimo, camisa cor-de-rosa e sem gravata. Os três primeiros botões revelavam uma parte do peito bronzeado e dos pelos. O cabelo, lambuzado de gel, era mais claro do que o de Matt.

Ele foi até o irmão em três passos. "Matt chegou atrasado como sempre." O tom era bem-humorado. Pegou a garrafa e deu uma olhada. "E olha só, pessoal, ele trouxe champanhe de pobre. Que tal? De repente a gente pode usar pra assar o leitão."

Ele falou sério mesmo? Minha nossa.

Senti um aperto no estômago quando pensei em Aletha entregando o espumante para Matt, que sabia como o presente seria recebido, mas não teve coragem para contar a ela... nem a mim. Devia ter sido por isso que ele agarrou a garrafa no último instante.

Ignorando o irmão, ele saiu do caminho e me pegou pelo braço. "Gente, essa é a Grace."

Eu fiz um aceno desajeitado, e a madrasta dele se aproximou. "Olá, querida. Eu sou a Regina."

Enquanto eu apertava a mão dela, o pai de Matt o abraçou sem dizer nada e voltou sua atenção para mim. "Olá, Grace, fico feliz em conhecê-la. Ouvi falar muito de você e da sua música."

Engoli em seco. *O que ele podia ter ouvido?* "Obrigada. É um prazer conhecer o senhor."

"Por favor, pode me chamar de Charles."

Tive vontade de dizer *Que tal Charlie, então?* e soltei uma risadinha nervosa. "Certo, Charles."

Alexander se afastou, e vi uma mulher morena entrar na sala pelo outro lado. Linda, mas a beleza não era marcante. Cabelo comprido e liso enrolado nas pontas. Olhos castanhos grandes e supreendentemente afetuosos. Eu sorri quando ela se aproximou e só então notei a expressão falsa, exagerada e levemente maliciosa ao retribuir gesto. Os movimentos eram felinos. "Matthias." A voz tinha um tom de desdém.

"Oi, Monica. Essa é a Grace."

O sorriso sinistro sem mostrar os dentes apareceu de novo à medida que ela me olhou de cima a baixo, depois voltou a me encarar. Estendi a mão para apertar a dela, mas fui deixada no vácuo por um bom tempo. Por fim, ela me cumprimentou. "Prazer. Você faz bem o tipo dele."

"Hããã..."

Monica olhou para Matt. "Ela sabe falar?"

"Crianças, vamos lá para a sala de jantar." Felizmente fomos interrompidos por Charles.

Nós seis nos acomodamos ao redor de uma grande mesa, preta, reluzente e repleta de pratarias e taças de cristal para champanhe. Matt e eu nos sentamos diante de Alexander e Monica, enquanto Regina e Charles assumiram as pontas. Naina se movia com agilidade e elegância pela sala, distribuindo os pratos a todos.

Charles anunciou que a comida tinha sido preparada pelo chef Michael Mason. Eu me inclinei na direção de Matt para perguntar: "Quem é esse?".

"Que diferença faz?", Matt retrucou em voz alta, porém ninguém estava prestando atenção.

Regina e Monica conversavam sobre a estilista que estava criando o vestido de casamento dela, ao passo que Charles tagarelava com Alexander sobre a negociação contratual mais recente do escritório de advocacia. Eles praticamente nos ignoraram durante grande parte da refeição, o que foi até bom. Quando chegou a sobremesa, e Monica e Alexander já tinham tomado algumas taças de champanhe, as atenções foram voltadas para nós.

"Então, você toca violoncelo?", Alexander perguntou.

"Sim."

"Ah." O reconhecimento foi perceptível na voz de Monica. "*Você* é a violoncelista?"

"Sim", eu repeti, vendo a preocupação estampada no rosto de Matt. Ele estava encarando Monica, tentando ler a expressão dela.

Aquele sorriso fingido e a risada falsa me provocaram um calafrio na espinha. Ela olhou para Alexander, mas apontou para mim. "É essa aí?" Ela se voltou para o pai de Matt. "Então foi essa que você tirou da enrascada, Charles?"

"Como é? Hã... enrascada? Não tô entendendo." Não consegui elevar a voz muito acima de um sussurro. *Quem é essa menina sonsa e idiota em que eu me transformei no meio dessa gente?*

"Não é nada. Isso não é conversa pro meio do almoço, Monica." A irritação de Matt era visível.

Eu afastei minha cadeira da mesa. "Onde fica o banheiro?", perguntei para qualquer um que estivesse disposto a me ajudar.

"Seguindo pelo corredor, na segunda porta à direita", disse Regina.

Quando fiquei de pé, tive uma leve tontura por causa do champanhe. Matt também se levantou, mas logo me afastei dele pelo corredor. Dava para ouvir seus passos atrás de mim. Tentei fechar a porta do banheiro, mas a bota com bico de aço de Matt não permitiu. "Espera. Me deixa entrar."

"Não", eu rosnei.

"Grace, é sério. Me deixa entrar... por favor."

Meus olhos estavam cheios de lágrimas, e eu mantive a cabeça baixa quando finalmente soltei a porta. Ele levantou meu queixo. Seus olhos faiscavam. "Só escuta. Eu pedi dinheiro emprestado pro meu pai pra te ajudar a tirar o violoncelo do prego. Não entrei em detalhes porque ele não ia entender porra nenhuma do que você tá passando. Aliás, eles nem merecem saber. Você é uma pessoa boa, gentil e pura, não precisa convencer essa gente de nada. Eles que pensem o que quiserem. Deixa a Monica julgar e falar merda à vontade. Deixa o Alexander pensar que a gente gastou o dinheiro pra fazer um aborto pela quinta vez. Que vão à merda. Eu não tô nem aí, e você também não deveria se importar. Eles nunca vão estar satisfeitos na vida porque, não importa o quanto tenham, sempre vão querer mais. E agora querem tentar acabar com a nossa dignidade já que a gente tem uma coisa que eles não têm."

"O quê?", eu perguntei, fungando.

"Isso." Ele se abaixou e me beijou com carinho, bem devagar.

Quando nos afastamos, Matt foi para o outro lado do banheiro, abriu o armário de baixo da pia e enfiou o braço lá no fundo. "Tá aqui! Naina não falha nunca." Era uma garrafa de tequila. Ele deu um gole. "Eu preciso dirigir, mas pode mandar ver se quiser. Confia em mim, isso vai aliviar o sofrimento de conviver com a minha família."

Depois de três grandes goles, o calor se espalhou pelo meu rosto. Eu ficava toda vermelha bebendo tequila. "Tô pronta."

Ele bagunçou o meu cabelo. "Prontíssima. Agora você tá com cara de quem acabou de transar. Vamos matar esse pessoal de vergonha."

O grupo ainda estava na sala de jantar, perto do reluzente piano de cauda. Monica levou um susto quando nos viu. Alexander parecia estar com inveja; Charles e Regina, curiosos; e eu me abanava.

"Vocês demoraram", Alexander comentou.

Passando por trás dele, eu murmurei: "Pois é. Matt não faz nada com pressa". Ao me sentar no banquinho do piano, fiz um último gesto dramático para me abanar antes de levar as mãos às teclas. "Posso tocar alguma coisa?"

"Isso seria incrível, Grace", Charles falou.

A tequila percorria as minhas veias, distensionando toda a musculatura. Comecei devagar, permitindo que a canção ganhasse força. A música foi tomando conta cada vez mais alto, trazendo as emoções à tona como uma experiência espiritual. Era como se eu estivesse gritando, "Quero ouvir um amém, irmãos!". Toquei por cinco minutos seguidos sem errar uma única nota.

No fim, houve um silêncio total. Fiquei esperando, apreensiva, e só abri os olhos ao ouvir aplausos.

Primeiro vi Charles, com um sorrisão no rosto. "Isso foi sensacional, Grace. Era Bach?"

"Pink Floyd. 'Comfortably Numb'." Eu sorri também.

"Bem, foi lindo do mesmo jeito", Regina falou.

"Obrigada." Quando me levantei, vi Monica ao lado de Matt, olhando para ele distraído, porque seus olhos estavam fixos em mim. O sorriso dele era de puro orgulho escancarado.

À medida que eu caminhava até lá, ele levou os dedos ao rosto como se estivesse acionando o obturador de uma câmera imaginária e articulou com a boca: "Porra, você é linda demais".

Monica presenciou tudo, mas a melhor parte foi Matt não ter dado a menor bola. Ele não devia nem estar levando a existência dela em conta. Quando cheguei ali, Alexander deu um tapão nas costas de Matt. "Ela tem talento mesmo, irmão."

Matt arregalou os olhos, claramente em choque. Talvez pelo lembrete do amor fraternal que já houve entre eles, ou talvez porque Alexander estava me tratando como uma espécie de prêmio de consolação.

"Pois é, tem mesmo", ele falou, ainda se concentrando em mim. "A gente precisa ir." Matt me puxou pela mão a caminho da porta, sem tirar o outro braço de cima do meu ombro. "Obrigado, pai. Obrigado, Regina. O almoço estava ótimo. Agora a gente precisa devolver a van da minha mãe." Ele beijou a minha orelha e murmurou: "Eu quero você só pra mim".

Dando as costas, logo saímos porta afora. Matt gritou um "Feliz Natal" e de repente não estávamos mais lá, onde tínhamos deixado para trás uma sala cheia de rostos perplexos.

"O que foi isso?", perguntei quando engatamos com o carro.

"Foi o meu jeito de dizer pra eles que você é só minha."

Não conseguia parar de sorrir.

Os Sex Pistols nos acompanharam no caminho de volta. Matt aumentou o volume e fez sua melhor imitação de Sid Vicious, cantando qualquer coisa sobre férias ao sol. Eu sorri ao observar a janela do passageiro — o trânsito tinha a forma de borrões vermelhos na pista oposta à via expressa.

Passamos os três dias seguintes na casa da mãe dele e exploramos a cidade na moto de Matt. Em um brechó, encontrei uma fivela de cinto quadrada, feita de metal preto com uma coruja no centro. Pedi a Matt que me esperasse lá fora para comprar.

Na saída, ele estava no estacionamento, montado na moto. Sexy como sempre. De braços cruzados, ostentava seu típico sorriso presunçoso, com os olhos espremidos contra o sol. Uma rajada de vento jogou meu cabelo para trás enquanto eu caminhava na direção de Matt. Ele empunhou sua câmera invisível e tirou uma foto.

"Grace, espero que você tenha comprado aquela fivela de coruja pra mim."

Dei um soco no braço dele. "Seu besta. Por que estragar tudo desse jeito?"

"Me beija."

"Você acabou com a minha surpresa", reclamei.

"ME BEIJA."

Na manhã de Natal, trocamos ao redor da árvore de Aletha nossos presentes feitos em casa. Ela tinha feito quatro canecas lindas na nova roda de oleiro, e deu todas para nós.

"Eu esmaltei as peças. Olha no fundo. Duas têm as suas iniciais, e as outras duas, as da Grace." Enquanto isso, Matt as tirava da caixa.

"Ah! Muito legal, mãe. Obrigado."

Ele entregou para ela uma grande moldura embrulhada. "É de nós dois." Agradecida, apertei a mão dele. Matt sabia que eu não tinha conseguido comprar nada.

Aletha abriu o presente e observou o que tinha em mãos. Eu não sabia para o que ela estava olhando, então levantei para ver melhor. Quando enfim descobri o que ele tinha emoldurado, senti meus olhos se encherem de lágrimas. Era uma colagem de imagens nossas. Não era possível ver os rostos em nenhuma das fotos, mas eram todas de Matt e de mim — simplesmente nossas pernas, nossos braços, nossas mãos e nossos cabelos, na maior parte do tempo se tocando, ou se abraçando, ou apoiados uns sobre os outros. A luz estava estourada no fundo de algumas, permitindo que apenas as silhuetas fossem visíveis. Aquela compilação maravilhosa mostrava lindamente todo o talento de Matt.

"Matthias." Ainda sem fôlego, Aletha começou a falar. "Filho, essas fotos são absolutamente incríveis. E, Grace, como você é naturalmente fotogênica. Vou guardar isso para sempre."

Uma lágrima escorreu pelo meu rosto e caiu no ombro de Aletha enquanto ela me abraçava. Ela ficou surpresa. Eu balancei a cabeça, envergonhada, e virei para o outro lado.

"Você ainda não tinha visto, Grace?"

"Não." Minha voz estava embargada. "Ficou incrível, Matt."

"Ainda bem que você gostou, porque vai ganhar a mesma coisa." Ele deu risada. "Tá no quarto à sua espera. Deixei lá antes de a gente sair."

Eu pulei no colo dele para beijá-lo. Ele me abraçou com força. "Eu amei. Obrigada."

Ao ganhar o cinto, ele examinou com atenção. "Os olhos da Gracie." Eu assenti com a cabeça.

"Eu falei que ele ia entender", Aletha acrescentou.

Quando voltamos para Nova York, no início de janeiro, entramos numa rotina. Explorávamos a cidade juntos, assistíamos às aulas, estudávamos juntos no alojamento — ou pelo menos tentávamos. Era impossível parar de se agarrar. Nas noites em que Matt trabalhava na PhotoHut, eu ensaiava com Tati.

Cerca de um mês depois, Matt me pediu para encontrá-lo no saguão, revelando apenas que íamos fazer uma coisa especial.

"Essa é a outra parte do presente de Natal que eu estava esperando pra te dar", ele falou com brilho nos olhos enquanto me levava pela mão para fora do alojamento.

De casaco e cachecol, fomos até a Arlene's Grocery, um lugarzinho às escondidas onde as bandas locais tocavam.

"Não olha os cartazes", ele pediu.

Fomos abrindo espaço na plateia até a beira do palco. Matt ia na frente, empurrando as pessoas, mas eu não conseguia ver nada além das costas do público. Quando enfim pude olhar para cima, dei de cara com os olhos de Jeff Buckley, afinando a guitarra.

Puta. Merda.

Vimos o show inteiro bem ali na frente, dançando juntos, a mais ou menos um metro do meu músico favorito de todos os tempos. Pensei ter visto um sorriso de Jeff, mas ele desviou o olhar rapidamente e começou a reclamar do adesivo de nicotina. Matt articulou com a boca "Ai, meu Deus". Eu sabia que estava testemunhando um momento de grandeza.

Jeff desapareceu depois da apresentação, no entanto nem me dei ao trabalho de procurar por ele. Um ano antes, teria ficado plantada como uma groupie para pelo menos apertar sua mão ou dizer que era muito sua fã, mas naquela noite só queria voltar ao alojamento com Matt. Estava inspirada. Queria tocar.

Na caminhada de volta, eu comentei distraída: "Ele não tocou 'Hallelujah'. Que pena".

"Já deve estar de saco cheio dessa." Continuamos andando de mãos dadas.

"Pois é, verdade. Obrigada, aliás. Foi incrível."

"Qualquer coisa por você."

"Não vem com essa conversa mole pra cima de mim, Matthias."

Ele deu risada. "E agora, quem é que não consegue levar as coisas a sério?"

15. Gracie...

MATT

Depois das festas de fim de ano, Grace e eu passamos o máximo de tempo possível juntos — principalmente sem roupa. Era uma tentativa de condensar um relacionamento todo em poucos meses antes que eu partisse para a América do Sul. Grace evitava conversas sobre o que ia fazer no verão. Lembrava o tempo todo que éramos jovens, o que às vezes parecia uma forma de minimizar nossa relação. Acho que foi o mecanismo que ela arrumou para proteger seu coração. Talvez eu também estivesse fazendo a mesma coisa.

Nós andávamos bastante com Tati e Brandon, frequentando os lugares mais obscuros com música ao vivo no Lower East Side e no Brooklyn toda sexta-feira. Aos domingos, ficávamos de bobeira, distraídos com algum jogo ou estudando juntos no alojamento. Mas, quando o inverno acabou e chegou o início da primavera, todo mundo estava ocupado com os preparativos necessários para encerrar a jornada na universidade e dar início à fase seguinte. Se eu não fosse vizinho de parede de Grace, não sei nem se teria sido possível encontrá-la.

Por fim, no primeiro dia quente de abril, Grace nos intimou a nos encontrarmos na frente do Old Hat às dez da manhã; estava determinada a reunir nós quatro. Esse pé-sujo era uma alternativa aos bares melhores que fechavam no fim da noite, além de um lugar bem incomum para começar o dia.

Eu esfreguei as mãos e bati palmas. "Muito bem, senhorita, qual é o assunto tão urgente?"

"Uísque", ela se limitou a responder.

Brandon deu uma risadinha.

"São dez da manhã, Grace", Tati falou, com a mão na cintura, claramente não achando a menor graça.

Grace me puxou para a porta pela mão. "Não é uma maravilha? A gente tem o dia todo. Vamos lá, somos jovens. Melhor aproveitar enquanto dá."

O barman do Old Hat nos cumprimentou. Grace abaixou o polegar. "Quatro uísques, por favor."

"Minha nossa", Tati resmungou.

"O que a gente tá fazendo aqui, Gracie? Sério mesmo." Eu estava absolutamente confuso.

Nós tínhamos nos sentado junto ao balcão do bar. "Todo mundo anda bem ocupado ultimamente, e o Matt vai embora logo. Eu só queria passar um tempo com vocês, enchendo a cara e me divertindo, e não estudando. Planejei um dia inteiro pra gente."

Tati levantou o copo. "Você me convenceu. Tô dentro."

"Vamos nessa", Brandon falou.

Depois que bebemos o uísque, Grace se virou para nós. "Certo, então vamos lá."

"Pra onde agora?", perguntei.

Os olhos dela se iluminaram. "Pra sala escura." Ela me entregou um rolo de filme. "Precisamos revelar isto aqui."

"Por favor, não vai me dizer que são fotos dos dois pelados", disse Brandon.

"Não, isso eles já devem ter de sobra", Tati acrescentou.

"Não é nada disso", respondeu Grace. "É uma pista."

"O que a gente faz enquanto vocês revelam as fotos?", Tati quis saber.

"Vocês vêm junto. Matt pode ensinar como imprimir uma foto."

Eu dei uma risadinha. "Ah, sim, isso é muito divertido."

Fomos até o laboratório fotográfico do campus, banhados pelo sol da primavera durante todo o trajeto. Havia uma série de salas menores onde os alunos podiam revelar negativos, e uma maior repleta de luzes vermelhas, ampliadores e bandejas para impressão. Tinha deixado um rolo de filme por lá e pus os negativos nos ampliadores, para que Tati e Brandon pudessem imprimir algumas fotos. Eram imagens minhas e de Grace posando com caretas bobas, sem nenhum objetivo além de passar o tempo, mas pelo menos nossos amigos poderiam se distrair um pouco enquanto revelávamos o filme.

Ao atravessar o corredor, puxei Grace para uma das salas menores e fechei a porta. "Obrigado por planejar o dia de hoje. Isso é divertido." Eu a beijei contra a porta e puxei a perna dela para o meu quadril, apalpando a coxa e levantando o vestido.

"Pensei que você tivesse dito que as pessoas não faziam esse tipo de coisa por aqui."

"Não sei o que os outros fazem, na verdade não tô nem aí."

Ela soltou um gemido, mas se desvencilhou dos meus braços. "A gente precisa revelar esse filme, Romeu."

"Estraga-prazeres. Tudo bem, eu vou fazer isso, só que mais tarde vou querer uma diversão diferente."

"Eu tô à disposição, mas revela isso primeiro."

"Beleza, então vou acender a luz vermelha, vai ficar bem escuro por uns vinte minutos."

Ela franziu o nariz. "Que cheiro é esse?"

"É o revelador." O odor dos produtos químicos ficava ainda mais pungente numa salinha abafada e úmida de seis metros quadrados. Havia uma pia de aço inoxidável e uma bancada de um lado, além de um tanque alto e estreito onde os negativos eram mergulhados em um líquido. Acima da bancada, um temporizador grande com ponteiros brilhava no escuro. Um banco de madeira ficava do outro lado.

Eu me agachei para ligar o rádio embaixo da pia. A música vinha de uma caixa de som pendurada no alto da parede — um jazz suave tocava na estação da universidade. "Só toca isso, mas é melhor do que nada." Olhei para Grace sentada no banco. "Tá pronta? Vou apagar a luz vermelha."

"Tô, sim."

Acionei o interruptor. Laboratórios fotográficos são lugares tão escuros e quentes que dão sono imediatamente. Grace soltou um bocejo audível do outro lado da sala. Todos os meus sentidos entraram em alerta máximo. Prendi o filme aberto num grampo sem sequer olhar. Tateando até a pia, consegui posicioná-lo silenciosamente dentro do tanque.

"Tá tudo bem, linda?"

"Tá", ela respondeu, sonolenta.

"Só mais um minutinho." Enquanto eu programava o timer, uma imagem de Grace montada em mim surgiu na minha cabeça.

"Tira a roupa."

Ela deu risada. "Sério?"

"Dá pra fazer muita coisa em doze minutos." Fui tateando até ela.

Eu a segurei pelo braço, e logo estávamos nos beijando. Não havia necessidade de usar os demais sentidos; ali, só o tato já dava conta. Eu a beijei da orelha até a clavícula, e então tirei o vestido por cima da cabeça. Ela desafivelou meu cinto e abaixou minha calça jeans. Eu a virei de costas, beijando os ombros e acariciando sua lombar, sua bunda, até que meus dedos estavam dentro dela, que não emitiu um único ruído.

"Tá tudo bem?"

"Não para." Ela arfava.

Logo eu a tinha penetrado por inteiro. Nossa respiração estava acelerada, mas abafamos os gemidos da melhor maneira que podíamos. Meus movimentos eram lentos a princípio, porém foram se intensificando, assim como o desejo. Ela se empurrava para trás com força, em sincronia comigo. Havia apenas os sons dos gemidos discretos e das respirações aceleradas. Quando ela se contraiu ao ter um orgasmo, perdi todo o autocontrole. Gozei e um calafrio percorreu meu corpo como se todos os meus nervos estivessem se desfazendo. Eu a puxei para perto e enterrei o rosto em seu pescoço. Com um único movimento, tirei o pau de dentro dela, desabei sobre o banco e a trouxe para o meu colo.

Estávamos trocando beijos lentos, profundos e sonolentos até que... *bzzzz*! O timer tocou. Acendi a luz vermelha. Grace tinha parado diante de mim, de pé e atordoada. Eu a envolvi e a beijei na cabeça. "Isso foi incrível. Você tá bem?" As sinapses dela também deviam estar caóticas, porque Grace se limitou a um aceno de cabeça.

Retirei um metro e vinte de negativos do tanque e pus em um recipiente cheio de água para deixar de molho. Nos vestimos às pressas e saímos dali com o filme.

Depois que os negativos secaram, descobri que o filme estava quase no fim. Havia apenas três fotos, cada qual com um pedaço de papel contendo uma única palavra. *Piano. PBR. Petiscos.*

Eu olhei para Grace. "Three Peas?" Me referia ao barzinho perto do nosso alojamento, que tinha um piano e um microfone aberto para quem quisesse se apresentar às sextas-feiras. Sempre insistia para Grace tocar e cantar para mim lá, mas ela nunca tinha topado.

"Isso mesmo. Vamos chamar a Tati e o Brandon. Tô me divertindo demais!", ela praticamente gritou, me puxando pelo corredor até onde estavam nossos amigos.

Quando saímos, Tati tirou uma garrafinha de uísque da bolsa.

"Você não perde tempo", falei.

"Pensei que a Grace ia arrastar a gente pra um monte de museus. Precisava estar preparada. Quer um pouco?"

Ao dar um gole, Grace imediatamente arrancou a garrafa da minha mão. "Quem vai precisar disso sou eu. Vamos lá."

Chegando ao Three Peas, já estávamos calibrados. O bar estava vazio, a não ser por uma bartender que não reconheci. Grace se debruçou sobre o balcão. "Tô fazendo uma brincadeira com o meu namorado e os meus amigos, então teria como eu tocar uma música bem curtinha lá em cima?" Ela apontou para o palco.

"Ai meu Deus, é hoje", Tati falou.

A bartender ergueu os olhos e sorriu. "Fica à vontade. Não tem ninguém aqui. Querem beber alguma coisa?"

"Claro. Quatro PBRS."

A bartender trouxe as cervejas, e nós observamos Grace virar a sua em três grandes goles.

"Minha nossa", eu comentei.

Quando ela foi ao piano, a sineta da porta avisou que tinha gente chegando. Vi alguns engravatados em horário de almoço se acomodando nos banquinhos do balcão. Havia sete deles. A plateia de Grace cresceu exponencialmente em questão de segundos.

Ela aproximou o banquinho das teclas, e as pernas do móvel rangeram contra as tábuas de madeira do palco. "Desculpa", ela murmurou ao microfone, cujo volume estava alto demais. Os engravatados e a bartender passaram a prestar atenção nela. Grace parecia bem nervosa. Eu sorri para ela, e sua expressão relaxou um pouco. Ela se curvou para trás e regulou um botão no sistema de som. "Melhor assim?" Eu fiz que sim com a cabeça.

"Manda ver, garota!", Tati gritou.

"Certo, vou tocar uma música composta por mim, mas essa também é a próxima pista, então escutem bem." A risada apreensiva dela ecoou pelo bar vazio.

"A Grace também é compositora?", Brandon perguntou.

Simultaneamente, Tati e eu pedimos silêncio para ele.

Grace tocou uma longa introdução que parecia bem apropriada para um bar de jazz, e então foi acelerando o ritmo à medida que a melodia ia ficando mais distinta. Ela era capaz de tocar qualquer instrumento sem fazer nenhum esforço; era realmente impressionante. Mesmo assim, quando ela começou a cantar, todos perderam o fôlego. Ninguém nunca a tinha ouvido cantar para valer, e assim como em todo o resto, ela se revelou uma estrela.

Run to the place where your royals play,
Your friends gather and we hide away.
In the open but unseen,
How reckless those moments we have are,
How precious.
Why don't we run to the place where the children dance,
Generals stand,
*And we can wade to our knees in the summer...**

Ao fim, todos ficaram de pé e aplaudiram. "Bravo!", berrou Tati. Até engravatados gritaram: "Muito bem!".

"Cara, isso foi demais. Eu nem sabia que ela tocava piano", Brandon comentou.

"Ela é sensacional", eu falei baixinho enquanto a via descer do palco. Tati me deu um cutucão no braço e uma piscadinha.

A bartender chamou Grace. "Você é um milhão de vezes melhor do que as pessoas que vêm aqui nas noites de microfone aberto." Eu a puxei para os meus braços sorrindo para ela, que retribuiu o sorriso. Seu rosto estava todo vermelho. Eu dei um beijo naquele nariz. "Washington Square Park?"

---

* Em tradução livre: "Fujam para o lugar onde sua realeza brinca,/ Seus amigos se reúnem e nós nos escondemos./ A céu aberto, mas invisíveis,/ Como são imprudentes os momentos que desfrutamos,/ Como são preciosos./ Por que não fugimos para o lugar onde as crianças dançam,/ Onde estão os generais,/ E podemos entrar até os joelhos na água no verão...". (N. T.)

Ela deu risada. "Foi assim tão óbvio?"

"Mais ou menos. Você não é muito boa nesse negócio de pistas, mas tá divertido. Mais umas doses antes de ir?"

A bartender nos serviu outra rodada de uísque, e depois comemos cachorro-quente num carrinho da rua a caminho do parque. Estávamos muito bêbados, e ainda era uma hora da tarde. Fiquei com medo de que, se não comêssemos mais nada além daquele lanche, eu teria que carregar Grace embora ao fim do dia.

"Tô me divertindo muito. Que bom que você planejou tudo isso", disse a ela.

A verdade era que Grace e eu nos divertíamos juntos até mesmo com tarefas chatas como dobrar as roupas recém-saídas da secadora, e Brandon e Tati sempre topavam o que quer que nós inventássemos. A dinâmica entre nós quatro era muito tranquila.

Quando chegamos ao Washington Square Park, sentamos sob a árvore de sempre. Começamos a passar um ao outro o baseado que Brandon tinha acendido. Eu deitei no colo de Grace. "Não consigo pensar numa maneira melhor de passar uma quarta-feira." Eu soltei um bocejo.

"A Graceland tinha o costume de fazer esse tipo de coisa pros irmãos dela, sabiam?", Tati falou.

"É mesmo?" Eu sorri para ela.

"É, só pra passar o tempo." Grace respondeu, distraída. "Na verdade, hoje é um pouco diferente." Ela fez uma pausa e respirou fundo. "Eu queria reunir todo mundo pra contar que fui aceita na pós-graduação. Vou poder ficar na NYU!" Ela comemorou jogando as mãos para cima.

"Ah, minha nossa!" Eu comecei a girá-la no meu colo. "Tô muito feliz por você."

Percebi que Tati ficou em silêncio, e que Brandon não estava entendendo nada. Grace também notou.

Quando a pus no chão, ela se dirigiu aos dois. "Vocês não estão felizes por mim?"

Tati deu de ombros. "É, acho que sim. Grace, eu tô feliz por você." Ela ficou de pé para pegar a bolsa. "Olha, o Brandon tem um trabalho pra escrever, e eu tenho uma reunião com o Pornsake sobre o lance do verão."

Algo mudou no rosto de Grace. "Então você vai mesmo?"

"Bom, você conseguiu entrar na pós. Que diferença isso faz pra você?", Tati questionou, toda seca.

"Nenhuma. A gente nem toca o mesmo instrumento. Por que eu ficaria incomodada?"

"Pareceu um pouco incomodada, sim. Aliás, nem sei por quê. Foi você que esnobou o cara."

"Eu não esnobei ninguém, na verdade."

"Ele comprou um arco de mais de mil dólares pra você, Grace."

"E daí?"

Eu olhei feio para Tati. "Ela vai fazer pós-graduação, ué. É só por isso que não vai pra Europa com o Pornsake."

"Não, ela vai ficar por sua causa, Matt. Vai ficar esperando você voltar pra Nova York."

"Tatiana!", protestou Brandon.

"Que foi? É verdade."

"Eu vou fazer pós-graduação porque quero ter um título acadêmico. Você pode passear pela Europa com o Pornsake o quanto quiser nos próximos três semestres. Não tô nem aí."

Grace deu as costas e saiu pisando firme na direção dos tabuleiros de xadrez.

Eu me virei para Tati, furioso por ela ter estragado o grande anúncio de Grace e a nossa tarde. "Em nenhum momento eu pedi pra Grace ficar, se é isso que você tá pensando."

"Vocês não conseguiriam ficar longe por um ano, apesar dessa orquestra ser uma oportunidade imensa e uma experiência incrível pra ela."

Olhei para Brandon e depois para Tati. "E vocês dois acham que conseguem ficar tanto tempo longe?"

"A gente já tem uma relação estável, Matt. Brandon e eu podemos passar cinco minutos sem o outro e não enlouquecer, diferente de vocês dois."

"Se a relação de vocês é tão estável assim, então por que não casam?"

"Ah, vê se cresce, Matt. Quantos anos você tem, cinco?"

"Eu casaria com a Grace sem pensar duas vezes. Nosso relacionamento é mais do que sério." Vi Grace no meio do parque, jogando xadrez com um homem baixinho e grisalho.

Tati sorriu e estendeu a mão. "Tô sentindo cheiro de aposta."

"Do que você tá falando, Tati?", Brandon perguntou, interrompendo de repente a própria brisa.

Eu dei risada. "Sei lá, Tati, o Brandon não parece tão interessado nisso."

Ela se virou para Brandon, que estava ali atrás com os olhos arregalados. "Você casaria comigo, né, Brandon? Quer dizer, pensando em tudo o que a gente já fez..." Ela levantou as sobrancelhas num gesto mais do que expressivo.

"É... acho que sim."

"Tá vendo, Matt? Quem fala muito e faz pouco aqui é você."

Eu estendi a mão. "Aposto que a gente casa antes de vocês."

"Apostado." Ela me fuzilou com o olhar.

"E qual vai ser o prêmio?"

"Quem perder paga uma balada pros recém-casados."

Nós apertamos as mãos. "Eu tô dentro."

Eu não precisava de nenhum incentivo para tomar aquela iniciativa.

16. Eu deveria ter falado com você

MATT

Deixei Brandon e Tati perto da árvore e fui até Grace com uma nova missão em mente. Sentado num banco perto da fonte, fumei um cigarro e esperei que ela terminasse a partida de xadrez. Enquanto soprava a fumaça, pensei em como a pediria em casamento.

Eu preciso deixá-la mais bêbada.

Grace veio andando na minha direção com um sorriso. Aparentemente, toda a tensão tinha se dissipado, e fiquei aliviado.

"Quem era esse?"

"Orvin. O fabricante do meu arco."

"Ah. Aquele que o Pornsake comprou pra você?" Eu franzi o nariz.

"Quer parar com isso?"

"E o que o velho te deu?"

"O telefone de um cara de uma banda que toca na Allen Street. Eles estão precisando de violoncelista, e isso pode me render algum dinheiro. A Tati e o Brandon já foram embora?"

"Pois é."

Grace ficou visivelmente decepcionada, como se esperasse que o desentendimento com Tati tivesse se resolvido ao fim da partida de xadrez. "Certo, vamos embora."

"Espera aí, você ainda não me viu pular corda dupla, né?" No meu cérebro embriagado, era assim que eu ia convencê-la a casar comigo. Era um plano brilhante.

"Quê? Você não sabe fazer isso."

"Sei, sim. Tá vendo aquelas meninas ali? Eu conheci as duas uns dias atrás. E mostrei pra elas como se faz."

"Não tô acreditando nisso, não."

"Não precisa. Eu vou provar."

Fomos até as meninas, e a que estava pulando saiu da corda quando me viu. Com a mão na cintura, ela falou: "Ah, olha só. O Matt da corda dupla tá aqui".

Eu olhei para Grace. "Tá vendo?"

Os olhos dela se arregalaram. Comecei a me alongar, tocando a ponta dos pés e contorcendo o corpo para os lados. Grace caiu na gargalhada.

"Você não vai...?"

"Ah, vou, sim. Pode apostar."

Eu me preparei. As duas garotas começaram a bater corda, e eu entrei dando uma estrela impecável. Foi um movimento arriscado. Eu só tinha feito uma vez antes, mas sabia que precisava impressionar. Fiz tudo o que estavam cantando: *"Matty, Matty, gira igual um pião. Matty, Matty, encosta a mão no chão. Matty, Matty, mostra a sola do sapato".*

Comecei a pular num pé só.

"Matty, Matty, não vai ficar cansado. Matty, Matty, hora de subir."

Pulei mais alto, enquanto elas batiam corda mais depressa. Grace estava às gargalhadas.

"Matty, Matty, reza antes de dormir. Matty, Matty, luzes apagadas. Matty, Matty, agora vai dormir toda a madrugada."

Elas pararam de cantar, e as cordas foram girando cada vez mais depressa, até as pestinhas me fazerem tropeçar. Grace estava rindo tanto que parecia ter parado de respirar — ficou vermelha como um pimentão.

As meninas bateram palmas, acompanhadas pela pequena plateia que havia se formado. Eu enchi o peito, soprei as pontas dos dedos e esfreguei na camiseta. "Não foi tão ruim, né?"

"Você é cheio de surpresas", Grace comentou depois de recuperar o fôlego.

"E vou continuar sendo... pra sempre."

"Onde você aprendeu a fazer isso?"

"Fui monitor no acampamento no verão passado."

"Ha! Mas é um santo mesmo."

"Na verdade, eu fui demitido de lá."

"Por quê?"

"Você não vai querer saber."

"Na verdade, eu quero, porque você foi demitido de um emprego que envolvia crianças. Isso é coisa séria."

"Foi tudo culpa da Clara Rumberger. Ela era a outra monitora. Jane, a mãe dela, era a diretora."

"Mas o que aconteceu? Você foi pego fazendo coisas com a Clara?"

"Não exatamente. Quem ficou mais interessada em mim foi a Jane."

"A mãe?" A expressão dela se paralisou.

Eu assenti, mais envergonhado a cada segundo.

"O que foi que você fez, Matt?"

"Clara meio que me flagrou com a mãe dela, hã... numa situação delicada na cozinha do acampamento depois do toque de recolher."

"Ai. Meu. Deus. Seu tarado." Ela me deu um soco no braço. "Não acredito que você atacou uma coroa. Mas por que no fim das contas foi demitido?"

"Bom, a Clara disse que ia contar tudo pro pai dela, o marido da Jane, se eu não fosse demitido."

"Ela era casada?"

Eu levantei as mãos na defensiva. "Pelo que ela me falou, eles estavam se divorciando."

"Cara, se a Tati fica sabendo disso..."

"Por falar nisso, o que foi aquilo entre vocês duas mais cedo?" Nós estávamos voltando para a árvore de sempre durante a conversa.

"Sei lá. Ela tá brava porque acha que tô abrindo mão de tudo por sua causa."

Eu a segurei e a virei para mim. Ela me encarou, mas desviou os olhos em seguida. "Olha pra mim, Grace. Você tá abrindo mão de alguma coisa por minha causa?"

"Não." Ela não hesitou.

"Eu jamais ia querer que você se sentisse obrigada a fazer isso. Foi você mesma quem falou que a gente é jovem, e que deveria fazer o que quisesse da vida."

"E o que seria?", ela murmurou.

"Não sei, mas vou fazer o estágio, e você tem a chance de excursionar com o Pornsake, se estiver a fim. A pós-graduação você pode fazer a qualquer hora."

"Dan quer ficar em turnê por um ano e meio, Matt. Já planejou tudo. Tá juntando dinheiro e se preparando pra isso há um tempão."

Era uma ideia de revirar o estômago. "Mas, se é nisso que você acredita que tem que investir depois de se formar, vai fundo."

Ela piscou algumas vezes, confusa, e então balançou a cabeça e baixou os olhos. "Então é isso? É assim que você pensa? 'Pode ir, Grace, vai lá passar mais de um ano fora, boa sorte pra você'?"

Meu coração disparou dentro do peito. "A sua caça ao tesouro já acabou?"

"Tá mudando de assunto mesmo?"

"Vamos beber alguma coisa e conversar com calma."

"Ah, sim, Matt, porque as pessoas tomam ótimas decisões quando estão bêbadas."

"Não, vamos lá", insisti. "Eu tive uma ideia."

Passamos o resto da tarde num pub qualquer. Só que, em vez de conversar, afogamos em bebida os questionamentos sobre o futuro... sobre o que vinha pela frente. Grace escolheu dez músicas na jukebox e fez questão de ficar até ouvir todas. Na última, estávamos totalmente estragados.

"Você tá bêbada?", perguntei com a voz arrastada.

"Você que tá. Matthiasssss?"

"Preciso te levar num lugar, beleza, Gracie?" Eu a puxei atrás de mim enquanto cambaleávamos na calçada para o metrô. Ríamos sem parar, tentando manter o equilíbrio dentro do trem sem segurar em nada. Os outros passageiros não acharam a menor graça. Descemos no centro de Manhattan e caminhamos alguns quarteirões.

"Olha só." Eu apontei para o prédio da prefeitura. "A gente deveria casar agora mesmo, caralho. Porra, Grace, é o único jeito de resolver TUDO isso." Eu a segurei pelos ombros e a olhei bem nos olhos, que brilhavam de felicidade — ou talvez fosse só a bebedeira mesmo. "Que tal?"

"É uma puuuta ideia boa, Matt."

Eu não sei como, mas conseguimos preencher toda a papelada e juntar as cinquenta pratas com o que tínhamos nos bolsos. A juíza de paz, uma mulher ruiva, baixinha e irritadiça, avisou: "Vocês precisam de uma testemunha, e o meu expediente acaba daqui a catorze minutos. É melhor irem logo".

"Espera. Aguenta aí." Voltei alguns minutos depois com um morador de rua que disse se chamar Gary Busey. Tive que pagar dez dólares para ele.

A cerimônia durou menos de um minuto. Acho que eu falei "Sim", e Grace também, e depois demos um beijo bem melado.

Gary Busey limpou a garganta atrás de nós. "Arrumem um quarto, vocês dois." Demos um abraço nele e corremos até o banheiro para lavar as mãos e tirar o cheiro fortíssimo de salame que Gary exalava. Grace já estava me esperando no corredor. Eu estendi a mão. "Sra. Shore, me concede esta dança?"

"Sim, meu marido, seria uma honra."

Nós dançamos como dois bobos por alguns minutos antes de sair do prédio, cambaleantes e aos risos. Saindo do metrô, de volta para o East Village, carreguei Grace de cavalinho por oito quarteirões até o alojamento, onde apagamos depois de nos entupirmos de nachos no saguão.

Daria me sacudiu pelo ombro. "Matt? O que vocês estão fazendo aqui?"

Eu espremi os olhos para enxergá-la. Minha cabeça latejava, e o pequeno abajur na ponta da mesa do saguão era como um holofote apontado diretamente para o meu crânio. "Puta merda." Levei uma mão à cabeça e a outra à barriga. Eu estava com uma ressaca tamanho família.

Quando me virei, vi Grace desmaiada ao meu lado no sofá imundo. "Grace." Eu a sacudi, e ela grunhiu de dor, choramingando como um animal ferido.

Daria nos ajudou a levantar, e fomos cada um para o próprio quarto. Fiquei ajoelhado diante do altar de porcelana de um deus vingativo durante toda a manhã antes de apagar de novo.

Fui ao quarto de Grace mais tarde e notei uma fresta da porta aberta. "Tá tudo bem?"

"Tá, sim, pode entrar." Eu a encontrei deitada no chão, com o rosto apoiado no carpete não muito bem higienizado. Sua pele estava ligeiramente esverdeada.

"Ai", ela falou, imitando o E.T. Em seguida, ergueu o indicador. "Eliot, telefone, minha casa."

Dei uma risadinha e pus a mão na testa, me inclinando para a frente.

141

"Ah, não me faz rir, tô morrendo de dor de cabeça." Atravessei o quarto, sentei na beira da cama e enfiei a cabeça entre as pernas. "A gente ficou podre ontem."

"Porra, a gente *casou* ontem, Matt." Ela arregalou os olhos vermelhos para enfatizar.

"Pois é, eu sei." Mesmo assim, uma parte de mim ainda precisava da confirmação.

Olhei ao redor e encontrei o meu reflexo no espelho. Cabelo espetado em todas as direções e uma mancha misteriosa na camiseta branca.

"Puta merda", ela comentou.

"Que foi?"

"O que a gente vai fazer? Aquilo foi oficial mesmo?"

Eu apontei para o dedo dela, onde tinha um anel feito de embalagem de chiclete. E levantei a mão para mostrar o meu. "Enfim..."

"Espera aí. Você disse 'ganhei' quando pôs essa coisa no meu dedo?" Abri um sorriso de culpa e assenti. "Ai meu Deus, não acredito que você fez isso só pra ganhar uma aposta, Matt! O que você tem na cabeça?"

"Espera aí, o quê? Como você sabe?"

"Hoje de manhã a Tati passou aqui e rolou no chão de rir enquanto eu punha os bofes pra fora. Ela disse que estava blefando, e que não acreditava que você tinha cumprido mesmo aquilo. E eu sem saber de nada, muito obrigada."

"Aquela vaca", murmurei. "Ela deve uma balada pra gente."

"Você é um idiota."

"Espera aí. Você estava lá bem na minha frente, tendo Gary Busey como nossa testemunha, e disse sim. Eu não te forcei a nada."

Ela se sentou e levou as mãos à cabeça. "Porra, Matt, eu estava caindo de bêbada."

"Grace, espera. Vamos esfriar a cabeça e deitar um pouco."

"Não. Sem chance. A gente precisa dar um jeito de anular. Hoje mesmo."

"A gente pode ir ao cartório amanhã. Primeiro vamos tomar um banho e dormir mais um pouco, certo?" Ela continuou lá sentada, esfregando as têmporas por mais um tempo. "Ou então, só por curiosidade... e se a gente não anulasse nada?"

Ela levantou a cabeça, em choque. "Como assim? Você tá maluco?"

Seu tom de voz me atingiu como uma facada no peito. Ela não quis nem cogitar a ideia. Tudo bem, não era a melhor forma de se casar, mas Grace reagiu como se ser minha esposa fosse repugnante.

"Primeiro você quer tudo de mim, Grace, e agora age assim? Como se ser casada comigo fosse a pior coisa do mundo? Então por que não vai pra Europa com o Pornsake? Que diferença faz? A gente é jovem, devia fazer o que estiver a fim. Não é isso o que você sempre diz?"

"Quer saber? Eu devia *mesmo* fazer o que tô a fim. A Tati tem razão; eu posso estar desperdiçando uma ótima oportunidade só pra ficar aqui esperando você. Acho que eu posso ir com o Pornsake, no fim das contas." Quando essas palavras saíram da sua boca, nós dois ficamos tensos. Esperei que ela se virasse para mim, para poder me desculpar e retirar o que disse. Mas ela me deu as costas. Não queria nem olhar para mim. "Me deixa sozinha. Eu não quero falar com você agora."

Eu levantei da cama furioso. "Não se preocupa. Você não vai precisar falar comigo nunca mais." Saí do quarto marchando e bati a porta. Não sabia o que tinha acontecido, mas em questão de um minuto foi como se a minha vida inteira tivesse ido para o buraco.

Esperei um dia, torcendo para que ela aparecesse para conversar e pedir desculpas.

Nada.

Esperei mais um dia, me segurando para não pedir desculpas eu mesmo.

No terceiro dia, passei a papelada da anulação por baixo da porta, para pelo menos ouvir algo dela. Só escutei o choro de Grace naquela noite, e depois por três noites seguidas, a suíte de Bach no violoncelo. Eu dormi com o ouvido colado à parede.

Ainda nada. Nem uma única palavra.

Os dias se transformaram em uma semana. Uma semana, em um mês. Nós não conversamos. Eu nem a via mais. Fiquei me sentindo um merda. Quando a porta dela abria ou fechava, precisava reunir todas as minhas forças para não invadir o corredor, segurá-la pelo braço e dizer: *Que porra é essa que a gente tá fazendo?*

17. Nosso lugar era um com o outro

GRACE

Ficamos semanas sem nos falar, e eu era lembrada diária e brutalmente que o tempo estava passando. Matt ia viajar para a América do Sul dali a seis dias.

Eu tinha perdido peso desde a nossa briga e não parava de me sentir fraca e doente. Era meio impossível me concentrar no que quer que fosse, ainda mais ter algum tipo de vida social.

Tati se desculpou diversas vezes por ter sido responsável, ao menos em parte, pela forma como se desenrolou a tarde que fez com que tudo se acabasse entre mim e Matt. "Talvez seja melhor assim. Você não ia querer dar uma de Jacki Reed, né?"

Jacki Reed tinha estudado comigo no colégio, e eu contei suas histórias para todas as minhas amigas. No refeitório, ela se gabava do namorado, que fazia faculdade em Nevada. Por um bom tempo, nenhuma das garotas do último ano acreditou que o tal cara existisse mesmo. Jacki vivia contando vantagem do grau de envolvimento deles, porque era um relacionamento de longa distância — como se isso significasse que ele a amava ainda mais. Ela inclusive se referia ao tal namoro como seu RLD. Eu avisei que ela não podia simplesmente inventar siglas; as pessoas não tinham ideia do que aquilo queria dizer. Quando nos formamos, ela se matriculou numa faculdade comunitária qualquer em Nevada só para ficar perto dele, apesar de ter sido aceita em Yale. O cara deu um pé na bunda dela dois meses depois. Hoje ela mora na casa dos pais e trabalha em um fast food. Todo mundo achava que Jacki tinha sido a maior imbecil do mundo.

A coitada provavelmente só estava apaixonada.

Não era culpa da Tati, e não tinha nada a ver com a história da Jacki Reed. Matt e eu desmoronamos por causa de toda a pressão sobre nós. O fato de ter me entregado os papéis da anulação do casamento foi a prova de que ele não estava tão investido na nossa relação quanto dizia. Provavelmente tinha chegado à mesma conclusão que eu: nossos caminhos tinham se separado.

A formatura estava logo ali, então eu passava boa parte do tempo no meu quarto, preenchendo formulários de pedidos de bolsa acadêmica e tentando me esconder do mundo. Matt tentou falar comigo uma vez no corredor, mas eu ignorei. Mais tarde me arrependi, ao ver que ele tinha deixado um sanduíche na frente da minha porta. Eu chorei o tempo todo enquanto comia.

Havia uma pilha de correspondências em cima da minha escrivaninha, que eu vinha ignorando a semana toda porque sabia do conteúdo de um daqueles envelopes, cuja remetente era minha mãe. Nada de bom chega num envelope retangular, branco e comum. Eu encarei a carta por um bom tempo antes de abrir. O endereço dela estava borrado, como se tivesse caído água. Certo dia de manhã, depois de ler o que a carta dizia, me dei conta de que podiam ser lágrimas.

Querida Graceland,

Eu sinto muito por não ter contado pessoalmente, mas simplesmente não temos dinheiro para pagar uma passagem para você neste verão. Seu irmão precisava de uma mochila para a escola, e não compramos nem roupas novas para as suas irmãs este ano. Está tudo indo por água abaixo. Como explicar isso para você? A bebedeira do seu pai virou um peso insuportável para mim. Estamos nos divorciando, e ele vai morar com o seu tio. Seus irmãos e eu vamos ter que mudar para a casa da vovó, até as coisas ficarem menos apertadas.

Eu sei que seu pai te ama, e nós temos muito orgulho de você. Não queremos que você assuma nada desse fardo. Porém não temos como ajudar em nada por agora, e não vamos poder comparecer à sua formatura. Por favor, entenda. Você sempre foi muito independente, e aliás acho que nem ia querer a nossa presença aí. Sempre conseguiu se virar sozinha, Grace, e temos orgulho de você por isso. Nós te amamos. Quando puder, venha para casa fazer uma visita, podemos acomodar você no sofá da vovó.

Infelizmente precisamos vender o piano e algumas das suas coisas que você não deve querer mais, para ajudar a pagar os dentes da sua irmã. Nós te amamos. Continue assim.

Com amor, mamãe

Dizer que eu fiquei arrasada seria um eufemismo. Eu não conseguia parar de chorar. *Como eles puderam fazer isso comigo?*, eu pensava. Estavam simplesmente me abandonando por causa dos erros que eles mesmos cometeram? Eu mal tinha dinheiro para me sustentar, e minha mãe já estava usando os dentes da minha irmã de novo, sendo que isso tinha consumido metade do meu crédito estudantil. Com que eles gastaram tudo? Eu ficava deprimida só de pensar naquilo.

O segundo envelope era uma notificação do setor financeiro da universidade avisando que eu ainda tinha uma dívida de oitocentos dólares de moradia estudantil. Sentada no canto do quarto com as lágrimas escorrendo pelo rosto, pensei em quais eram as minhas possibilidades. Poderia me apresentar como violoncelista, mas isso não pagaria nada.

Com a cabeça escondida entre os joelhos dobrados, eu chorei. Poderia vender o violoncelo. Poderia voltar para casa, dormir no sofá da minha avó e arrumar um emprego num fast food. Poderia simplesmente desistir.

E então ouvi Matt murmurar "Linda?", enquanto abria a minha porta. Eu não escutava a voz dele fazia três semanas.

"Eu tô bem, Matt."

Ele se aproximou. "O que aconteceu?"

Sem erguer os olhos, estendi as duas correspondências encharcadas de lágrimas. Matt leu em silêncio e se sentou ao meu lado.

"Eu posso te ajudar."

"Não."

Ele limpou as lágrimas com o polegar. "Eu tenho o dinheiro pra cobrir isso."

"Não, Matt. Você vai ter que pedir pro seu pai, e eu não quero que ele fique falando que me tirou de outra enrascada."

"O dinheiro não é do meu pai. Eu vendi uma foto. Ia te contar, mas a gente nem se fala mais, caralho."

"Pensei que estivesse tudo acabado entre a gente." Peguei o documento na escrivaninha, confirmando a anulação do casamento. Eu joguei a folha para ele. "E você pediu o divórcio."

Matt fez um aviãozinho com o papel e jogou pela janela aberta. "Eu declaro você minha ex-mulher. E daí? Que diferença faz? Isso não significa nada."

Fiquei só olhando para ele.

"Não vai ser tão fácil assim, né?", ele falou.

"Eu preciso de tempo."

"Isso a gente não tem muito."

Sentada no parapeito da janela, olhei para a única árvore no pátio, balançando ao vento. "Esse é o meu problema. Tempo." Eu me virei para ele. "Qual foto você vendeu?"

"A sua. Do dia que a gente se conheceu. Aquela que você tá pegando o botão do chão. O sr. Nelson escolheu pra expor na galeria da universidade, e foi vendida no primeiro dia. Meio de brincadeira, pus o preço de mil dólares, imaginando que ninguém ia pagar. O dinheiro é tanto meu quanto seu. Quero que você fique com ele." O olhar no rosto dele era meigo e sincero. Nós estávamos conversando, e isso era bom.

"Não é meu, não."

"Bom, como minha ex-mulher..." Ele começou a rir. "A foto pode ter sido vendida quando a gente estava casado. Quem vai saber?"

Eu também acabei dando risada. "A gente passou dois dias casados. E, de qualquer forma, a divisão seria de metade pra cada um."

"Certo, tudo bem. Então vou te pagar os outros quinhentos por ter posado pra mim tantas vezes."

"Eu queria poder rir de tudo isso, mas tô muito irritada com os meus pais. Não acredito que eles acham que eu não ia querer a minha família na minha formatura."

"É a forma que eles arrumaram de sentir menos culpa."

"Eles vão acabar fodendo a minha cabeça com essa pressão toda."

147

"Não." De repente, ele ficou bem sério. "Não vão, não. Quando você parar de pensar assim e perceber o quanto é incrível, todo esse ressentimento vai virar gratidão. Você vai pensar tipo: 'Ainda bem que os meus pais estavam cagando pra mim, porque isso me fez virar alguém foda pra caralho'."

Absorvendo aquelas palavras, fiquei ali sentada por um bom tempo. Eu sabia o que ele estava querendo dizer. "Pois é, acho que sim. Um dia eu vou falar: 'Valeu, mãe. Valeu, pai. Seus filhos da puta'."

"Exatamente!" O tom dele era triunfante.

"Obrigada, Matt."

"Disponha." Ele andou na direção da porta. "Ei, você pode ficar aqui mais um minuto? Preciso buscar uma coisa rapidinho."

"Tá bom."

Ele voltou algum tempo depois com rosquinhas, suco de laranja, um amplificador pequeno e uma guitarra que eu reconheci, porque era de Brandon. Deitada na cama, virei de lado, apoiando a cabeça na mão, e vi Matt se movimentando pelo quarto. Ele pôs três rosquinhas com granulado colorido em um prato e me entregou, junto com uma garrafinha de suco. Não disse uma palavra; simplesmente abriu um sorrisinho. Ainda era cedo, mas o cômodo já estava quente e abafado.

Ele arrancou os sapatos, tirou a camiseta dos Smiths e jogou para mim. "Você pode usar, se quiser."

"Matt..."

"Que foi? Você gosta de usar as minhas camisetas."

Isso era verdade. Eu fiquei de sutiã e calcinha e vesti a peça. O cheiro dele me deixou toda quente e atiçada.

"Tá vendo? É melhor assim." Eu assenti com a cabeça.

Ele ficou só com a calça jeans preta e o cinto que eu tinha feito, com a corrente da carteira balançando enquanto ia de um lado para o outro.

Agachado perto do amplificador, ele ligou na tomada e olhou para mim. Meus olhos se encheram de lágrimas de novo. "Tá tudo bem?"

Fiz que sim com a cabeça. Não estava chorando por causa da carta, nem do dinheiro, nem da foto; mas sim porque a ideia de Matt ir embora, mesmo que fosse só por alguns meses, era de cortar o coração. Ele viajaria em uma semana. Estaria a um mundo de distância, e eu ficaria para trás, chorando por ser nova demais para desistir de tudo ou pedir para ele desistir de tudo. Chorei por não ter conhecido Matt mais tarde, quando casar faria sentido e nenhum de nós dois surtaria por causa disso.

Meu rosto já estava latejando e inchado enquanto eu o via sentar num banquinho de madeira e posicionar a Fender Telecaster verde e branca sobre a coxa. Ele dedilhou as cordas uma vez e levantou a cabeça em busca de aprovação. Não foi uma tentativa ruidosa; o som saiu límpido e perfeito. Eu nunca o tinha visto nem chegar perto de um instrumento, mas uma coisa ficou bem clara naquele momento.

Matt estava praticando... por minha causa.

"Antes de começar, eu queria dizer que sinto muito."

"Eu também", respondi imediatamente.

"As coisas podem voltar a ser como eram, por favor?"

"Mas e..."

"Grace, que tal a gente curtir o tempo que resta?"

"Tá bom." Eu caí no choro.

Na primeira nota, eu já soube que era "Hallelujah". E chorei ainda mais.

Matt cantou a letra baixinho e sem errar. Fiquei impressionada com ele, jovem e lindo, cantando sem camisa e descalço, totalmente concentrado. Quando terminou, dedilhou a guitarra uma última vez e olhou para mim. Nesse momento, eu já tinha me transformado numa tonta chorona. O sorriso dele era tristonho, do tipo que se guarda quando não há nada a dizer que possa mudar o rumo da situação. Ele estava indo embora. E eu não tinha como impedir.

Com a voz trêmula, falei que ele tocara lindamente, e perguntei como tinha aprendido aquela música. Ele contou que Brandon às vezes passava no PhotoHut, então pediu que o ensinasse. Ele vinha ensaiando desde o show do Jeff Buckley, para eu finalmente ouvir "Hallelujah" ao vivo.

18. Nós estávamos apaixonados

GRACE

As últimas semanas do semestre passaram voando, e com elas veio mais pressão de Tati e Dan para eu me juntar à orquestra. Minha resposta era sempre não.

Eles embarcariam para a França no início de agosto, então pelo menos eu teria a companhia de Tati durante parte do verão. Matt viajaria no início de junho, logo depois da formatura.

Certo dia, enquanto comíamos sanduíches perto da fonte na Washington Square Park, Tati me disse: "Se Matt ficar na América do Sul além do verão, você deveria participar da turnê".

"Em primeiro lugar, ele vai voltar em três meses. Em segundo, eu vou fazer pós, e é por *isso* que não vou viajar. Você sabe disso."

"Quanto você vai gastar com isso?"

"Vou ficar no alojamento dos formandos no verão, pra economizar, e fazer uns shows pagos por aí."

"Pelo que o Dan falou, a gente vai ganhar uma boa grana. Você pode fazer a pós mais tarde com esse dinheiro."

"Não posso, não. Eu não posso ir embora e rodar a Europa com vocês por um ano e meio. Por que insistir sempre nesse assunto?"

"Calma, Grace. Porra, você sempre fica irritadinha quando fala disso. Pode estragar a própria vida por causa de um cara o quanto quiser", ela resmungou.

Eu não aguentava mais aquilo. Simplesmente saí andando.

Ela veio correndo atrás de mim, então resolvi falar o que estava engasgado na garganta. "Você acha que eu tô irritadinha? Só porque não quero fugir com o circo do Dan? Por acaso esqueceu que antes você não suportava o cara? E desde quando passou a chamar ele de Dan?"

"Eu só lamento porque o Matt tá indo embora e você vai ficar aqui amargurada."

"Não é essa a questão." Mas era justamente isso.

"O Dan se importa com você. Com todos nós. Ele comprou aquela foto do Matt porque sabia que vocês precisavam de dinheiro."

"Quê?" Eu fiquei em choque olhando para ela, sentindo as minhas emoções saírem do controle. "Por que você me magoa sabendo que eu já tô sofrendo tanto?"

"Não é isso. Eu só quero o melhor pra você, e não pra você e o Matt. Porque, pelo visto, o Matt tá fazendo o que é melhor pra ele."

Nós estávamos na entrada do metrô. "Eu preciso ir, Tati." Desci correndo as escadas e circulei por horas no primeiro trem que passou para espairecer a cabeça.

No fim da tarde, sentada na frente da loja fechada de Orvin, desejei poder falar com ele, quando Dan passou por lá.

"Grace, o Orvin não abre de domingo."

"Pois é, eu percebi."

Ele me ofereceu um sorriso gentil. "Posso sentar?"

"Claro."

"Quer conversar?"

"Não."

"Você continua ensaiando?"

"Claro." A última coisa que eu precisava era dele dando uma de professorzinho para cima de mim. Eu olhei bem para Dan.

"Por que você comprou aquela foto?"

Ele não hesitou nem por um instante. "Porque eu gostei."

"Esse deve ter sido o preço mais alto que alguém já pagou por um trabalho de um estudante. Na história das escolas de belas artes."

"Sendo bem sincero, Grace, você sabe que eu sou uma pessoa direta e sem rodeios. É uma bela foto, acredito que o trabalho do Matt vai ser bastante valorizado algum dia."

"Não foi porque sabia que a gente precisava do dinheiro?"

"De jeito nenhum." *Ah, as mentiras bem-intencionadas.* "Quer me falar sobre o que está te incomodando?"

Fiz que não com a cabeça e olhei para o colo dele, onde havia algumas folhas dobradas. "São composições novas?"

"Não, na verdade é a papelada para mudar de sobrenome. Acredite se quiser, eu pude me virar com o que tenho como professor, mas, preciso de algo diferente como compositor e regente de orquestra."

"Então você vai trocar de nome? Assim do nada?"

"Pois é, tive até uma conversa com o meu pai, pensando que fosse ofendê-lo, mas ele gostou da ideia de não passar mais esse nome para a frente. Estou fazendo um pequeno ajuste, de Pornsake para Porter."

"Daniel Porter. Não é que soa bem?"

"Ora, obrigado, Graceland."

Um vento quente bateu no meu rosto quando um ônibus passou. Senti uma pontada de náusea e fechei os olhos.

"Você tá bem, Grace?"

"Acho que vou vomitar." De repente despejei na lixeira mais próxima o sanduíche de pastrami com pão de centeio que tinha comido no parque com Tati.

Dan ficou passando a mão nas minhas costas e me tranquilizando. "Põe tudo pra fora... isso mesmo."

Eu fiquei de pé. "Nossa, isso foi bem nojento." Limpei a boca. "Melhor eu ir pra casa, tô me sentindo péssima."

"Vai ficar tudo bem, Grace. Seja o que for que estiver acontecendo na sua vida, você vai dar um jeito", ele falou quando eu já ia tomando o caminho do alojamento.

"Obrigada, professor." Acenei ao me afastar.

"É Dan!"

Enquanto os dias passavam voando, tentei guardar na memória cada instante com Matt. Quando não estava com ele, desejava estar. Um dia, ele trouxe um peixe beta para mim depois da aula. "Comprei pra te fazer companhia enquanto eu estiver fora. O nome dele é Jeff Buckley."

Eu dei risada e o beijei. "Obrigada, você é um amor." Na verdade, só o que eu queria para me fazer companhia era Matt.

Passei o dia da formatura com ele e o pai e a madrasta dele. Depois da cerimônia, fomos jantar. Nos dias seguintes, ficamos no quarto de Matt. Ele não me perdia de vista nem por um segundo.

No dia quatro de junho — a véspera da partida de Matt —, parei no meu café favorito no East Village para abastecer o corpo de cafeína enquanto ele foi ao médico tomar as vacinas necessárias para a viagem. Sentada no balcão, estava observando a rua quando ouvi a garçonete, filha do dono do estabelecimento, falando sobre uma "tragédia total". Ela chorou no ombro do pai, que a abraçou. Uma mulher mais velha com jeito de hippie se aproximou de mim ao limpar o balcão de madeira. "Você já está sabendo?"

Fiz que não com a cabeça.

"Encontraram o corpo dele."

Não sabia do que ela estava falando.

Ela soltou um pesado suspiro. "Coitado, ele sempre vinha aqui."

"Quem?"

"Buckley."

Eu levei a mão ao coração. "*Jeff* Buckley?"

"O próprio. Um garoto bonito. E tão talentoso, partiu cedo demais." Os olhos dela se enrugaram enquanto balançava a cabeça, desolada.

"O que aconteceu?" Eu mal conseguia falar.

Parando de limpar o balcão, ela se virou com um olhar perdido para a rua. Sua voz saiu baixa e trêmula, como se estivesse à beira das lágrimas. "Se afogou no Mississippi, de roupa e tudo. Estava desaparecido, e acabaram de encontrar o corpo na beira do rio. Ele vinha aqui o tempo todo."

Eu caí em prantos, sentindo uma tremenda tristeza por alguém que eu nem conhecia, mas com quem me sentia intensamente conectada havia muito tempo. Foi a primeira vez que realmente pensei em como tudo é passageiro. *A vida é isso?* A pessoa passa horas e horas envolvida em aleatoriedades sem sentido, e então morre quando vai nadar num rio e seu corpo aparece na barranca como se fosse um saco de lixo, para depois ser enterrado e esquecido?

A primeira vez que você ouve que alguém jovem e cheio de vida morreu — uma pessoa que você admira e com quem se identifica — é um baque enorme, de tirar qualquer um do prumo. *Puta merda, eu vou morrer, e ninguém sabe quando, nem como.* Aí você se dá conta de que não tem controle quase nenhum sobre o seu destino. Desde o nascimento, você não controla nada; não pode escolher seus pais e, a não ser que se suicide, não tem poder de decisão sobre a própria morte. A única coisa que pode ser feita é escolher a pessoa que ama, tratar bem os outros e viver sua passagem curtíssima por este mundo da forma mais agradável que puder.

Eu saí do café em meio às lágrimas, com o estômago revirado e a xícara ainda pela metade. A garçonete não me deixou pagar, provavelmente porque foi pega de surpresa pela maneira como fui afetada pela notícia. "É por minha conta, querida." Agradeci com um aceno de cabeça e voltei correndo para o alojamento. Quando avistei Matt na frente do prédio, me joguei nos braços dele e desmoronei.

"Grace, o que foi?"

Depois de esfregar as lágrimas e o ranho na camiseta dele, dei a notícia entre soluços. "Jeff... Buckley... ele morreu."

"Ah, linda, não fica assim." Ele passou a mão nas minhas costas e começou a me embalar. "Shhh, não se preocupa, eu compro outro peixe."

Eu me afastei para encará-lo. "Não. O Jeff Buckley *de verdade*."

Ele empalideceu. "Puta merda. Como?"

"Ele se afogou uns dias atrás. O corpo foi encontrado hoje."

"Que horror." Ele me apertou junto ao peito, e eu ouvi seu coração acelerado.

"Pois é, eu não consigo acreditar." As lágrimas continuavam caindo.

Mas a verdade era que eu não estava triste só pelo Jeff Buckley, mas também por Matt e por mim. Por nós. Pelo curto tempo que nos restava juntos.

Você ficaria se eu pedisse?

De alguma forma, ele entendeu o que eu estava pensando. Me deu um beijo em cada bochecha, depois um na testa, um no queixo e então um na boca. "Eu vou sentir muita saudade de você."

"Eu também vou." Ainda chorava.

"Grace, você faria uma coisa comigo?"

"Qualquer coisa." *Me pede pra ir com você. Me diz que vai ficar. Me diz que vai casar comigo. E desta vez pra valer.*

"Vamos até um estúdio agora fazer umas tatuagens."

"Tudo bem." Um pouco atordoada, não era exatamente o que eu esperava, mas naquele momento faria tudo que ele pedisse.

Nós dois tatuamos poucas palavras. As minhas na nuca, e as de Matt, no peito, acima do coração. Escolhemos o que o outro ia tatuar, e entregamos os papéis para os tatuadores. Só descobrimos o que era já com a tinta na pele. Foi como uma versão nossa de um juramento de sangue.

Durante o processo, trocamos olhares e sorrisos. *Em que ele estaria pensando?* Todas as vezes que falou o quanto gostava de mim não eram suficientes. Nada seria, porque ele iria embora no dia seguinte.

Minha tatuagem ficou pronta primeiro, e li as palavras escolhidas por Matt num espelho. As letras eram pequenas, bonitas e femininas, e eu já adorei ali mesmo. Olhei mais de perto e li: *Amor de olhos verdes.*

"Que perfeito!", eu gritei. Matt sorriu de alegria, tentando não espiar a própria tatuagem.

Na vez dele, se olhou no espelho com curiosidade. "*Just the ash*'. Leonard Cohen?"

"É. Você conhece."

"Como é a citação inteira mesmo?"

Eu engoli em seco, tentando não chorar, porém meu corpo me traiu. Os tatuadores se afastaram para nos deixar a sós. Matt se levantou da cadeira e me abraçou com cautela, me aninhando junto ao peito do lado oposto do curativo.

"'*Poetry is just the evidence of life. If your life is burning well, poetry is just the ash*'."*

Ele afundou o rosto no meu cabelo. "A minha vida tá queimando bem."

Sim, mas por quanto tempo?

Apesar do processo de cicatrização, eu devo ter beijado as palavras no peito dele centenas de vezes naquela noite. Ele me beijava na nuca e me dizia que ia morrer de saudade do seu amor de olhos verdes, e eu o chamava de piegas, ria e chorava.

Na manhã seguinte, Tati me deixou pegar o carro do pai dela empres-

---

* "A poesia é só a evidência da vida. Se sua vida está queimando bem, a poesia é apenas a cinza." (N. T.)

tado para levá-lo ao aeroporto. Enquanto isso, Matt correu para guardar tudo o que ia despachar de volta para LA.

"Por que você vai mandar todas as suas coisas embora? É só deixar no meu quarto." Eu estava deitada de bruços na cama dele, que corria de um lado para o outro freneticamente.

"Porque eu não quero te dar trabalho com as minhas tralhas."

"Eu não ligo de ter trabalho com as suas tralhas."

Ele parou para me olhar. "É melhor assim."

"Mas você vai voltar, né?"

"Sim, só que eu espero ter um emprego pra poder me mudar pra um apartamento. Não vou voltar pra Nova York e continuar aqui no alojamento."

"Este é só pra alunos da graduação. Eu já vou estar em outro até lá", murmurei com a boca no travesseiro.

"Mais um motivo. Não quero que você precise arrastar isso na sua mudança quando eu posso facilmente mandar tudo pra LA e pegar de volta depois." Ele parecia frustrado.

"São só alguns meses, Matt. É trabalho demais."

"Pois é, mas nunca se sabe."

Aquele não era um bom momento para frases como "nunca se sabe".

"Vem cá", eu falei. Deitei de costas, com os braços abertos. Estava usando o vestido favorito dele. Matt olhou para trás, e sua expressão se amenizou. Caminhando até mim, abriu um sorriso doce e sexy. Eu o detive antes que seus lábios tocassem os meus e murmurei: "Você ficaria se eu pedisse?".

Ele se inclinou para trás e cruzou os braços, deixando a cabeça pender para o lado. "Você me pediria isso?" A frustração ficou evidente em cada linha de seu rosto.

Deitada sob ele, eu me senti mais vulnerável do que nunca. Queria pedir para ele ficar, mas como poderia ser tão egoísta? Se fosse o caso, ele me amaria menos, isso se restasse algum amor? Eu não podia destruir seu sonho para tornar o meu melhor. E não faria isso. Não destruiria o que tínhamos construído.

"Responde, porra. Você me pediria pra deixar passar essa oportunidade?"

Não queria fazer isso, no entanto precisava saber a resposta. "Você ficaria se eu pedisse?"

Ele cerrou os maxilares. A respiração estava ofegante. "Sim, mas ficaria com raiva de você", ele respondeu entredentes. "Então vai em frente. Pode pedir." Soou como um desafio. Eu comecei a chorar. "Me pede pra ficar trabalhando nessa merda da PhotoHut enquanto você faz a pós-graduação. Vai, fala."

Eu balancei a cabeça, sem conseguir dizer nada.

Ele segurou meu rosto com força, olhando fixamente nos meus olhos. "Puta que pariu, Grace, isso não é um adeus. É um 'até logo'. Me diz que você pode suportar isso, por favor. Me diz que você dá conta."

Eu já estava hiperventilando. Mesmo estando furioso, sua expressão revelava amor por trás da raiva.

"A gente não fez nenhuma promessa", murmurei. "Desculpa ter falado nisso. Vamos esperar pra ver como as coisas vão rolar, certo? É só um 'até logo' mesmo."

Ele assentiu. "Pois é."

Você me disse que eu era seu, e que você era minha.

Ainda fungando, eu falei: "Faz amor comigo?". E foi isso o que ele fez, com delicadeza, carinho e tanto sentimento que chorei mais tarde, enquanto ele me abraçava demoradamente, mas não era tempo o bastante.

Algumas horas depois, fomos para o aeroporto. Tati ficou no carro esperando eu acompanhar Matt até o portão de embarque.

"Vou tentar ligar assim que puder."

"Certo. Onde você vai estar?"

"A princípio, no norte da Bolívia." Ele estava com uma bolsa de lona pendurada no ombro, mas pôs no chão e baixou o olhar. "Grace, não sei como vai ser a situação por lá. Talvez você demore pra receber notícias minhas, mas eu vou te escrever, e a gente dá um jeito de descobrir como conversar pelo telefone." Ele me olhou nos olhos enquanto guardávamos na lembrança o rosto um do outro. "Grace, foi o Pornsake que comprou a foto."

Confusa, pisquei algumas vezes. "Eu sei. Mas por que você esperou até agora pra contar isso?"

"Imaginei que você soubesse. Ele é um cara legal."

"Quanta gentileza da sua parte. E da dele também." Meu tom foi sarcástico.

"Eu não queria que você descobrisse que eu sabia e não falei nada."

"Tá bom." Eu entendi a intenção dele. Matthias estava tentando partir sem deixar nenhum mal-entendido para trás.

Uma funcionária da companhia aérea anunciou a última chamada do voo pelo sistema de som. "Tá na hora." Matt abriu os braços, e eu me joguei em cima dele com força, como se estivesse tentando mergulhar dentro de seu corpo, para que me levasse junto dentro do coração. Ele me apertou com força por um bom tempo.

"Até mais, Grace."

Nós nos soltamos e demos um passo para trás.

"Até mais, Matt."

Ele sorriu e se afastou. Assim que passou pelo portão de embarque, ele tirou algo do bolso e mostrou para mim. "Só pra te avisar, eu roubei isso!"

Era uma fita de um ensaio tocando violoncelo. Ele riu, e então se foi.

O amor da minha vida tinha ido embora.

19. O que aconteceu com a gente?

GRACE

No dia seguinte à viagem de Matt, fiz um teste num barzinho perto da Allen Street, no East Village, para entrar como violoncelista numa banda grunge. O som deles era parecido com o do Nirvana, com vocais arrastados e refrões barulhentos e cheios de gritos. Eu imaginei que fôssemos acabar gravando um *Acústico* para o vh1, e que eu teria uma carreira incrível como violoncelista de rock, tocando com as principais bandas de Nova York. A sensação era de que finalmente eu estava indo atrás dos meus sonhos.

Fiquei na minha, me preocupei em tocar bem e recebi o dinheiro no final da semana. Por três noites no palco, ganhei cento e vinte dólares. As coisas pareciam promissoras, e eu estava empolgada para contar tudo a Matt.

Ele me ligou pela primeira vez uma semana e meia depois de ter partido. Eu estava ensaiando no meu quarto quando Daria bateu na porta e gritou: "Grace! Ligação do Matt no telefone do saguão".

Eu desci correndo as escadas, vestindo só uma camiseta dele e uma calcinha velha. Não estava nem aí — a empolgação falou mais alto.

"Alô!", falei toda ofegante.

"Porra, esta ligação vai me custar, tipo, umas setenta pratas."

A empolgação diminuiu um pouco ao ouvir que aquelas foram as primeiras palavras dele. "Ah, desculpa."

"Não esquenta. Minha nossa, eu tenho tanta coisa pra contar."

"Então conta."

"A *National Geographic* vai lançar um canal de televisão em setembro. Eles vão contratar um monte de gente nova, e eu já causei uma puta boa impressão na Elizabeth."

"Quem é Elizabeth?"

"É a fotógrafa principal do projeto. Ela é bem legal, e foi quem me escolheu pra esse estágio depois de ver o meu portifólio. Eu nem sabia disso."

Eu queria perguntar quantos anos ela tinha, e se era bonita. "Tô muito feliz por você, Matt."

"Eu já tô indo!", ele gritou para alguém. "Ei, Gracie, eu precisei viajar três horas de ônibus pra vir até o telefone. Fica no meio do nada, então não sei quando vou poder ligar de novo."

"Tudo bem, sem problemas."

"Eu preciso desligar. O próximo ônibus já sai agora, eles estão só me esperando. Ei, eu tô com saudade." A última parte teve tão pouca ênfase que meu estômago chegou a doer.

"Eu também tô. Até mais."

"Tchau." Ele desligou.

Não é um adeus. Não é um adeus. Nunca diga adeus.

Ao olhar meus pés descalços, fiquei pensando que ele nem perguntou como eu estava. Não tive sequer a chance de falar sobre os shows com a banda.

Tati estava ali, encostada no batente da porta, de braços cruzados. "Cadê a sua calça?"

"Era o Matt."

"Imaginei. Você pretende se vestir hoje? Vim te chamar pra almoçar. Aí você pode me contar tudo."

"Tá bom."

"Vamos lá." Ela apontou com o queixo para a porta da frente.

"Certo. Sanduíche?"

"Qualquer coisa é melhor que macarrão instantâneo."

Tati e eu almoçamos juntas toda quarta-feira pelo restante do mês. No início de julho, ela perguntou se eu tinha falado com Matt, e respondi que não.

"Como assim, ele não ligou?"

"Pode ter sido numa hora que eu não estava. Sei lá, ele tá no meio do nada. É difícil coordenar essas coisas. Com certeza ele tá bem."

Quando voltei para o meu quarto, uma das monitoras de verão do alojamento tinha colado um envelope na minha porta com um bilhete dizendo *Mandou bem, Matt!*. Eu tinha contado sobre o estágio de Matt, já que ela ia se formar em fotografia na Tisch, e além disso sempre perguntava se ele tinha ligado toda vez que a encontrava.

Abri o envelope contendo uma reportagem de uma revista de fotografia. A capa tinha uma imagem de Matt fotografando uma mulher fazendo um autorretrato diante de um espelho. A manchete dizia: "A beleza por trás da câmera".

Eu engoli em seco e tentei conter a náusea enquanto lia sobre a jovem e linda Elizabeth Hunt, que estava ganhando fama na *National Geographic*. E então, no final, li três frases que mudaram o rumo da minha vida para sempre.

> *Hunt assinala que sua parceria com Matthias Shore, um talentoso e promissor jovem recém-saído da Universidade de Nova York, se revelou bastante frutífera. O próximo trabalho dos dois prevê uma expedição de seis meses pela costa da Austrália, explorando a beleza da Grande Barreira de Coral e acompanhando o comportamento de caça do tubarão-branco. "Matt e eu estamos empolgadíssimos com essa oportunidade de levar nossa parceria adiante", Hunt declarou.*

Nós éramos bem jovens, e a nossa vida já estava se mostrando cheia de reviravoltas. Mas eu deveria simplesmente aceitar o que tinha acabado de ler sem tirar nenhuma satisfação?

Sem chance.

Imediatamente liguei para Aletha, e continuei atordoada. "Alô, Aletha, é a Grace."

"Que bom falar com você, querida. Como você está? Tudo bem?"

"Tudo", respondi sem muita animação. "Queria saber se você tem notícias do Matt."

"Ah, sim, querida. Falei com ele ontem mesmo."

Fiquei arrasada. Por que ele não ligou para mim? Eu estava praticamente dormindo ao lado do telefone do saguão. "É mesmo? E o que ele disse?"

"Ah, está todo mundo muito orgulhoso do Matt. Ele está ganhando uma ótima reputação em bem pouco tempo."

"Pois é, eu ouvi falar", comentei com um tom distante.

"A carreira do Matt está decolando, e o pai dele ficou todo orgulhoso. E você sabe o que isso significa para o Matt."

"Ah, que ótimo." Minha voz ia perdendo força a cada segundo. "E por acaso ele falou alguma coisa de mim?"

"Disse que, se alguém perguntasse, era para avisar que está tudo bem." *Alguém?*

"Bom... Se vocês se falarem nos próximos dias, pode pedir pra ele me ligar?"

"Sim, claro, Grace. Ele me liga toda semana, então pode deixar." *Ah, ele liga toda semana, é?*

Voltei para o meu quarto me sentindo quase incapaz de entender todas as novas informações. Ainda era tudo muito recente. Elizabeth Hunt... Seis meses na Austrália... Ligações semanais para a mãe...

Três dias se passaram, e nada de notícias de Matt. Eu me arrastei para fora da cama, cansada demais para chorar e triste demais para comer. Do saguão, liguei para Tati.

"Alô?"

"É a Grace."

"Oi, como é que você tá?"

"Você pode vir aqui?"

"Daqui a pouco tô aí." Ela detectou o sofrimento na minha voz.

Quinze minutos depois, Tati entrou no meu quarto. Eu mostrei a matéria sobre Matt e Elizabeth. Ela leu em silêncio, e tudo o que fez foi balançar a cabeça e me oferecer um cigarro.

"Eu tô bem, Tati."

"Fica calma, Grace."

"Eu estou calma." Já tinha parado de chorar. "Só avisa o Dan que eu tô dentro. Vou fazer a turnê com vocês."

Tati sorriu. "Que bom. Você não vai se arrepender."

TERCEIRO MOVIMENTO:
HOJE, QUINZE ANOS DEPOIS

20. Você lembrou...

GRACE

O presente é nosso. Este exato momento, o aqui e agora, o instante que vem antes do próximo, isso está nas nossas mãos. É a única dádiva que o universo oferece gratuitamente. O passado não nos pertence mais, e o futuro é só uma fantasia, nunca é garantido. Mas o presente pertence a nós. A única forma de realizar essa fantasia é vivendo o agora.

Eu me fechei por um bom tempo, sem me permitir imaginar um futuro, porque estava presa no passado. Embora fosse impossível, eu tentava recriar o que tive com Matt. Não queria mais nada na vida; ele era tudo o que eu almejava.

Mas Orvin uma vez me disse que o tempo é a moeda da vida. E eu já tinha perdido muito tempo. Foi essa ideia que enfim me fez perceber que eu precisava seguir em frente — o que tive com Matt jamais se repetiria. Era necessário aceitar o fim do nosso relacionamento e partir para outra.

Pelo menos foi isso o que eu disse para mim mesma.

Há dois meses, eu fui envolvida por uma névoa profunda de arrependimento. Tinha deixado a vida me levar, sem sentir nada. Eu via novas rugas no espelho e me perguntava de onde tinha saído aquilo. Perdi ainda mais tempo repetindo os mesmos padrões todos os dias, ausente da minha própria vida. Eu não estava exatamente tentando quebrar esse ciclo em busca de algo significativo.

Pelo menos não até ver Matt no metrô.

Isso mudou tudo. Passei a enxergar em cores de novo — as imagens pareciam mais vívidas e frescas.

Ao longo dos últimos quinze anos, o sofrimento pelo que aconteceu conosco surgiu e ressurgiu várias vezes. Muitas vezes eu me forçava a parar de pensar nele, mas havia muitas lembranças. Achei que, se voltasse a vê-lo de novo algum dia, ele fingiria que não me conhecia, como se eu fosse um fantasma do passado. Foi assim que ele fez com que eu me sentisse naquele verão depois da formatura na faculdade: alguém que não existia mais.

No entanto, ao vê-lo na estação, os seus olhos se cravaram nos meus. Ele me reconheceu imediatamente, e tudo o que pude ver naquele rosto foi puro encantamento. Era como se ele estivesse assistindo ao pôr do sol à beira-mar pela primeira vez. Quando o trem desapareceu no túnel, sua expressão assumiu um ar de desespero, e então me dei conta de que havia uma peça faltando na nossa história. O que existia por trás daquele desespero? O que tinha acontecido com ele nos últimos quinze anos para fazê-lo sair correndo na plataforma, com a mão estendida e os olhos brilhando de saudade?

Eu precisava descobrir a resposta. Fazia alguma ideia de como encontrar Matt, mas tinha medo de procurar.

"Sra. Porter?"

"Sim, Eli?" Eu olhei para os olhos azuis intensos de um dos trombonistas da turma de formandos enquanto recolhia as partituras da mesa, na sala da banda do colégio de ensino médio onde eu lecionava.

"Você sabe o que é o Craigslist?"

Eu abri um sorriso. "Claro. Não sou tão velha assim, Eli."

"Eu sei que não." Ele ficou vermelho. Parecia nervoso. "Só tô perguntando porque vi sua tatuagem outro dia, quando você prendeu o cabelo." Ele engoliu em seco.

"Pode falar." Estava curiosa.

"'Amor de olhos verdes'. É isso o que tá escrito, né?"

Eu assenti.

"Alguém chamava você assim?"

"É, uma pessoa que eu conheci." Minha pulsação se acelerou só de pensar a respeito. *Onde ele tá querendo chegar com isso?*

Ele sacou uma folha de papel dobrada do bolso. "Lembra quando a gente participou daquela competição com uma garota da Southwest High que tocava tuba?"

"Sim, claro." Eu não fazia ideia do que ele estava falando.

"Então, eu meio que achei que pintou um clima entre a gente, mas na hora acabei deixando pra lá. Enfim, fui ver se ela tinha postado alguma coisa na seção de Conexões Perdidas do Craigslist e acabei encontrando isto aqui."

Ele desdobrou o papel e entregou para mim.

Para meu Amor de Olhos Verdes:

Nós nos conhecemos há quase quinze anos, quando eu me mudei para o quarto ao lado do seu no alojamento estudantil da NYU.

Você disse que ficamos amigos à primeira vista. Eu prefiro pensar que havia algo mais.

Foi uma alegria descobrir um ao outro através da música (você era obcecada pelo Jeff Buckley), da fotografia (eu não conseguia parar de fotografar você), dos passeios pelo Washington Square Park e das coisas estranhas que precisávamos fazer para ganhar dinheiro. Aprendi mais sobre mim mesmo naquele ano do que em qualquer outra época.

Mas, por algum motivo, tudo isso se perdeu. Perdemos contato logo depois da formatura, quando eu fui à América do Sul trabalhar para a National Geographic. Quando voltei, você tinha sumido. Uma parte de mim ainda se questiona se eu não peguei muito pesado com você depois daquele casamento...

Só fui te rever um mês atrás. Era uma quarta-feira. Você estava se balançando em cima da faixa amarela da plataforma do metrô, esperando o trem F. Só percebi que era você quando já era tarde demais. De novo. Você disse o meu nome; eu li os seus lábios. Queria ter parado o trem só para poder dizer um oi.

Depois disso, todos os sentimentos e as lembranças da juventude voltaram com tudo, e já faz quase um mês que não paro de pensar em como deve estar a sua vida. Pode ser uma maluquice total da minha parte, mas o que você acha de sair para beber alguma coisa e conversar sobre o que aconteceu nessa década e meia?

M

(212)-555-3004

Fiquei completamente boquiaberta e precisei ler a mensagem três vezes.

"Essa carta é pra você, sra. Porter? Você sabe quem é esse tal de M?"

"Sei, sim." A voz saiu embargada. Meus olhos se encheram de lágrimas. Eu estendi os braços e o abracei. "Obrigada."

"Que louco. Pensei que esses posts nunca davam em nada. Que bom que você tem essa tatuagem. Vai ligar pro cara?"

"Acho que sim. Escuta só, Eli, eu agradeço muito o que você fez por mim, mas agora preciso ir. Posso ficar com isto?"

"Claro. É pra você."

Abri um sorriso agradecido e cheio de lágrimas, peguei a folha e as minhas coisas, e corri escada abaixo para ligar para Tati da frente do colégio.

Ela atendeu imediatamente. "Alô?"

"Oi, você tá ocupada?"

"Tô no salão." Logo depois da formatura da faculdade, Brandon terminou com Tati. A primeira coisa que ela fez foi cortar o cabelo bem curtinho e tingir de preto. E assim continua por quinze anos, talvez como uma espécie de lembrete. Ela não se envolveu em nenhum relacionamento longo depois de Brandon, a não ser o que mantinha com a cabeleireira.

"Posso ir encontrar você aí?"

"Claro. O que foi? Por que você tá tão esquisita?"

"Não tô, não." A minha respiração estava ofegante.

Lembra quando a marcha atlética virou o exercício da moda? Foi só uma coisa passageira nos anos 1980. É bem estranho andar tão rápido que os seus quadris ficam requebrando de um lado para o outro. Mas existe como competição olímpica até hoje.

Foi assim que eu percorri os seis quarteirões até o salão de beleza, tão depressa que poderia ter ganhado uma medalha de ouro.

Entrei às pressas e encontrei Tati logo na primeira cadeira, usando uma daquelas capas de cortar cabelo. A cabeça estava coberta de tintura preta-arroxeada e embrulhada em papel-alumínio, e a cabeleireira massageava seus ombros.

"Tô no meio de um processo", Tati apontou para a cabeça.

"Oi", falei para a cabeleireira. "Isso eu posso fazer por você."

A mulher sorriu e se afastou. Comecei a massagear os ombros de Tati.

"Ai, vai devagar, essas suas mãos de violoncelista são muito brutas."

"Ah, para com isso. Tenho uma coisa pra te contar."

"Então conta."

"Ele quer me ver."

"O que você tá falando?" Eu tinha contado para Tati que vi Matt no metrô, mas isso já fazia dois meses.

"Dá uma lida nisso." Entreguei o papel para ela.

Instantes depois, ela estava fungando.

"Você tá chorando?"

"Deve ser algum desequilíbrio hormonal. Isso é tão triste. Por que ele tá todo saudosista no post?"

"Sei lá."

"Você precisa ligar pra ele, Grace. Precisa ir pra casa agora mesmo fazer isso."

"E o que eu falo?"

"Só tenta descobrir qual é a dele. Acho que esse texto lembra bastante o antigo Matt, todo reflexivo e profundo."

"Pois é, né?"

Ela levantou da cadeira, me encarou e apontou para a porta. "Agora vai lá."

21. Eu procurei por você dentro de cada pessoa

MATT

Numa terça-feira, algumas semanas depois que publiquei a carta para Grace no Craigslist, eu estava saindo do meu prédio a caminho do metrô quando meu sobrinho de oito anos me ligou, perguntando se eu aceitaria ser seu patrocinador em uma corrida beneficente. Eu adorava o garoto, então disse que com certeza topava, mas, quando estava prestes a desligar, a mãe dele pegou o telefone.

"Matthias, é a Monica."

"Oi. Como o Alexander tá?"

"Ótimo. Trabalhando feito um condenado e pondo todos os outros sócios no chinelo, como sempre. Você conhece o Alexander."

"E como", falei com um pouco de amargura. "E você? Como anda a vida em Beverly Hills?"

"Pode parar com esse papo furado, Matthias."

"O que você quer, Monica?"

"A Elizabeth me ligou para contar que ela e o Brad vão ter um bebê." A falta de sutileza da minha cunhada sempre foi notável.

"Pois é, eu sei. Tenho o privilégio de ver esses dois babacas dia após dia no trabalho."

"Ela foi da família por oito anos, Matthias. Você não acha que eu tenho o direito de saber?"

Eu dei risada. "Vocês não eram exatamente amiguinhas, então nem vem com essa conversa mole de que ela era 'da família'. E foi *ela* que me largou, esqueceu?"

"Como você é escroto. Ela não teria te largado se você não fosse tão obcecado pela Grace."

"A Grace não tem nada a ver com o meu casamento nem com o meu divórcio."

"Até parece. A Elizabeth contou que você nunca se desfez das fotos dela."

"Eu nunca me desfaço de nenhuma das minhas fotos. E por que faria isso, aliás? Eu sou fotógrafo. A Grace foi a pessoa que mais posou pra mim no começo da carreira. E a Elizabeth sabe disso melhor que ninguém. Aliás, por que a gente está falando sobre esse assunto?"

"Eu queria mandar um presente pra ela."

"O correio pode se encarregar disso. Ela ainda mora no nosso antigo apartamento. Você sabe qual é, aquele de que eu precisei abrir mão pra ela poder brincar de casinha e fazer filhos com o namoradinho."

"Marido", ela corrigiu.

"Tchau, Monica. Manda lembranças pro Alexander."

Eu desliguei, respirei fundo e, pela décima vez só naquela semana, me perguntei que porra tinha acontecido com a minha vida.

Quando cheguei ao trabalho, encontrei Scott pegando café na sala de descanso.

"Alguma resposta pra postagem?"

"Não, só ofertas de mulheres muito gentis se oferecendo pra ser o meu amor de olhos verdes."

"Cara, qual é seu problema? Aproveita a chance. Ela provavelmente nunca vai ler aquilo, mas não é o único amorzinho de olhos verdes do mundo." Ele deu uma piscadinha marota para mim.

"É justamente essa a questão. No caminho pra cá, eu fiquei pensando sobre a minha vida."

"Ô-ou."

"Não, escuta só. O primeiro relacionamento que eu tive na vida, com a Monica, minha primeira namorada, foi uma coisa ridícula e falsa que só servia pra gente fazer pose e causar uma boa impressão nos outros."

"Vocês eram bem jovens. O que é que tem?"

"Com a Elizabeth foi a mesma coisa, pelo menos no começo. Essa minha relação com a Monica criou o precedente pro meu casamento com a Elizabeth. Quando as coisas ficaram feias, nenhum dos dois tinha interesse em resolver o problema. Com a Grace não foi assim. Nunca. Tudo era sempre verdadeiro com ela."

"Existem outras iguais por aí."

"Existem nada, cara. Tô te falando. A gente só se conheceu na época errada. Depois de quinze anos, continuo pensando nela. Se eu casasse com outra mulher, por mais bonita e inteligente que fosse, às vezes ia pensar na Grace e na vida que a gente teria se ainda estivesse junto. Eu ia fazer amor com a minha esposa e lembrar da Grace. Que porra de relacionamento seria esse?"

"'Fazer amor?' Ai, que fofo, Matt." Ele sorriu, segurando o riso.

"Para com isso."

"Eu só tô dizendo que você precisa começar a transar com outras garotas. Já passou da hora. Nada de fazer amor. São ordens médicas."

Ele me deu um tapa no ombro e saiu da sala.

Mais tarde naquela semana, Elizabeth passou no meu cubículo. Eu estava recostado na cadeira, jogando Angry Birds.

"Matt?"

Ergui os olhos e a vi usando um vestido de grávida todo esvoaçante, como se fosse a própria Mãe Terra, acariciando a barriga. Elizabeth tinha uma beleza natural e convencional. Feições harmônicas, cabelo castanho, pele bonita e constante bronzeado de sol. Foram a personalidade e a traição que a tornaram feia para mim.

"O que foi?"

"Você não tem, tipo, milhares de fotos pra editar?"

Eu voltei minha atenção para os passarinhos escandalosos. "Já tá tudo feito. E entregue."

De canto de olho, vi que ela estava com a mão na cintura, como uma mãe dando bronca no filho. Sua paciência estava se esgotando. Eu não estava nem aí.

"Esse trabalho não deveria passar por mim de novo?"

Eu dei uma olhada para ela antes de voltar a me concentrar no celular. "Uau, que belo rei você tem na barriga, Lizzy." Eu *nunca* a tinha chamado assim na vida. "Você pensa que é o quê, a minha chefe?"

"Matt. Eu não aguento mais essa birrinha entre a gente."

"Birrinha?!" Eu dei risada e me recostei na cadeira. O celular vibrou na minha mão. Era uma ligação de um número desconhecido de Manhattan. Levantei o dedo, pedindo para Elizabeth esperar um pouco. "Alô?"

"Matt?"

Minha nossa.

A voz dela, a voz dela, a voz dela.

Elizabeth ainda estava olhando feio para mim. Ela jogou as mãos para o alto e falou: "Não dá pra ligar de volta outra hora? Tô tentando ter uma conversa com você".

"Só um instantinho, Grace."

"Grace?" Elizabeth ficou escandalizada.

Eu cobri o telefone com a mão. "Sai daqui, porra!"

Ela pôs a outra mão na cintura. "Não vou sair coisa nenhuma."

Eu tirei a mão de cima do celular. "Grace?"

Precisei me segurar para não chorar.

"Sim, ainda tô aqui."

"Você pode esperar uns dois minutinhos? Eu prometo que te ligo daqui a pouco."

Pensei que fosse vomitar.

"Se agora não for um bom momento..."

"Não, não, eu te ligo daqui a pouco."

"Tudo bem." O tom era meio inseguro.

Nós desligamos. "Então você anda saindo com a Grace?" Algo na voz dela transmitia um ar de satisfação, e os olhos diziam *Eu sabia*.

Respirei fundo pelo nariz. "Não, eu não tô saindo com ela. É a primeira vez que a gente se fala em quinze anos, e você acabou de estragar tudo."

"Pra falar sobre um assunto profissional. Aqui é um lugar de trabalho, Matt."

"Foi isso o que você falou pro Brad antes de dar pra ele na sala do xerox?", retruquei sem pensar duas vezes. Era como se eu tivesse levado uma facada no peito e estivesse sangrando. Me sentia mais fraco a cada segundo. "Não tô me sentindo bem. Você pode me deixar em paz, por favor?" Meus olhos começaram a se encher de lágrimas.

Ela ficou toda vermelha. "Matt... eu..."

"Não sei o que você tem pra dizer, Elizabeth, mas não tô interessado em ouvir. Nem um pouco. Nada mesmo." Eu dei de ombros.

Ela se virou e saiu andando.

173

Abri as chamadas recentes e liguei para o número de Grace.

"Alô?"

"Desculpa a demora."

"Tudo bem."

Eu respirei fundo. "Nossa, como é bom ouvir a sua voz, Grace."

"Ah, é?"

"Como é que você tá?"

"Eu tô bem. É que... faz tanto tempo, Matt."

"Pois é. Faz mesmo, né?" Ela parecia apreensiva. Eu também estava. "Então, o que você anda fazendo agora? Tá morando onde? É casada?"

"Casada, não." Meu estômago se aliviou um pouco. *Graças a Deus.* "Eu moro num apartamento na West Broadway, no SoHo."

"Tá brincando? Eu moro na Wooster."

"Uau. É bem perto. Você ainda trabalha na revista?"

Ela sabia que eu trabalhava na revista? "Sim, só que agora faço mais coisas pro canal de televisão. Não viajo tanto. E você? Ainda toca violoncelo?" Uma lembrança de Grace tocando no nosso alojamento estudantil, usando só um vestido florido, me veio à cabeça. A luz da janela demarcava a silhueta dela de tal forma que me senti obrigado a acionar o obturador e continuar clicando enquanto ela tocava. Eu ainda tinha aquelas fotos guardadas em algum lugar. Depois disso, eu larguei a câmera, e tracei contornos acima daquela bundinha gostosa. Ela se atrapalhou com a música e começou a rir. *Será que algum dia ouviria aquele riso de novo?*

"Aham. Mas não profissionalmente. Eu sou professora de música num colégio."

"Parece ótimo." Limpei a garganta, um tanto desconfortável. Eu queria falar que ela estava soando diferente, meio melancólica, e não como a Grace que conheci, mas guardei esse pensamento para mim.

Depois de um longo e constrangedor silêncio, eu falei: "Imagino que você viu o que eu postei".

"Pois é, aquilo foi muito legal..." Ela hesitou e respirou fundo. "Quando te vi, fiquei sem saber o que pensar."

"Pois é, hã... o post foi um tiro no escuro, eu acho."

"Você tem uma carreira incrível. Eu acompanho um pouco o que você faz."

"Ah, é?" Senti um nó na garganta, minha cabeça latejava, e de repente fiquei bem nervoso. *Por que ela acompanharia a minha carreira?*

"Elizabeth tá..."

"Grávida?", fui logo dizendo. *Por que eu falei isso? E como ela sabe da Elizabeth?* Queria contar tudo, mas da minha boca só saíam palavras erradas.

"Matt." Mais uma longa e desconfortável pausa. "Eu estou confusa sobre ter te visto, e sobre o que você postou e..."

"A Elizabeth não é..." Ela me interrompeu.

"Foi bom falar com você. Acho melhor eu desligar."

"E um café? Que tal um café um dia desses?"

"Hã, não sei, não."

"Certo." Mais um silêncio constrangedor. "Você me liga se mudar de ideia?"

"Claro."

"Grace, tá tudo bem, né? Quer dizer, você tá bem? Eu preciso saber."

"Eu tô bem, sim", ela murmurou e desligou em seguida.

Puta que pariu!

Elizabeth escolheu justamente aquele momento para voltar com uma pilha de fotos. O timing dela era o pior possível. "Você pode analisar estas aqui e deixar na minha mesa amanhã cedo?"

"Sim, claro, pode deixar." Eu nem levantei os olhos. O coração estava martelando o peito; e eu, prestes a chorar. A mão de Elizabeth tocou meu ombro. Ela me deu um aperto de treinador de futebol americano. "Tá tudo bem?"

"Tá."

"É difícil pra você me ver assim, né?"

Quê? Eu fiquei tão perplexo que quase dei risada. Para Elizabeth, tudo girava em torno dela. "Você tá pensando que é difícil pra mim te ver grávida? Não, eu tô feliz por você."

"Acho que faz sentido, já que você nunca quis ter filhos." O tom de voz dela era indecifrável.

Eu sempre quis ter filhos, só não com você.

Eu segurei a mão dela e fiz o que precisava ser feito. "Elizabeth, eu sinto muito por não ter sido um marido melhor. Tô feliz por você e pelo

Brad. Desejo muitos anos de felicidade conjugal e familiar. Agora, em nome de tudo o que é mais sagrado na nossa vida, inclusive pra manter a salubridade do ambiente de trabalho, não vamos falar nunca mais sobre a bosta do nosso casamento de novo. Nunca mesmo. Pode ser, por favor?" Estava suplicando com os olhos.

Ela assentiu com a cabeça. "Eu também sinto muito, Matt. Lidei com tudo da pior maneira possível."

Eu soltei sua mão. Ela abriu um sorriso caloroso e empático, quase de pena. Era melhor deixá-la pensar que eu me sentia solitário e sofria por ela do que alimentar o ressentimento que Elizabeth sempre nutriu por eu nunca ter esquecido Grace. Suspeitas corretas, mas eu jamais admitira isso para ela.

Brad era meu amigo desde quando comecei na *National Geographic*, ainda como estagiário. Eu conheci os dois quase na mesma época. Ele sempre gostou de Elizabeth, enquanto ela sempre teve uma queda por mim. Quase me senti um babaca por casar com ela. Então, quando Elizabeth me traiu com ele, não fiquei surpreso. Na verdade, senti uma estranha vontade de agradecer. Daria para ser pior que isso?

Elizabeth voltou para sua sala, e eu fui até o escritório de Brad. Estava na hora de ser humilde, ou no mínimo um ser humano decente, apesar das falhas. Eu tinha estragado tudo ao telefone com Grace, mas aquilo me deu uma sacudida; eu não queria continuar naquele mar de autopiedade e raiva para sempre.

Parei na porta da sala de Brad e limpei a garganta.

Ele olhou para mim do outro lado da mesa. "E *aíííí*, cara?" Ele sempre falava assim, tipo um maconheiro, alongando as sílabas finais.

"Brad, eu só queria te dar os parabéns pelo bebê. Mandou bem, meu amigo. Nós dois sabemos que eu não teria como fazer melhor."

"Matt..." Ele tentou me interromper.

"É brincadeira, Brad. Eu tô feliz por vocês. Juro."

"É mesmo?" Ele levantou uma sobrancelha.

Eu assenti. "É."

"Que tal sair pra beber depois do trabalho? Só nós dois?"

Bom, com certeza você comeu a minha mulher em todas as superfícies possíveis do apartamento que eu chamava de lar, e agora ela tá grávida, então...

Eu bati uma palma. "Ah, sim. Por que não?"

Fomos até um lounge metido a besta no Upper West Side, perto do meu antigo prédio, onde agora ele morava com Elizabeth. Eu detestava aquela porra de bar, mas era um território familiar para ambos.

Meu uísque foi servido numa taça de martíni, com uma única pedra de gelo. Apesar de tantas coisas erradas naquele drinque que eu não sabia nem por onde começar, bebi mesmo assim. "Já podemos fumar uns charutos?"

"Não, isso é só depois que o bebê nascer. Você não é muito chegado em crianças, né?"

"Não, eu detesto. Só quero uma desculpa pra fumar um bom charuto cubano", menti, só por diversão. Sem isso a vida vira o quê?

"Bom, a sua hora vai chegar. Aliás, a sua cunhada ligou. Ela vai mandar aquele antigo moisés."

"Quê?"

"Pois é, ela acha que tem que ficar com a gente. Considera Elizabeth uma irmã."

Esse moisés era uma herança de família; não deveria ser dado para alguém de fora. "Isso na verdade nem é da Monica."

Brad percebeu a minha hostilidade e tentou mudar de assunto. "Você tem saído com alguém ultimamente?"

"Não, só trepando por aí", eu menti de novo por diversão. "Finalmente me livrei da coleira, sabe como é?" Estava difícil manter minha intenção de ser humilde.

"Que bom pra você." Brad ficou constrangido.

"Mais um uísque, por favor!", gritei.

"Às vezes a Lizzy se irrita comigo por nada, sabe? Tipo, a tampa da privada... ela se irrita se eu deixo levantada, mas também se irrita se eu abaixo." Ele olhou para mim e balançou a cabeça. "Diz que eu sou ruim de mira."

Senti pena de verdade do cara. "Escuta só, você vai ter que aprender a mijar sentado. Depois de casar é assim mesmo. Inclusive pode ser relaxante, tipo um tempinho de descanso."

"Sério?"

"Com certeza."

Meu segundo uísque chegou. Eu virei ainda mais depressa do que o primeiro.

"Ah, eu esqueci de contar que a Lizzy encontrou mais uma caixa com fotos suas e uns rolos de filmes. Ela queria que você fosse lá buscar, já que... sabe como é... estamos preparando o quarto extra."

Minha nossa. "Beleza."

Ele olhou para o celular. "Que merda, nosso curso preparatório pra pais é daqui a pouco. Eu preciso ir, cara. Quer subir até o apartamento e pegar a caixa?"

"Claro, vamos lá."

Nós andamos os poucos quarteirões até o apartamento sem dizer nada. Logo entrei atrás dele no saguão. Os dois uísques, combinados com a estranheza de voltar ao meu antigo endereço, de repente me deixaram meio grogue. "Então, Brad, eu posso esperar aqui, e você me traz a caixa."

"Tem certeza?"

"Ah, sim, eu espero." Abri um sorriso falso e me sentei perto do elevador. Minutos depois, ele voltou com uma daquelas sacolas organizadoras, feita de um plástico cinza escuro.

"Pensei que fosse uma caixa."

"Ah, sim, mas a Lizzy tirou tudo de lá e pôs aqui, pra deixar mais bem armazenado."

"Mais bem armazenado?"

Ele mal conseguia olhar para a minha cara. "Pois é."

Com certeza Elizabeth tinha fuçado a caixa inteira e jogado metade dos objetos fora. Não fiquei nem um pouco surpreso. "Valeu, Brad."

"Até mais, amigão." Ele me deu um tapinha nas costas na hora de ir embora.

Quando voltei para o meu loft, sentei no meu velho sofá de couro, pus para tocar "With or Without You", do U2, descansei os pés em cima da sacola e fechei os olhos. Imaginei que tivesse construído uma trajetória de vida, não só uma carreira. Imaginei as paredes cobertas de fotos de família, e não de animais da porra do Serengeti. Respirando fundo, abri a sacola de plástico.

Era tudo daquela época, preservado em fotografias em preto e branco. Grace e eu no Washington Square Park. Na faculdade. No alojamento. No saguão. Grace tocando violoncelo. Grace nua na minha cama, tirando uma foto minha, com o rosto escondido pela câmera. Passei o dedo pelo papel. *Me deixa ver o seu rosto*, eu lembro de ter dito. Grace e eu em Los Angeles, na casa da minha mãe, jogando Scrabble. Minha mãe ensinando Grace a fazer peças de cerâmica no Louvre. A visão pela câmera de Grace dormindo sobre o meu peito.

Pouco a pouco, fui tirando cada uma das fotos dali. A última foi tirada no dia que viajei para a América do Sul. Era o que hoje chamamos de selfie. Grace e eu deitados na cama, olhando para a lente acima de nós.

Nós parecíamos tão felizes, tão satisfeitos com a vida, tão apaixonados. *O que aconteceu com a gente?*

No fundo da bolsa, encontrei uma fita cassete e um rolo de filme não revelado, que tirei do potinho e ergui contra a luz. Era colorido, uma coisa que eu raramente usava; só quando comecei a trabalhar para a *National Geographic* comecei a fotografar em cores com mais frequência.

Eu deixei o filme no balcão, pus a fita para tocar num toca-fitas velho e bebi até apagar, ouvindo Grace e sua amiga Tatiana performando um dueto de violino e violoncelo de "Eleanor Rigby". Elas tocaram várias vezes e, no fim, sempre dava para ouvir Grace rindo e Tatiana pedindo silêncio.

Fui dormir com um sorriso no rosto, apesar de me sentir como uma das pessoas solitárias da letra daquela música.

Ainda havia alguns lugares para revelar filmes em Manhattan. A PhotoHut não existia mais havia tempos, mas encontrei uma loja de câmeras no caminho do trabalho na manhã seguinte e deixei lá o misterioso rolo de filme.

Quando cheguei, vi Elizabeth na copa, perto da cafeteira. "Pensei que mulher grávida tivesse que parar com a cafeína."

"Uma xícara eu posso tomar." Dei uma risadinha e fui para o meu cubículo. Dava para ouvir ela andando atrás de mim, com as sapatilhas friccionando no carpete e criando correntes elétricas. Ela tinha esse hábito de andar arrastando os pés.

Ao ligar o computador, percebi que ela ainda estava na minha cola, só esperando que eu reconhecesse sua presença. O cabelo estava com frizz, meio que flutuando acima dos ombros por causa da eletricidade estática. Não contive o riso.

"Que foi?"

"Seu cabelo." Eu apontei como uma criança de cinco anos.

Ela fechou a cara e fez um coque com um lápis que pegou da minha mesa.

"Obrigada por ter ido beber com o Brad e por pegar a sacola ontem à noite."

"Obrigada por organizar os meus pertences. Você jogou alguma coisa fora?"

"Não, eu mal olhei aquilo. Era tipo um altar pra Grace."

"Então por que fez tanta questão de me devolver?"

Ela deu de ombros. "Sei lá. Acho que eu me sinto mal por isso."

"Com o que exatamente você se sente mal?" Eu me recostei na cadeira.

"É que... Você sabe. Como foi que... sei lá."

"Não, me conta." Eu insisti com um sorriso presunçoso. Vê-la se complicar toda com as palavras foi inevitavelmente gostoso. Ela claramente ainda tinha inveja da Grace.

"Com essa coisa de você colocá-la num pedestal e sempre falar dela, tipo, como alguém que lamenta o que perdeu."

Eu me inclinei para a frente. "Você não tá me contando tudo... tô vendo aquele tique esquisito na sobrancelha que aparece quando tá mentindo."

"Que tique esquisito na sobrancelha?"

"Você mexe só uma sobrancelha, de um jeito meio maluco. Não sei como você faz isso. Parece um cacoete bizarro, ou sei lá o quê."

Envergonhada, ela levou a mão à sobrancelha. "Não é nada que você já não saiba. Enfim, a gente estava atolado de trabalho até o pescoço naquela época."

"Do que você tá falando?"

Elizabeth olhou ao redor, como se estivesse elaborando uma estratégia de fuga. Seu olhar se voltou para os sapatos abusivamente caros. "Grace ligou e deixou um recado uma vez e... eu simplesmente..."

Eu fiquei de pé. "Do que você tá falando, Elizabeth?" Eu só percebi que gritava quando o andar inteiro ficou em silêncio. Pude ver os nossos colegas observando por cima das divisórias dos cubículos para saber o que estava acontecendo.

"Shhh, Matt!" Ela chegou mais perto. "Me deixa explicar. Foi quando nós estávamos na África do Sul." Ela cruzou os braços e baixou o tom de voz. "Você já estava transando comigo. Eu não sabia por que ela estava ligando."

Minha mente estabeleceu a cronologia às pressas. Devia fazer uns dois anos desde que Grace e eu tínhamos nos visto pela última vez. Depois que ela desapareceu.

"O que foi que ela disse?" Falei bem devagar.

"Eu não lembro. Faz tanto tempo. Que ela estava na Europa ou algo assim. Ela queria falar com você e saber o que estava fazendo. Aí deixou um endereço."

Todos os meus nervos entraram em alerta máximo. "O que foi que você fez, Elizabeth?"

"Nada."

O comportamento dela estava muito estranho. Como se ainda estivesse escondendo um segredo.

"Me fala logo o que você fez."

Elizabeth fez uma careta. "Eu escrevi uma carta para ela."

"Não acredito..."

"Eu era apaixonada por você, Matt. Escrevi para ela com gentileza. Expliquei que você já estava em outra, que aquilo era página virada, mas desejei tudo de bom pra vida dela."

Senti os meus olhos queimarem de fúria. "O que mais você fez? Pelo amor de Deus, Elizabeth, estou prestes a causar uma tragédia, e você sabe que eu não sou um cara violento."

Elizabeth começou a chorar. "Eu estava apaixonada por você."

Fiquei atordoado. Sempre pensei que Grace tinha sumido sem explicações. Sem deixar nem um bilhete — um endereço, um telefone, nada. Fiquei arrasado por pensar que foi ela quem tinha me deixado.

"Se estava apaixonada por mim, por que não me deu o direito de escolher?"

Brad apareceu e a abraçou por trás. "O que tá acontecendo? Por que tá gritando desse jeito? Ela tá grávida, cara; você é maluco?"

Eu estava ofegante. "Fora daqui. Vocês dois."

Elizabeth se virou para Brad e começou a chorar no peito dele. Brad a levou embora, olhando feio para mim e balançando a cabeça, como se eu é que tivesse feito algo de errado.

Desde o encontro com Grace no metrô, eu vinha repassando na minha mente tudo o que tinha acontecido quinze anos antes, como a última conversa que tivemos, aparentemente tão banal, seis semanas antes da data marcada para a minha volta para casa — para os braços dela, para a rotina que estabelecemos durante aquele ano celestial.

Depois do trabalho, fui buscar o rolo de filme que tinha deixado para revelar mais cedo. Era sexta-feira, e eu não tinha nada melhor para fazer a não ser ir para o meu loft praticamente sem mobília e digerir a notícia de que Grace tinha tentado entrar em contato comigo em algum momento durante aqueles anos. Sentei no sofá, perto das janelas que iam do chão ao teto, com vista para a rua.

Ao meu lado, na mesa de canto, havia um pequeno abajur; no meu colo, estavam as fotos reveladas. As três primeiras saíram borradas, mas a quarta me pegou totalmente de surpresa. Era uma imagem minha e de Grace de pijama, na frente das luzes borradas dos carros que passavam. Os rostos estavam um pouco fora de foco, mas dava para ver que estávamos olhando um para o outro. *A noite em que fomos até aquela lanchonete no Brooklyn.*

Todos os outros retratos eram de Grace: no saguão do alojamento, no parque, dormindo na minha cama, dançando no meu quarto. Sempre ela, capturada em cores.

Deixei as fotos na mesa de centro e fiquei olhando enquanto revivia minhas lembranças com ela. *Será que eu disse que a amava? Será que eu sabia que estava apaixonado? O que foi que aconteceu?*

Eram oito e meia, e eu ainda não tinha comido nada o dia todo. Estava com o estômago embrulhado, enojado com as atitudes de Elizabeth. Tudo começou a fazer sentido — como Grace agiu toda cautelosa ao telefone. Ela já tinha tentado estabelecer contato.

Fiz uma busca no computador usando o número do telefone dela.

Estava no nome de G. Porter, que morava na West Broadway. *Ela já foi casada?* Apesar de eu também já ter sido, saber disso me doeu. Procurei no Google por "Grace Porter musicista Nova York" e encontrei um link do colégio onde ela dava aula. Depois de clicar em vários outros links, descobri que o departamento dela faria uma apresentação especial naquela noite no próprio ginásio, mas já tinha começado uma hora antes.

Sem nem me olhar no espelho, de repente eu já estava na porta da frente. As coisas não podiam ficar só naquele telefonema constrangedor.

Quando cheguei ao colégio, subi as escadas dois degraus por vez até o ginásio. Ouvi o som de aplausos e rezei para que não fosse tarde demais. Não havia ninguém controlando a entrada diante das portas duplas, então entrei de fininho e fiquei de pé lá no fundo, esquadrinhando o local à procura de Grace, mas só o que vi foram quatro cadeiras posicionadas do outro lado da quadra — três ocupadas, uma vazia. A plateia ficou em silêncio para ouvir um homem no microfone posicionado perto do quarteto incompleto.

"A sra. Porter preparou algo muito especial para compartilhar com vocês." Apesar de estar quinze minutos atrasado, meu timing foi perfeito. "Na verdade, é uma ocasião muito rara, então vamos aplaudir seu talentoso quarteto."

Grace foi até o microfone, e eu perdi o fôlego. Tudo aquilo que eu amava tantos anos antes ainda estava lá: os trejeitos tão singulares; a maneira como não reconhecia a própria beleza; o cabelo, ainda comprido e loiro, caído sobre um ombro; os lábios cheios e naturalmente rosados. Mesmo à distância, era possível distinguir seus olhos verdes maravilhosos. Ela estava vestida de preto dos pés à cabeça — uma calça e uma blusa de gola alta, formando um contraste com a pele e as madeixas claras.

Ela deu um tapinha no microfone e sorriu ao som da pancada ecoando pelas paredes. "Opa, desculpa." E deu uma risadinha. *Minha nossa, como eu senti falta disso.* "Obrigada por terem vindo. Eu não costumo tocar com os alunos, mas temos uma surpresa muito especial pra dividir com todos. Nossa primeira e segunda violinista, Lydia e Cara, e nossa primeira violista, Kelsey, vão tocar com a Filarmônica de Nova York no próximo fim de semana." A plateia explodiu em aplausos e assobios. Grace olhou para as três garotas, que sorriram para ela, com seus instrumentos a postos. "Eu estou muito orgulhosa, por isso vamos tocar juntas esta noite uma versão de 'Viva La Vida', do Coldplay. Espero que vocês gostem."

Ela continua sendo a minha Grace moderninha.

Dirigindo-se para a cadeira mais à direita, posicionou o violoncelo entre as pernas. Com a cabeça baixa, começou a contagem. Ela sempre tocava mais para si mesma e, observando-a naquele momento, se via que nada tinha mudado. Eu não precisava olhar para saber que seus olhos estavam fechados, da mesma forma que ficavam quando ela tocava perto da janela no nosso antigo alojamento.

Eu não conseguia parar de olhar, hipnotizado, com toda minha atenção voltada para Grace à medida que a música preenchia o ginásio. No fim, pouco antes do último movimento do arco, ela olhou para o teto e sorriu. A plateia enlouqueceu, e o lugar inteiro vibrou com os aplausos estrondosos.

Esperei o restante das apresentações, faminto, cansado e em dúvida se tinha sido tudo em vão. Os convidados começaram a sair pouco depois das dez e meia, e eu esperei, com os olhos ainda voltados para ela. Ao fazer contato visual, percebi que Grace sabia o tempo todo que eu estava lá. Ela andou até mim com convicção, sem nenhum ar de surpresa.

"Oi." O tom era leve e cordial, graças a Deus.

"Oi. A apresentação foi incrível."

"Pois é, essas meninas... são muito talentosas."

"Não, tô falando de você... foi tão... você tocou de um jeito tão...", eu engoli em seco, "... lindo." Tropecei nas palavras como um idiota.

Ela sorriu, ainda que o olhar continuasse cauteloso. "Obrigada."

"Eu sei que tá tarde, mas... a gente pode sair e beber alguma coisa?" Ela abriu a boca, mas eu interrompi. "Aquela conversa pelo telefone foi constrangedora. Eu queria falar com você pessoalmente...", gesticulei entre nós, "... esclarecer as coisas."

"'Esclarecer as coisas'?" Ela parecia desconfiada.

"Bom, pôr a conversa em dia. E, sim, acho que esclarecer as coisas também."

"Já faz quinze anos, Matt." Ela deu risada. "Não sei se 'esclarecer as coisas' faz muito sentido agora."

"Escuta só, Grace, tem algumas coisas daquela época que eu nunca entendi direito e..."

184

"Tem um barzinho aqui perto, virando a esquina. Mas eu não posso ficar até tarde. Tenho um compromisso de manhã."

Eu abri um sorriso de gratidão. "Tudo bem, sem problemas. Só um drinque."

Minha nossa, como eu estava desesperado.

"Vamos lá, então. É por ali."

Fomos andando lado a lado pela rua escura.

"Você tá ótima, Grace. Foi o que eu pensei assim que bati os olhos em você no metrô."

"Aquilo foi tão estranho, né? Parecia uma peça pregada pelo universo; a gente se viu um segundo mais tarde do que deveria." Eu não tinha parado para refletir sobre a situação por esse ângulo. O jeito de pensar dela era uma coisa que eu adorava. "Quer dizer, a gente mora a poucos quarteirões, mas nunca se cruzou pela rua."

"Na verdade, eu mudei pra esse apartamento no ano passado, depois de voltar pra Nova York."

"E antes disso?"

"Morei no Upper West Side cinco anos atrás, aí passei um tempo em LA. Depois de acertar o divórcio com a Elizabeth, vim pra Nova York. Foi mais ou menos um ano atrás. Agora tô num loft alugado na Wooster."

Observei atentamente a reação de Grace, porém só o que ela disse foi: "Entendi".

Quando entramos no bar escuro, Grace escolheu uma mesinha pequena, pendurou a bolsa no encosto da cadeira e apontou para a jukebox. "Vou escolher uma música. Pra um bar, aqui tá silencioso demais." Seu estado de espírito parecia mais leve. Lembrei que ela nunca conseguia ficar num lugar sem música. Ao ar livre tudo bem, ouvindo os ruídos da natureza; em ambientes fechados, sempre precisava ter uma música tocando.

"Posso pedir alguma coisa pra você?"

"Uma taça de vinho tinto cairia bem."

Eu me policiava a todo momento para não me perder nas lembranças, mas sim viver o presente. Afinal, havia muito a ser dito. Quando voltei do balcão com as nossas bebidas, os cotovelos dela estavam apoiados na mesa, e o queixo descansava nas mãos fechadas.

"Você também tá ótimo, Matt. Eu queria ter dito isso antes também. Não envelheceu quase nada."

"Obrigado."

"Eu gostei do cabelo comprido e disso aqui..." Ela passou os dedos levemente na minha barba, e fechei os olhos por um momento mais longo do que deveria.

"Então, você morou em LA?"

Tentei controlar a respiração para não acabar caindo no choro. A presença dela mexia demais comigo.

Ouvimos uma música triste cujo vocal era masculino e bem grave. "O que é isso que tá tocando?" Dei um gole na cerveja.

"The National. Matt, você falou que queria conversar, então vamos conversar. Você foi pra LA depois de se separar. Ficou morando na casa da sua mãe? Como é que ela tá? Eu penso nela às vezes."

"Na verdade, eu fui antes de me separar. Pra cuidar da minha mãe. Ela morreu nessa época."

Os olhos de Grace se encheram de lágrimas. "Ai, Matt. Eu sinto muito. Ela era uma mulher maravilhosa."

Senti um nó na garganta. "Foi câncer de ovário. A Elizabeth achou que era papel do Alexander ficar com ela, mas ele estava ocupado demais tentando virar sócio do escritório de advocacia onde trabalha. Minha mãe morrendo, e os filhos brigando pra ver quem cuidava dela. Um absurdo." Eu desviei os olhos. "O meu casamento já estava nas últimas. A Elizabeth estava ansiosa pra engravidar, só que eu estava sempre longe, viajando o país inteiro. No fundo, ela acreditava que eu queria manter distância. E eu, que ela estava sendo egoísta. No fim das contas, os dois estavam com raiva e magoados um com o outro."

Ela assentiu. "O que aconteceu depois disso?"

"Enquanto via a minha mãe definhar em LA, a Elizabeth começou um caso com o Brad, um amigo e colega nosso, produtor da *National Geographic*. Oito anos de casamento... puf." Fiz um movimento de explosão com as mãos.

"Oito anos? Eu pensei que..." Ela hesitou.

"O quê?"

"Nada. Eu sinto muito, Matt. Não sei nem o que dizer."

"Então me conta uma coisa: por que você foi embora?"

"De quando você tá falando?"

"Por que você não deixou uma carta ou um recado quando foi pra Europa? Você simplesmente foi embora."

Ela pareceu confusa. "Como assim? Eu esperei. Foi você que não me ligou."

"Eu não tinha como. Não deu mais pra telefonar. A única pessoa com quem eu conversava era a minha mãe, porque podia ligar a cobrar. Eu não tinha grana. A gente ficou preso num vilarejo minúsculo com um carro quebrado e centenas de quilômetros de floresta ao redor. Pensei que você fosse entender."

Ela pareceu chocada. "Mas e aquela matéria na revista de fotografia? Dizia que você tinha conseguido um emprego na *National Geographic* e ia pra Austrália logo depois da América do Sul."

"Em 97?"

"É." Ela virou a taça de vinho inteira de uma vez. "Tinha uma imagem sua tirando uma foto dela, e o texto era sobre os seis meses que vocês iam passar na Austrália."

"Nunca vi essa tal matéria, então não sei do que se trata. A Elizabeth me convidou pra viajar pra Austrália, mas eu recusei. Voltei pra cá depois de terminar o estágio, e você não estava mais aqui."

"Não." Ela balançou a cabeça. "Pensei que você estivesse indo pra Austrália. Foi por isso que acabei entrando na orquestra do Dan."

Balancei a cabeça também. "Não, eu não fui pra Austrália. Voltei no final de agosto. Tentei ligar pra você antes de ir embora, mas não consegui. Fui direto pro alojamento dos formandos, pensando que você estivesse lá. Daí imaginei que você tivesse mudado pro alojamento dos pós-graduandos. O pessoal da administração me disse que você tinha desistido da matrícula. Saindo do prédio, Daria me contou que você tinha entrado na orquestra do Pornsake."

Grace começou a chorar, soluçando silenciosamente e escondendo o rosto com a mão. "Grace, desculpa." Entreguei guardanapos da mesa para ela. "Pensei que *você* tivesse me largado. Eu não sabia como entrar em contato. Inclusive, só aceitei o emprego na *National Geographic* quando descobri que você tinha ido embora."

Ela soltou uma risada em meio às lágrimas. "Puta merda. Durante todo esse tempo..."

"Pois é. Tentei te procurar algumas vezes, mas não encontrei nada sobre você na internet. Só hoje fiquei sabendo que o seu sobrenome agora é Porter."

Grace caiu na gargalhada. "Eu casei com o Pornsake, Matt. Ele mudou o sobrenome pra Porter."

Meu coração foi aniquilado ali mesmo. "Ah."

"Não logo de cara. Eu esperei quase cinco anos. Ele já morreu. Você sabe disso, né?"

"Não. Por que saberia?"

"Eu escrevi pra você."

"Ah, é?" *Elizabeth*. Ela ainda não tinha me contado toda a verdade. Era como se eu tivesse entrado num universo alternativo, onde Grace me amava e quem decidiu ir embora fui eu. Passei anos sofrendo por tê-la perdido, mas durante esse tempo todo ela tinha me procurado.

Estendi o braço sobre a mesa e segurei sua mão. E ela deixou. "Eu sinto muito pelo Dan. Ele era muito gente boa. Do que ele morreu?"

"Coração dilatado. Ele se foi com um sorriso no rosto", ela contou, orgulhosa.

"Você se apaixonou por ele?" Eu sabia que não tinha direito de perguntar isso, porém a curiosidade era maior.

"Ele era muito bom comigo." Ela olhou para o teto. "Eu o amava à minha maneira."

"Ah, é?" Eu fiquei sem palavras de novo.

"É. Mas não do jeito que amava você."

"Grace..."

"Porra, o que foi que aconteceu, Matt?"

"Eu já nem sei mais. Pensei que soubesse. A Elizabeth só me contou hoje que te mandou uma carta..."

"Eu recebi uma carta sua, acho que em 1999 ou 2000. As ligações e as outras cartas ficaram sem resposta."

"Foi a Elizabeth que escreveu essa carta, não eu. Juro por Deus, Grace, eu jamais teria ignorado nada seu."

"Enfim", ela falou com um tom de voz mais baixo, e murchando cada vez mais. "Agora é tarde demais, né?"

"Por quê? Tarde demais por quê?"

"Porque quinze anos é muito tempo. Aconteceu tanta coisa com a gente, ou..."

Eu apertei as mãos dela. "Vamos comer um pedaço de torta, ou umas panquecas, como a gente fazia antes?"

"Você tá louco?"

"Estou", respondi sem hesitar. "A gente precisa sair daqui."

"Não sei, não..." Ela afastou as mãos da minha. Eu olhei no relógio. "Café da manhã no jantar?"

Ela passou a mão no rosto e se ajeitou na cadeira, pondo mais distância entre nós. Eu não sabia se ela estava pensando no que falei ou tentando pensar numa forma educada de recusar. Olhei em seus olhos, e ela sorriu. "Certo. Eu vou, mas com uma condição."

"E qual é, Gracie?" Ela riu ao ouvir o apelido e lacrimejou de novo.

"Por favor, não chora."

"A gente precisa esquecer por um tempo o que cada um significa pro outro. Nada de falar do passado. Essa é a minha condição."

"Combinado." Eu deixei algumas notas sobre a mesa e a puxei pela mão na direção da porta. Pouco antes de sairmos, eu me virei para ela. "Espera aí. Vamos tomar uma dose antes. A gente é jovem, tem uma cidade pra explorar, você não precisa acordar cedo pra dar aula, e eu não sou mais casado com aquela infeliz."

"Claro. Por que não?" O rosto dela ficou vermelho. Grace de repente parecia mais feliz e mais jovem. Apesar de prometer que não falaria do passado, era impossível não sentir que estávamos revisitando a melhor época da nossa vida.

Tomamos um shot de tequila cada um, saímos do bar e encontramos uma lanchonetezinha vinte e quatro horas. "Acho que vou querer torta", eu falei diante da vitrine do balcão.

"Eu também. Quer dividir um pedaço?"

"Vamos dividir dois pedaços." O meu tom era de desafio.

"Uma proposta indecente. Gostei. Vamos pegar uma de chocolate e..."

"Uma de manteiga de amendoim?"

"Perfeito. Eu vou me esbaldar com essa torta."

Nossa, como eu a adorava. "Eu digo o mesmo."

Na sequência, sentamos numa mesa com banco estofado de vinil verde. Grace começou a passar a mão pela estampa do tampo retrô da mesa. "Então, como estão o Alexander, o seu pai e a Regina?"

"Estão todos ótimos. O meu pai não quer saber de se aposentar. Ele e o meu irmão são sócios num escritório de advocacia. O Alexander e a Monica têm dois filhos e moram num casarão em Beverly Hills. A Regina continua a mesma, só que com o rosto mais esticado."

Grace caiu na risada, mas o sorriso logo sumiu. "Eu tô triste pela sua mãe. Gostava muito dela. Achava que nós duas éramos parecidas."

Eu pensei na época em que a minha mãe ficou doente. Ela me perguntou o que tinha acontecido com Grace, e respondi apenas que as coisas não tinham dado certo entre nós. Fiquei confuso pelo questionamento depois de tantos anos. Ela não tinha ideia de que eu enfrentava problemas conjugais com Elizabeth, mas fez questão de deixar claro que ainda pensava em Grace. Acho que ela também acreditava que as duas eram parecidas. Elizabeth nunca foi próxima da minha mãe, mesmo depois de uma década de convivência. Com uma única visita, Grace conquistou o coração dela para sempre.

"Pois é. Mas ela morreu em paz. Até meu pai foi vê-la antes disso. Foi bem triste porque, apesar de tudo o que aconteceu... ela ainda era apaixonada por ele. Foi por essa razão que nunca casou de novo. Acho que, quando não era mais preciso manter nenhuma aparência no fim da vida, ele se deu conta de que a amava também. Pelo menos, foi isso o que disse pra ela. Se foi da boca pra fora ou não, não importa, porque a minha mãe morreu acreditando que era verdade. O meu respeito por ele aumentou muito depois disso."

"Eu sei como é isso." A impressão foi de que ela tinha falado por experiência própria.

Eu respirei fundo. "Que tal falar de coisas mais alegres?"

"Eu acompanhei sua carreira por um tempo e vi que você ganhou um Pulitzer. É uma conquista e tanto, Matt. Parabéns."

"Obrigado. Foi meio inesperado e difícil de valorizar na época, provavelmente porque eu estava num estado de espírito muito negativo."

"Foi antes de a sua mãe ficar doente, né?"

"Foi. Ela me viu receber o prêmio. Ficou muito orgulhosa de mim, e o meu pai também."

Grace era pura consideração e empatia. Pensei que tivesse inventado todas essas qualidades na minha cabeça. O fato de seu nome ser tão apropriado para ela. Tão linda e verdadeira pessoalmente. Durante anos, eu olhei as fotos dela desejando poder abraçá-la, tocá-la, ou pelo menos vê-la na minha frente, ao vivo e em cores, e lá estava ela do jeitinho como me lembrava.

Os pedaços de torta permaneciam intocados na mesa. Dei uma garfada e ofereci para Grace. "Com torta, tudo fica melhor."

Ela aceitou, e eu não conseguia tirar os olhos da sua boca. Passei a língua nos lábios, pensando no gosto dela — em como seria beijá-la.

"Tá muuuito boa."

"Sei que prometi não falar do passado, mas tô muito curioso pra saber o que você fez depois da formatura. Como foi a experiência com a orquestra."

"Foi maravilhosa, pra dizer a verdade. A gente viajou por uns dois anos. A Tatiana também foi. Quando voltamos pra casa, o Dan retomou o emprego na NYU, e eu fiz mestrado à distância em teoria musical. Dei aula em faculdade por uns anos, e agora dirijo a orquestra e a banda do colégio."

"Sensacional, Grace. E a Tatiana, como está?"

"Tá bem. Ainda solteira e com o pavio curto. Ela toca na Filarmônica de Nova York, então viaja bastante. É uma musicista muito dedicada."

"O que aconteceu com o Brandon?"

Ela deu risada. "Ele foi só mais um entre muitos na vida da Tati."

"Eu devia ter imaginado. E você nunca quis seguir o mesmo caminho que ela? Eu posso ser suspeito pra falar, mas sempre soube que você estava um passo à frente da Tati."

"É verdade, mas..." Ela começou a remexer os dedos. "Eu nunca tive, digamos, a mesma disciplina que a Tati. Ela sempre foi melhor do que eu."

"Eu não concordo de jeito nenhum."

"Pra um ouvido bem treinado, a Tatiana é a mais talentosa." Grace abriu um sorriso. "Quer a última garfada?" Ela aproximou um pedaço da torta de manteiga de amendoim da minha boca.

Eu segurei seu pulso, me inclinei para a frente e aceitei o pedacinho. Esse momento de intimidade foi mais do que familiar.

"Eu lamento, mas preciso ir. Foi muito legal. Bom ver você de novo, assim bem e saudável."

"Eu te acompanho até sua casa."

"Não precisa." Ela deslizou na ponta do banco para levantar.

"Tá bem tarde, e eu ficaria mais tranquilo se fosse com você."

Ela hesitou. "Tudo bem. Você pode ir comigo até a minha rua."

Durante a caminhada, ela prendeu o cabelo num coque, mostrando a tatuagem. *Amor de Olhos Verdes.* Não resisti ao impulso de passar os dedos naquela nuca. *Então isso aconteceu de verdade.* Ela se encolheu. "O que você tá fazendo?"

"Eu só queria ver se ainda estava aí."

Ela deu risada. "Tatuagens não desaparecem."

"Eu fiquei me perguntando se só de raiva você não tinha tirado com laser."

"Senti mais tristeza do que raiva."

Essa doeu.

Segurei a mão dela. "Eu sinto muito. Você nem imagina quanto."

"Eu sei. Porque também sinto. E imagino que você ainda tenha a sua."

Puxei a gola da camiseta preta para baixo, revelando a tatuagem sobre o coração. "Sim, bem aqui."

Os dedos passaram sobre a tinta "*Just the ash.*"

Ela abaixou a cabeça. Eu levantei seu queixo, e seus olhos estavam cheios de lágrimas. "Fomos vítimas de um desencontro. Mas aqui estamos nós de novo."

Ela abriu um sorriso desanimado. "Eu preciso ir." Antes que eu pudesse impedi-la, ela saiu andando depressa pela rua. Esperei até que ela subisse os degraus da frente de um prédio baixo com fachada de tijolinhos e fui para casa, furioso com o mundo, querendo matar Elizabeth por ter cagado a minha vida de tantas formas.

Assim que cheguei em casa, liguei para o meu irmão. Ainda eram nove da noite na Costa Oeste. Monica atendeu. "Alô?"

"O Alexander tá aí?"

"Boa noite pra você também, Matthias. Ele não está. Tem uma assembleia importante, então ainda tá no escritório."

"Monica, você falou que considerava a Elizabeth uma pessoa da família, certo?"

"Sim, ela fez parte da nossa família por oito anos."

"Aham, claro. Você sabia que a Grace tentou entrar em contato comigo e a Elizabeth deu um jeito de esconder isso de mim todas as vezes?" Meu tom de voz era duro e acusatório. "Você por acaso ajudou ela com essa mentirada?"

"Para com isso."

"Não. Você deu a porra do moisés da família pra ela. Conversavam o tempo todo. Você mesma me contou que ela te dizia que eu não tinha esquecido a Grace. E não gostou da Grace logo de cara, eu bem que percebi. Vocês duas morriam de inveja dela."

"Eu vou desligar daqui a dois segundos se você não parar com isso."

Minha respiração estava ofegante, e a pulsação, disparada. Não havia mais nada dentro de mim além de raiva e adrenalina.

"Eu não sei do que você tá falando. Nunca tive inveja da Grace. Ela fez parte da sua vida por um tempo ínfimo, e agora você vem me acusar disso? A Elizabeth nunca disse nada pra mim, a não ser sobre o monte de fotos da Grace que você se recusava a jogar fora."

"A Elizabeth é o principal motivo por que eu fiquei sem falar com a Grace por quinze anos. E provavelmente é o motivo pra eu não estar casado com a Grace neste exato momento."

Ela soltou um suspiro pesado. "Matt, você tá sendo melodramático."

"Eu nem sei por que tô falando tudo isso pra você."

Ela ficou em silêncio. "Porque eu sou da sua família." Essas palavras me surpreenderam. "Você deveria dormir um pouco, Matt. Tá agitado demais. Se o que você me disse é verdade, eu sinto muito. Jamais imaginei que a Elizabeth fosse alguém que pudesse tramar algo assim."

"Nem eu. Mas foi isso o que ela fez."

"Vou avisar o Alexander que você ligou, tá bom?"

"Certo. Valeu, Monica. Boa noite."

Às duas da manhã, eu ainda estava olhando pela janela. Com a mente enevoada, resolvi dar uma volta. Quando me dei conta, estava indo na direção da rua onde Grace morava. Fiquei olhando para quatro sobrados antigos enfileirados, no maior silêncio, todos divididos em apartamentos independentes. Eu não sabia qual era o dela — as construções de tijolos aparentes eram absolutamente idênticas.

"Grace!", gritei. Eu poderia ter telefonado e dito: "Grace! Grace, por favor, preciso falar com você!". Mas se é para insistir para falar com alguém às duas da manhã, é melhor fazer isso pessoalmente. "Grace, por favor!"

Um homem berrou da janela aberta no outro lado da rua: "Cai fora daqui ou eu chamo a polícia".

"Pode chamar!", gritei de volta.

"Tudo bem, Charlie!" Era a voz de Grace. Eu a vi parada na porta de um dos sobrados. Corri os cinco degraus da entrada até lá, com o coração na boca. A poucos centímetros do seu rosto, ela me olhava. Ela de pijama cor-de-rosa de flanela com árvores de Natal. Era maio. Eu abri um sorriso.

"O que você está fazendo aqui?"

Eu segurei suas mãos e olhei para baixo. "Eu queria beijar você mais cedo, mas não tive coragem." Me inclinei para dar um beijo carinhoso nela. Seus lábios eram suaves, já os movimentos eram ávidos. Ela me beijou da mesma forma de sempre, com paixão, enlaçando o meu pescoço e juntando nossos corpos num contato mais profundo. Suas mãos desceram para as laterais do meu corpo, depois para a cintura, e então para debaixo da camiseta. Seus dedos contornaram os desenhos no meu cinto.

Ela se afastou e murmurou perto do meu ouvido: "Você ainda tem isso?".

"Eu sempre guardei você comigo, Grace. Nunca abriria mão."

Ela apoiou a cabeça no meu ombro. "O que a gente vai fazer?"

"Namorar?"

Ela deu risada. "Você quer me namorar?"

Eu casaria agora mesmo se você quisesse.

"É, vamos namorar. Você é a minha ex-mulher favorita." De cabeça erguida, ela olhou nos meus olhos. Fiquei aliviado com a expressão de divertimento dela.

"Eu tô livre na terça-feira depois da aula."

"Que tal me encontrar na frente do alojamento por volta das três horas?"

Ela riu de novo, revelando o brilho das lágrimas sob o luar. Grace já tinha chorado demais para uma única noite. "Tá bom. Eu te encontro lá."

Eu me inclinei mais uma vez para beijá-la no rosto. "Desculpa ter te acordado. Pode voltar a dormir, mocinha." Depois de beijar aquele nariz, desci os degraus correndo. "Terça-feira, às três. Até lá."

"Vamos parar com esse barulho", Charlie berrou da janela.

"Vai dormir, Charlie!", Grace gritou de volta.

22. Por que não?

MATT

Meu fim de semana inteiro foi dedicado a comprar coisas para o apartamento e fazer o lugar parecer habitado, caso Grace viesse para cá.

Quando acordei de manhã na segunda-feira, já era capaz de sentir a raiva borbulhando dentro de mim ao me preparar para encontrar Elizabeth no trabalho. Corri um pouco na tentativa de dissipar uma parte daquela energia, tomei um banho e fui para lá. Caminhando para o meu cubículo, encontrei Scott no corredor.

"Ei, posso falar com você?", perguntei.

"Fala aí."

"A gente pode ir até a sua sala?"

"Claro."

Nos sentamos cada um numa ponta da mesa dele. "Eu não aguento mais ficar aqui. Posso começar a trabalhar de casa?"

Scott se recostou na cadeira. "Cara, você vem me fazendo um pedido atrás do outro nos últimos dois anos."

"Eu sei, desculpa, mas não suporto mais o clima daqui."

"Foram você e a Elizabeth que tomaram a decisão de largar o trabalho de campo." Ele levantou as sobrancelhas, como quem diz: *Esqueceu?*

"Scott, eu vou ser bem sincero com você. O problema não é ter uma função mais burocrática. Só acho que vai ser bem melhor pra todo mundo se eu não trabalhar no mesmo prédio que ela."

"Isso é sério? Fiquei até surpreso por você ter lidado tão bem com o divórcio. E já faz mais de um ano. Você tá mesmo tão encanado com ela assim?"

"Eu descobri coisas novas. Não posso mais trabalhar com essa psicopata." Abrindo um sorriso, provavelmente fiz parecer que o psicopata era eu.

"Qual é, Matt, vamos ser razoáveis."

"Eu posso virar freelancer, Scott. Quando fiz isso, ganhei a porra de um Pulitzer."

Scott estreitou os olhos. "Caralho, Matt, não me venha com ameaças."

"Não tô fazendo ameaça nenhuma, e também não vou entrar em muitos detalhes sobre o que ela fez. Dizer que ela arruinou a minha vida e que a gente não pode trabalhar junto já basta, né? E eu tô sendo razoável por não querer trabalhar com a minha ex-mulher grávida e o novo marido dela. Eu fiz uma porra de uma solicitação de transferência meses atrás e ainda tô aqui. É ela ou eu."

Ele soltou um longo suspiro. "A gente quer te manter na equipe, mas você sabe que a Elizabeth não pode sair. Ela tá grávida; a gente ia levar um processo fodido se tentasse se livrar dela."

Eu joguei as mãos para cima. "Por mim tudo bem, cara. Eu saio."

Scott ficou virando sua cadeira enquanto eu o encarava. Ele passou a mão na careca lustrosa antes de cruzar os braços e se recostar. "Certo, você pode trabalhar de casa. A gente nunca fez isso, aliás — quero que você entenda que está recebendo um tratamento especial. Vai ser só até a gente te arrumar uma recolocação. Você vai precisar de alguém pra te ajudar com as coisas daqui e te representar nas reuniões da produção, já que não aguenta mais nem entrar no prédio. Que tal a Kitty?" Ele sorriu.

Eu levantei e bati uma palma. "Que puta ideia boa, Scott. Eu te amo." Segurei seu rosto e dei um beijo na bochecha. "Tô caindo fora. Ah, e pode deixar que eu mesmo encontro alguém pra me ajudar", eu falei por cima do ombro enquanto saía do escritório dele.

Atravessei alegremente o corredor com todos os meus pertences numa caixa de papelão quando dei de cara com Elizabeth. *Não esquece, Matt; se você matar ela, vai para a cadeia.*

"O que você tá fazendo com tudo isso?" Ela pôs a mão na cintura, bloqueando a passagem.

"Sai da frente."

"Por que você tá sendo tão grosso comigo? Eu tô grávida, seu babaca."

"Eu sei, assim como qualquer um que enxerga. E aonde eu vou não é da sua conta. Some da minha frente."

"Você foi demitido?"

Por mais desesperado que eu estivesse para não discutir com ela, não me controlei. "Eu já sei dos telefonemas e das cartas da Grace que você escondeu de mim. Muito obrigado por isso."

Ela revirou os olhos até o teto. "Ah, pelo amor de Deus, eu sabia que esse assunto ia acabar vindo à tona. Escuta só, na sua volta para Nova York em 97, quando ela não estava mais aqui, você ficou arrasado, Matt. E fui eu que precisei recolher os pedaços e te carregar por vários anos. Você acha que ainda teria o próprio emprego se não fosse por mim? Um alcoólatra em potencial que só queria saber de ficar chorando pelos cantos feito um fracassado? Eu te salvei dos impulsos autodestrutivos. E onde ela estava?"

Eu dei risada. "Um alcoólatra em potencial? Foi essa a história que você inventou pra justificar toda a enganação? Que papo furado do caralho. A gente nunca teria casado se eu soubesse que ela tinha me procurado."

"Você não percebe como tá sendo patético?"

"Você sempre tem que conseguir o que quer, custe o que custar. E o que queria era eu, então fez o que foi preciso. Quando queria engravidar e eu não estava por perto, foi procurar alguém que se encarregasse disso, mesmo às custas do nosso casamento. Quem é patética aqui é você, Elizabeth. Não eu."

Ela ficou sem palavras. "Eu pensei que... pensei que você me amasse." Era a típica tática de confronto de Elizabeth — uma guinada de cento e oitenta graus, da raiva acusatória à autopiedade.

"Eu amava a pessoa que pensava que você era, mas percebi que ela nunca existiu. Agora preciso ir." Tentei passar, mas ela bloqueou o caminho de novo.

"Espera, Matt."

"Por favor, sai da minha frente."

"Por que ela continuou indo atrás de um homem casado? Um fato público e notório. Você não vê nenhum problema nisso?"

"Qual é o problema de ela me procurar pra pôr um ponto final? Pra esclarecer o que aconteceu entre a gente? Ela ficou arrasada também,

Elizabeth. Assim como eu." Fiz uma pausa e olhei para a barriga dela. "Pelo bem do pobre ser humano que tá crescendo aí dentro, espero que você tenha aprendido algo com isso tudo. Apesar de todos os seus esforços, as coisas deram errado. A gente não tá mais casado. No fim, foi tudo em vão." Ela começou a chorar, mas não me abalei. "Por favor, Elizabeth, sai da minha frente."

No auge da raiva, tudo parecia absolutamente ridículo. Não fazia mais sentido brigar e gritar; tudo não passava de uma grande piada, e o alvo era eu. Minhas opções eram aceitar e seguir em frente ou conceder àquela sanguessuga um tempo que ela não merecia.

Eu forcei a passagem para sair dali. "Até nunca mais."

Era primavera em Nova York, e eu estava livre para fazer o que quisesse.

O sol brilhava entre os prédios enquanto eu ia para o metrô, carregando uma caixa de tamanho médio cheia de lembretes da minha carreira. Sorri no trem ao me lembrar de cada detalhe do meu beijo em Grace na sexta-feira. Do cabelo macio nos meus dedos, da mania — mesmo quinze anos depois — de continuar de olhos fechados por mais alguns segundos depois do fim do beijo, como se estivesse saboreando a sensação.

Eu não poderia deixar nada nem ninguém entrar no nosso caminho de novo.

Na terça-feira, fui correr de manhã contando os minutos para o relógio marcar logo três da tarde, quando eu encontraria Grace. Acabei chegando bem cedo e fiquei sentado nos degraus da frente do alojamento até vê-la na hora marcada. Parecia ter ganhado mais vida desde aquela noite, e seu jeito de andar voltara a ser do jeito que eu me lembrava. Estava vestindo saia florida, meia-calça e suéter, numa versão um pouco mais adulta do estilo da época da faculdade. Olhando para as minhas roupas, me dei conta de que o meu estilo também não tinha mudado muito: calça jeans, camiseta e All Star. Era sério mesmo que tanto tempo tinha se passado? Nesse caso, havia pouquíssimas evidências disso, a não ser algumas rugas nos nossos rostos.

Eu me levantei e enfiei as mãos nos bolsos.

"Você já comeu?", ela perguntou.

"Estou morrendo de fome." Era mentira. Eu só queria fazer o que quer que ela estivesse a fim. "Em que você está pensando?"

"Que tal um cachorro-quente e uma caminhada no parque?" Eu sorri. Era a melhor sugestão que eu já tinha ouvido na vida. Por outro lado, ela podia falar *Que tal um passeio de gôndola nos canais de Veneza*, ou *Que tal atravessar o Vale da Morte sem comida nem água?*, que para mim soaria igualmente interessante, desde que Grace estivesse lá.

"Gostei."

Fomos andando lado a lado, jogando conversa fora. Eu contei sobre o meu emprego, falando apenas superficialmente sobre o meu embate com Elizabeth.

"Como estão os seus pais?", perguntei.

"Na mesma, só que agora o meu pai não bebe mais, e a minha mãe casou de novo. Os meus irmãos cresceram e foram cada um pra um lado. Eu sou mais próxima da minha irmã mais nova. Ela mora na Filadélfia, e a gente se vê bastante. Até pensei em voltar pro Arizona depois que o Dan morreu, mas gosto demais de Nova York. Tenho amigos aqui, e jamais conseguiria me desfazer da minha casa."

Senti um aperto no peito. Gostaria de ter sido eu a pessoa que comprou uma casa para ela.

Comemos nossos cachorros-quentes nos degraus da fonte do Washington Square Park, enquanto víamos duas criancinhas brincarem na água. Uma menininha loira, de uns três anos de idade, estava rindo às gargalhadas, e continuou por uns cinco minutos enquanto seu irmão jogava água nela.

"Essa menina é lindinha."

"É mesmo. Você tem maconha?", ela perguntou, num tom casual.

"Uma mudança meio repentina de assunto, não?" Eu estreitei os olhos para ela por um momento. "Espera aí, está falando sério?"

"Por que não?" Ela estendeu a mão e limpou a mostarda da minha boca com o dedo indicador, e em seguida enfiou na sua boca.

Minha nossa, mulher.

"Eu posso conseguir", falei, meio atordoado.

"Acho que pode ficar pra próxima." Ela encolheu os ombros em um gesto meio desajeitado, um vislumbre da Grace do passado.

"Você não tem medo que um dos seus alunos te veja?"

"Eu estava pensando que a gente podia ir pra sua casa."

"Hã, claro. A gente pode fazer isso." Eu assenti vigorosamente, como um menino ansioso. "Sim, sem problemas."

"Olha só!" Ela apontou para um jovem carregando a namorada de cavalinho, correndo em círculos enquanto a menina gritava, toda contente.

Grace sorriu para mim, e seus olhos se encheram de lágrimas. *Porra, não chora, Grace. Por favor. Assim você acaba comigo.*

"Eu ainda posso fazer isso. Não estou tão velho", falei.

Ela começou a rir, enquanto as lágrimas corriam pelo seu rosto. "Bom, eu até deixaria você fazer isso, Velho Shore, mas estou de saia."

"O que você estava falando mesmo sobre ir pra minha casa?" Tentei fazer uma cara de inocente.

"Ah, sim, se você quiser. Eu gostaria de conhecer a sua casa."

"É mesmo?"

"Claro. Só quero ver onde você mora; não estou me oferecendo pra dormir com você."

"Pfff. Eu sei, claro... nem pensei nisso." Mas tinha pensado, claro.

O metrô estava lotado na hora do rush. Grace estava de pé na minha frente encostada em mim. Fiquei me perguntando se seus olhos estavam fechados. Eu me inclinei para a frente e sussurrei perto do seu ouvido: "A gente poderia ter pegado um táxi ou ido a pé. Esqueci que somos adultos agora".

"Eu gosto de andar de metrô com você."

Eu a puxei para mais perto do meu corpo. Era como se todos aqueles anos que perdi sem a presença dela nunca tivessem existido.

Quando chegamos ao meu prédio, o elevador se abriu para o meu loft no quarto andar, e Grace saiu antes de mim. Seu olhar foi imediatamente atraído pelas vigas expostas do teto. Eu acendi a luz. "Isto aqui é maravilhoso, Matt."

"Eu gosto."

Ainda restava um pouco de luz do dia no céu, o que deixava o ambiente com uma luminosidade interessante. Grace foi até a janela. "Deve dar pra ver a janela da minha casa daqui."

"Não dá, não." Ela virou para mim e sorriu. "Quer uma taça de vinho?", ofereci.

"Seria ótimo."

Ela andou mais um pouco pelo meu loft quase vazio enquanto eu ia até a cozinha. O quarto, a cozinha e a sala de estar ficavam em um único ambiente de teto alto, um espaço aberto separado apenas por algumas colunas. Enquanto eu servia o vinho, fiquei observando ela passar os dedos pelo meu edredom.

"Sua casa é muito legal. Eu gosto dessa aparência rústica. Em geral as pessoas transformam espaços assim num lugar moderninho."

"Pode falar que eu sou antiquado."

"Eu não acho você antiquado." Ela estava de pé junto à parede, olhando para a foto que me rendeu tantos prêmios.

"Démodé?", perguntei, enquanto entregava o vinho.

"Atemporal", ela respondeu com um sorriso. Imediatamente, desejei que ela estivesse falando isso de nós. E não éramos mesmo? Atemporais? Nada poderia mudar o que tivemos tanto tempo antes, apesar de tudo o que perdemos.

"Ah, ora, obrigado. É uma bela forma de ver as coisas."

Ela apontou para a imagem emoldurada. "Mas isso... isso é tão forte. Crianças com armas..." Ela balançou a cabeça. "Que trágico. Você ficou com medo quando tirou essa foto?"

"Não, com medo, não. Às vezes a câmera transmite a sensação de ser um escudo. No começo, quando ia fotografar os lugares, eu me arriscava bastante."

"Você acha que ainda vai ganhar outro Pulitzer?"

"Esse é o tipo de coisa que só acontece uma vez na vida, mas eu quero voltar a fazer trabalho de campo, sim."

"Aposto que algumas das melhores fotos são acasos felizes."

"A vida é assim." Caminhei na direção dela e prendi uma mecha de cabelos atrás da sua orelha. "Eu quero te beijar."

Ela se apressou em dar um gole no vinho. "Hã... Você já fez alguma exposição por aqui?"

Eu dei risada. "Você é ótima em mudar de assunto."

"Acho que não vou conseguir continuar negando por muito tempo, e eu realmente quero..." Ela engoliu em seco e olhou ao redor.

"O que, Grace?"

"Eu de verdade quero um recomeço." Aquela conversa a estava deixando nervosa; sua respiração estava ofegante.

"Como assim?"

"Você era o meu melhor amigo." Ela segurou as lágrimas e virou a cabeça para o outro lado.

"Não chora, por favor."

Quando seus olhos reencontraram os meus, estavam faiscando de intensidade. "Eu estou tentando te dizer uma coisa aqui, Matt."

Eu a peguei nos braços e a puxei para junto do peito. Ela queria ir devagar, assim como tínhamos feito antes — em todos aqueles momentos incríveis nos nossos quartos de alojamento, simplesmente passando o tempo juntos, dançando, cantando, ouvindo música, tirando fotos. Esse é o problema dos adultos. As pessoas têm pressa porque, mesmo numa idade em que somos relativamente jovens, como aos trinta e cinco anos, todo mundo sente que seus dias estão contados. Parece que é preciso conhecer as pessoas por dentro e por fora, até o fundo da alma, depois de cinco minutos de conversa.

Afastando-a pelos ombros, eu olhei bem para o seu rosto. "Tive uma ideia. Espera um pouco aqui, fica à vontade, tira os sapatos." Apontei para a minha prateleira de vinis. "Escolhe um disco pra ouvir. Eu já volto."

Saí do loft, peguei o elevador, corri para o lado da rua e subi três lances de escada em um minuto. Rick Smith era o único maconheiro que eu conhecia em um raio de oito quilômetros. Eu bati na porta do seu apartamento.

Ele atendeu de moletom, com uma bandana com as cores do arco-íris na cabeça, e sem camisa. Exibia uma forma física impressionante para um escritor de quarenta e poucos anos que só saía de casa para passear com o seu gato, Jackie Chan. "Fala, Matt, meu camarada!" Ele estava ofegante.

"Desculpa, Rick, eu apareci na hora errada?"

"Não, não. Eu só tava fazendo Tae Bo."

"Ah, Tae Bo. Isso ainda existe?"

"Bom, não tem como desaparecer, né? É um exercício, cara. Entra aí." Ele deixou a porta aberta. Eu nunca tinha entrado no apartamento, só ido até a porta devolver Jackie Chan na vez em que o gato fugiu.

Foi como viajar no tempo, e eu até gostei. Tudo no apartamento dele era velho, mas estava em perfeito estado. A tv Toshiba no canto estava pausada numa pose de Billy Blanks. Rick estava se exercitando vendo um vídeo bem antigo de Tae Bo. "Isso aí é um vhs?"

"Ah, sim, meu videocassete funciona que é uma beleza. Então por que se desfazer, né?"

"Pois é." Eu esperava que o apartamento dele fosse como o de um acumulador, mas na verdade era bem o contrário.

Ele foi até a cozinha e pegou uma garrafa d'água na geladeira. "Bem-vindo ao meu humilde lar. Quer uma água, ou de repente um shot de clorofila? Eu tenho um emulsificador também, se prefere que eu bata um suco fresquinho."

"Ah, obrigado, Rick. É muita gentileza sua." Ele era um natureba fanático. O que me passou pela cabeça foi que eu deveria ter lido um de seus livros antes de aparecer na sua casa pedindo maconha.

"A que eu devo o prazer da visita?"

"Ah, sim, hã, eu não sei muito bem como dizer isso, mas... Eu estou com uma velha amiga lá em casa e..."

"Vocês estão a fim de um pacau?"

"Isso!" Eu respondi, como se ele tivesse acertado a resposta em um game show. A única questão era que ninguém mais usava a palavra *pacau*, mas tudo bem.

"E por que você acha que eu teria? Tenho cara de maconheiro por acaso? Você acha que eu sou tipo um traficante?" A expressão no rosto dele era indecifrável.

"Puta merda." Eu seria capaz de jurar sobre a Bíblia que todas as vezes em que o vi de olhos vermelhos e caídos o cheiro de erva também estava lá.

"Ha! Estou só brincando, cara. Peguei você direitinho nessa." Ele deu uma risadinha e deu um tapa no meu ombro ao passar por mim. "Só um minuto."

Ele voltou com um pote laranja de remédio sem rótulo. Dava para ver a erva lá dentro. Aproximando o recipiente do meu rosto, ele falou: "Escuta só, e presta bastante atenção. Isto aqui é King Kush. É cannabis medicinal. Eu comprei no primeiro dispensário medicinal da Costa Leste.

Aluguei um carro e fui até a porra do Maine comprar essa parada. Vê se pega leve, não vai dar uma de louco com isso aqui, não, está me entendendo?". Seus olhinhos miúdos me encararam com uma intensidade tremenda.

"Sei lá, Rick. Você está me deixando assustado desse jeito."

"Essa parada é bem forte. Você vai adorar, e vai me agradecer." Ele sacou um pacote de sedas de uma gaveta e estendeu para mim. "Vai precisar?"

"Ah, sim." Peguei as sedas, o fumo e enfiei nos bolsos.

"Enrola só um fininho, cara, e fuma, tipo, só metade lá com a sua amiga pra ver como vocês ficam antes de fumar mais."

"E se a minha amiga for uma mulher magrinha de um metro e meio?"

"Ela vai ficar numa boa. As mulheres adoram essa parada."

No caminho para a porta, eu me virei. "Rick, eu nem sei como agradecer."

"Ah, nem esquenta. Considera isso um pagamento por ter trazido o Jackie Chan de volta naquele dia."

Quando voltei ao meu apartamento, Grace estava sentada no sofá com os pés envolvidos pela meia-calça apoiados na mesinha de centro. Tinha colocado um disco do Coltrane, e seus olhos estavam fechados, com a cabeça recostada no assento, se sentindo totalmente em casa. *Nossa, como eu amo essa mulher.*

"Adivinha?" Eu mostrei a erva.

Ela olhou para mim. "A gente vai ficar chapado e dançar?"

"De preferência sem roupa."

"Não abusa da sorte."

Eu me ajoelhei do lado da mesa e enrolei um baseado nada apertado. Grace ficou dando risadinhas o tempo todo. "Também não precisa rir da minha cara."

"Pode deixar que eu faço isso." Ela pegou outra seda e enrolou um fininho perfeito.

"Gracie, por que é que você é tão boa nisso, hein?"

"Tati e eu fumamos unzinho de vez em quando. Pra ser mais específica, no primeiro domingo de cada mês."

"Está falando sério? Só a Tatiana mesmo pra definir um dia específico pra fumar maconha."

"Pois é, certas coisas nunca mudam." Ela acendeu o baseado e deu um pega. Segurando a fumaça, falou com uma voz quase inaudível: "E quem iria querer, né?".

Depois que nós fumamos, as coisas ficaram meio enevoadas. Coloquei "Superstition", do Stevie Wonder, para tocar e Grace se levantou e começou a dançar. Ela jogava o cabelo para cima, enquanto eu ficava só observando, maravilhado, me perguntando como pude fazer a cagada de deixá-la sair da minha vida.

"Vem dançar comigo, Matt."

Eu me levantei, e nós dançamos até a música acabar. Em seguida, começou a tocar "You Are the Sunshine of My Life". Ficamos paralisados, olhando um para o outro, até Grace começar a cair na gargalhada. "Essa música é muito piegas."

"Graceland Marie Starr, essa música é ótima. É um clássico." Eu a segurei e comecei a girá-la. Em seguida, a puxei para junto de mim e fiz uns passos de dança exagerados.

"É Porter."

"Hã?" Eu fingi que não a escutei. "A música deve estar meio alta. O que foi que você disse?"

Ela balançou a cabeça e deixou que eu a continuasse girando até ficarmos zonzos e exaustos.

Uma hora depois, estávamos sentados no chão da cozinha, comendo uvas e queijo. Ela estava encostada na geladeira, com as pernas estendidas na frente do corpo, e eu na mesma posição, mas recostado nos armários à frente dela.

Grace jogou uma uva para cima, e eu peguei com a boca.

"Tive uma ideia...", ela falou.

"Diga."

"Vamos fazer uma brincadeira. Você tem alguma coisa pra vendar os olhos?" Eu levantei as sobrancelhas para ela. "Não é o que você está pensando."

Peguei um pano de prato vermelho da gaveta e joguei para ela. Grace se inclinou para a frente, de joelhos, e começou a amarrá-lo na minha cabeça.

"Você está me deixando com medo, Grace."

"Nós vamos brincar de 'Adivinha o que eu coloquei na sua boca'."

"Minha nossa. Acho que eu vou gostar dessa brincadeira."

"Não vai ficando muito animadinho, não."

Tarde demais.

Eu a ouvi mexendo nas coisas da cozinha, e alguns minutos depois estava sentada ao meu lado de novo. "Certo, abre a boca." Senti uma colher fria na minha língua. Alguma coisa deslizou para dentro até o fundo da minha garganta. Era uma coisa confusa e desagradável, e a textura daquilo me deu calafrios. "Que nojo, o que é isso?"

'Você precisa adivinhar; esse é o objetivo da brincadeira."

"Geleia de uva e molho de soja?"

Ela levantou a venda para revelar sua expressão extasiada. "É verdade! Achei que seria impossível."

Eu fiz que não com a cabeça. "Isso não é tão divertido como parecia que ia ser."

"Espera aí, ainda tem mais."

"Não."

"Só mais uma vez?", ela choramingou.

"Tudo bem." Eu recoloquei a venda.

Ela se afastou e voltou um instante depois. "Abre a boca, Matty."

Seu dedo estava na minha boca e, como se já não fosse doce por si só, estava coberto de Nutella. "Nutella à la Grace?"

Ela tirou a venda, com um sorrisão no rosto.

"Minha vez", eu falei. Amarrei o pano nos olhos dela, levantei e fingi tirar coisas de várias gavetas antes de voltar a sentar. "Pronta?"

"Sim!" Ela abriu a boca e eu a beijei, começando pelo lábio inferior e depois descendo para o pescoço antes de subir de novo para a boca até as línguas começarem a se enroscar e nossas mãos se perderem nos cabelos um do outro.

Estávamos nos beijando no chão da cozinha quando, de repente, Grace interrompeu tudo.

"Me leva pra casa?"

Eu me afastei, olhando bem para o rosto dela. "Claro. Você sabe que é bem-vinda pra ficar, se quiser. Não vou fazer nenhuma gracinha, prometo."

"Eu preciso ir pra casa."

"Certo." Segurei sua mão e a ajudei a levantar. Ela foi até a bolsa, verificou o celular e enfiou uma balinha de menta na boca.

"Você está namorando alguém?"

"Pensei que estivesse namorando você", ela respondeu.

"Isso mesmo. Estamos namorando. Indo devagar."

"Você está tentando me pressionar, Matthias? Parece que era mais paciente aos vinte e um anos de idade. O que aconteceu?" Havia um toque de divertimento no tom de voz dela.

Eu dei risada. "Bom, na época eu não sabia o que estava perdendo. Agora sei."

Nós saímos do meu loft, e eu a acompanhei até sua casa. Quando chegamos aos degraus da frente do prédio, eu me virei para ela. "Quer sair pra jantar na sexta?"

"Eu adoraria." Ela se inclinou e me beijou por um bom tempo. "Eu me diverti hoje."

"Eu também. Foi a minha melhor experiência de namoro adolescente em muito tempo."

"A linguagem explícita, as danças provocativas, os dedos chupados e o uso de drogas devem valer no mínimo uma classificação pra maiores de catorze anos", ela falou, antes de se inclinar e me dar um último beijo no rosto.

"Boa noite, Gracie."

"Boa noite, Matty."

Eu voltei para casa, deitei na cama e peguei no sono com um sorriso no rosto.

Na sexta-feira, fiz uma reserva em um restaurantezinho japonês que ficava a uma curta distância a pé da casa dos dois. Quando passei para pegá-la, ela estava me esperando nos degraus da frente, usando uma jaqueta de couro e um vestido que me lembrava um que ela usava na época de faculdade e me deixava maluco.

"Você está ótima."

"Você também." Ela me deu o braço enquanto andávamos e conversávamos sobre a nossa semana. Comemos sushi, bebemos bastante saquê e eu deixei que ela pegasse coisas do meu prato. Depois de jantar, acabamos em um bar com uma banda que tocava soul e blues. Houve períodos da noite em que ninguém disse nada, ficamos só nos movendo ao ritmo da música, e houve momentos em que caíamos na gargalhada e gritávamos para ouvir um ao outro em meio ao som alto.

Às onze horas, eu já estava bem bêbado. Quando a beijei do lado de fora do bar, ela tomou a iniciativa de interromper o beijo e me puxar pela rua. "Pra onde a gente vai agora?"

Ela se virou, segurou o meu rosto com força e me beijou de novo. "Pra minha cama, Matt. É pra lá que a gente vai."

Meu coração disparou quando ouvi isso. "Boa ideia."

Eu subi com ela os degraus da frente até a porta, tentando desesperadamente manter a calma e não parecer ansioso demais. Quando entramos no apartamento dela, precisei espremer os olhos para me localizar na escuridão. Me virei e observei sua silhueta, demarcada apenas pela luz da rua que entrava pela janela perto da porta. Ela jogou as chaves na mesinha da entrada, depois a jaqueta. Tirou os sapatos, a meia-calça, levantou o vestido pela bainha, arrancou por cima da cabeça e jogou no chão também.

Fiquei com o queixo caído.

Eu a segurei quando ela se jogou nos meus braços e se agarrou a mim com as coxas, puxando meu cabelo com as mãos, com seus doces lábios na minha boca. Eu fui recuando pelo corredor estreito até uma escada e olhei para cima. "Não, o meu quarto é aqui embaixo. Fim do corredor, à esquerda."

Com ela pressionada contra a parede, eu a beijei na boca, no pescoço, depois até a orelha, e então de volta no ombro, enquanto tentava recobrar o fôlego. Quando a pus no chão, ela pegou a minha camiseta e arrancou por cima da minha cabeça antes de me pegar pela mão e me puxar para o quarto.

Perto da cama, ela puxou meu cinto, se complicando com a fivela.

"Vai com calma, Grace."

"Ninguém nunca disse isso pra mim antes." Ela abriu o cinto e abaixou a minha calça e minha cueca enquanto eu tirava o sapato. Estava dife-

209

rente da Grace da faculdade. Agora eu via isso com clareza. Mais confiante, mais segura.

Eu segurei seu rosto entre as mãos. Mesmo no quarto às escuras, com apenas a luminosidade da rua entrando pela janela, dava para ver que os olhos dela estavam faiscando e cheios de admiração. "Eu quero ir mais devagar, caso contrário não vai ser tão divertido pra você", falei.

Ela assentiu com a cabeça e nos beijamos de novo, mas dessa vez com mais carinho e menos pressa. Passei a mão em seu pescoço, desci para a parte superior dos seios e contornei o formato do sutiã com a ponta do dedo. Fui beijando seu pescoço enquanto as minhas mãos abriam o sutiã na parte de trás, deixando que caísse no chão. De alguma forma, ela conseguia parecer mais bonita agora, embora eu considerasse isso impossível. Seu corpo ainda era macio e lisinho, só que mais bem formado, mais forte, uma maravilha, a coisa mais linda que eu já tinha visto. Senti vontade de procurar uma câmera, mas o desejo de tocá-la falou mais alto. "Nossa", foi tudo o que consegui dizer quando ela aproximou sua boca de novo da minha, para me beijar.

Eu me afastei. "Me deixa olhar pra você." Ficando de joelhos, abaixei sua calcinha até o chão e beijei sua barriga, suas coxas, o espaço entre suas pernas. Não havia ruído nenhum a não ser os dos meus lábios no seu corpo e de sua respiração suave, cada vez mais acelerada, mais urgente, até que um gemido escapou de seu peito.

"Eu quero você, Matt." A voz dela estava carregada de tensão.

As minhas mãos estavam se movendo de acordo com a própria vontade a essa altura. Me sentei na beira da cama e ela subiu no meu colo, envolvendo a minha cintura com as pernas. Quando ela começou a se mexer em cima de mim, pensei que fosse perder a cabeça.

"Grace?"

"Shh, Matt." Ela passou a mão no meu rosto. "Estou gostando disso. É muito sexy. Você está mais gostoso agora, mais definido... maior." Ela deu uma risadinha.

Eu queria demais estar dentro dela. "Preciso te contar uma coisa", falei.

"Certo." Ela beijou meu pescoço mais devagar, mas continuou com os movimentos sutis com o corpo.

"Pensei em fazer isso com você várias vezes nos últimos quinze anos. Isso é muito esquisito?"

Ela se inclinou para trás e sorriu. "Se você é esquisito, eu também sou."

"Pois é... mas eu gosto disso em você", falei com um sorriso.

Ela remexeu os quadris de novo, e eu soltei um gemido. "Faz amor comigo", ela pediu.

Eu enterrei o rosto em seu pescoço, beijando-a febrilmente, enquanto ficava de pé, com as pernas dela ainda me envolvendo. Em seguida a deitei na cama e recuei um pouco para olhá-la. Ela se inclinou para a frente e me puxou, com as pernas abertas e o corpo todo quente e receptivo para mim. Então me guiou para dentro dela e, como acontece com todo homem, todo tipo de pensamento racional desapareceu da minha mente.

"Você é linda", murmurei enquanto mantinha meus movimentos lentos, para evitar qualquer tipo de precocidade embaraçosa. Depois de duas estocadas cautelosas, já me senti no controle de novo, mas Grace estava se derretendo toda junto a mim.

"Vem looogo, Matt."

"Você é tão gostosa", murmurei em seu ouvido. Meus lábios encontraram seu pescoço no momento em que suas costas se arquearam para trás e ela pressionou a cabeça com força contra a cama. Senti que ela estava pulsando ao redor de mim, e então não consegui mais me segurar, me entreguei à morte temporária.

Desabei em cima dela com a respiração pesada. Ela pegou minha mão e a posicionou entre nós, como se precisasse se agarrar a alguma coisa. Eu rolei para o lado. "Eu não vou mais sumir, Gracie."

"Promete?"

"Prometo."

"Não importa o que aconteça?"

Eu a puxei para junto do peito e a segurei nos braços. "O que está acontecendo com você?"

Ela afundou o rosto no meu peito. "Eu nunca me convenci de que você pudesse ter partido pra outra daquele jeito. Precisei aceitar isso, mas nunca ouvi da sua boca se era verdade ou não. A carta não era nem um pouco a sua cara, era cheia de indiferença. Eu não conseguia acreditar que foi você quem tinha dito aquelas coisas, e por muito tempo duvidei mesmo. Mas então chegou um momento em que eu percebi que não estava mais vivendo. Tive que abrir mão da ideia de ficar com você pra poder amar o Dan do jeito que ele merecia ser amado. Mas nunca deixei de pensar em você."

"Eu entendo, Grace. E digo a mesma coisa. Eu sinto muito. A Elizabeth ferrou totalmente a minha vida. Eu só queria ter descoberto isso mais cedo."

"Mas a sua vida não foi a única que ela ferrou."

"Eu sei, e morro de raiva dela por isso."

"Existe uma reação em cadeia, Matt."

"Pois é, eu sei, e sinto muito." Eu a beijei na testa. "Mas não quero mais viver no passado. Estamos juntos aqui e agora. Só quero dormir com você nos meus braços, certo?"

Ela se aninhou ainda mais a mim. "Certo."

Sua respiração desacelerou, e seu corpo relaxou. Essa foi minha última lembrança antes de acordar sozinho na cama dela.

23. Quem você pensou que eu era?

MATT

O quarto de Grace estava todo iluminado pela luz da manhã, e pude ver as coisas direito pela primeira vez. Havia uma cômoda antiga, uma colcha florida, pinturas impressionistas da zona rural francesa pendurada nas paredes — uma decoração surpreendentemente genérica para alguém como Grace.

Quando eu ouvi barulhos na cozinha, levantei da cama revigorado. Vesti apenas a calça jeans e os sapatos, porque não encontrei a camiseta. Espiei o longo corredor pela porta entreaberta. Do outro lado, ficava a cozinha. Vi Grace sentada a uma mesinha redonda, de roupão, chinelos cor-de-rosa e coque, bebendo café. Ela olhou na minha direção por causa do rangido da porta. O cheiro do café me atraia, mas, ao pôr os pés para fora, algo chamou minha atenção.

As paredes eram cobertas de fotografias. Do lado direito, havia uma imagem em preto e branco de Grace e Tatiana numa varanda em Paris, com a Torre Eiffel de fundo. Era aquele rosto no auge da juventude que eu tinha conhecido. Sorri para Grace, que me observava com uma expressão neutra do outro lado do corredor.

Vi outra foto — Dan regendo a orquestra, e Grace entre os músicos, fazendo o arco do violoncelo trabalhar.

Então pus os olhos num retrato de Dan e Grace, com uma bebê no colo dela, sentados no parque. Com os pensamentos a mil, examinei mais de perto. *Eles tiveram uma filha? Como foi que eu não perguntei isso para ela?*

Havia outro retrato de família dos três logo ao lado, mas com a menina já mais velha, talvez por volta dos cinco anos, sentada nos ombros de Dan no Washington Square Park. E ainda uma em que a garota já tinha uns oito anos. Arrisquei dar uma espiada em Grace, cujos olhos pareciam preocupados como eu nunca tinha visto.

A idade da menina foi avançando à medida que eu me aproximava da cozinha, até que, no fim do corredor, olhei para a foto escolar de uma adolescente de talvez quinze anos — o mesmo cabelo comprido e loiro, a mesma boca e a mesma pele clara da mãe. Mas foram os olhos dela que me deixaram atordoado.

Não tinham o mesmo verde espetacular dos olhos de Grace, ou o azul pálido dos de Dan.

Eram intensos e muito escuros, quase pretos...

Como os *meus*.

Cobri a boca para abafar um gemido. Escutei o som de alguém fungando, e, quando me virei, as lágrimas escorriam pelas bochechas de Grace. Sua expressão continuava intacta, como se ela tivesse aprendido a controlá-la apesar do choro.

Eu pisquei algumas vezes, sentindo os meus olhos se encherem de lágrimas também.

"Como é o nome dela?"

"Ash", Grace murmurou. Ela cobriu o rosto e começou a soluçar.

Puta merda.

Levei a mão ao peito, acima do coração. *A evidência de uma vida queimando bem.* "Eu perdi tudo isso, Gracie." Estava em choque. "Perdi tudo."

Ela levantou a cabeça. "Eu sinto muito. Eu tentei te contar."

Eu a encarei pelo que pareceu ser um eterno silêncio. "Não o suficiente."

Ela soltou um suspiro audível. "Matt, por favor!"

"Não... não pode ser. Como assim, porra? O que é que tá acontecendo aqui?"

"Eu queria te contar."

"Eu tô ficando louco ou o quê?"

"Não, me escuta."

Virei a cara. Não conseguia mais olhar para ela. "Não, eu não quero escutar. Meu Deus do céu, que porra é essa?" Além de ter uma filha, perdi sua infância completamente.

Saí dali e fui andando para casa, sem camisa e atordoado, repetindo na minha cabeça sem parar: *Eu tenho uma filha, eu tenho uma filha, eu tenho uma filha.*

Passei as seis horas seguintes no loft, bebendo vodca direto do gargalo e observando as pessoas na rua, fossem pais de mãos dadas com os filhos, ou casais apaixonados. A raiva em relação a Grace e Elizabeth fervilhava dentro de mim. Me senti impotente, como se essas duas mulheres tivessem decidido como seria a minha vida adulta sem me consultar.

Liguei para o meu irmão, mas o telefone caiu na caixa postal. "Você agora é tio." Meu tom era seco. "A Grace engravidou quinze anos atrás, e acho que a Elizabeth escondeu essa informação de mim. Agora tenho uma filha adolescente que não conheço NEM UM POUCO. Tô fodido. A gente se fala mais tarde."

Ele não me ligou de volta.

Passei o fim de semana inteiro escondido no apartamento, na maior parte do tempo bêbado.

Na segunda-feira de manhã, chutei longe uma caixa de pizza e abri um buraco na parede com um soco. Foi bom fazer isso, então repeti a dose, e depois levei algumas horas tentando remendar o gesso. Pensei em ligar para Kitty ou para um daqueles números nos anúncios do *Village Voice*, mas em vez disso fui até a loja de bebidas e comprei um maço de cigarros. Fazia mais de uma década que eu tinha parado de fumar, mas era como andar de bicicleta. Sério mesmo.

Fumei um cigarro atrás do outro no banco em frente ao meu prédio, onde recebi um telefonema de Scott.

"Alô?"

"Você vai querer me beijar de novo."

"Duvido."

"Que tristeza é essa? Já tá com saudade do seu amiguinho?" Ele tentou imitar uma voz de criança.

"Não. O que você quer?"

"Eu tenho uma boa notícia."

"Então conta."

"Arrumei um lance pra você em Singapura."

Não hesitei nem por um segundo. "Eu topo. Por quanto tempo?"

"Uau, você quer mesmo sumir de Nova York, hein? Enfim, não tem essa de 'quanto tempo' — é um emprego fixo. Você vai trabalhar na produção de uma série nossa, e a base de operações fica em Singapura, mas pode filmar de fim de semana também. É uma locação ótima."

"Beleza. Quando?" Nunca me considerei alguém que foge da raia, porém estava desolado e desamparado. Como um animal preso numa jaula.

"No outono."

"Precisa mesmo demorar tudo isso?"

"Foi o que eu consegui arrumar."

"Beleza, eu topo." Desliguei em seguida.

Grace vinha tentando me ligar várias vezes, mas não atendi, e ela também não deixou recado. Finalmente, às dez da noite, chegou uma mensagem.

GRACE: Ash é uma garota de personalidade forte.

EU: Sei.

GRACE: Desculpa despejar isso em cima de você desse jeito. Ela me disse que, se você quiser conhecê-la, vai ter que dizer isso pessoalmente.

EU: Grace, aproveitando o assunto, por que você não vem aqui e corta o meu saco ou rouba um dos meus rins?

GRACE: Eu estou muito magoada por isso, mas Ash já sofreu o suficiente. Ela é sangue do seu sangue.

Mesmo sem sequer conhecer Ash, a ideia de fazê-la sofrer era dolorosa. Eu precisava falar com ela.

EU: Tudo bem, eu falo com a Ash. Que horas ela vai estar em casa amanhã?

GRACE: Três e meia.

EU: Só não quero te ver.

GRACE: Tudo bem.

Quando cheguei ao prédio de Grace no dia seguinte, vi uma adolescente na janela de um táxi encostada no meio-fio. *Ash.* Eu queria ter cinco minutos a mais para pensar no que dizer — uma forma de fazer aquela menina entender que a vida é podre, que era tarde demais para voltar atrás e resolver tudo, e que era melhor esquecer que eu existia.

Ao descer do táxi, ela andou na minha direção. "Oi." A mão foi estendida pra mim. "Eu sou a Ash." Era uma garota ousada e confiante. Não muito diferente da mãe.

"Oi... Ash." Eu ainda não tinha me acostumado com aquele nome na minha boca. Meu rosto ficou paralisado numa expressão entre a curiosidade e o medo.

Ela não sorriu, mas também não me olhou feio. Sua expressão era tranquila. "Só pra te avisar, a minha mãe me contou tudo, e eu já tinha visto fotos suas."

"Que bom."

"Quer tomar um café ou algo do tipo?" Ela levantou as sobrancelhas. Fiquei surpreso com a cordialidade. "Tá tudo bem?"

Não deveria ser eu perguntando isso? Eu esperava ter que conduzir a conversa.

Ela era mais alta que Grace, e vestia uma camiseta com as laterais cortadas, onde dava para ver o sutiã. Eu achava que não tinha como ela ser minha filha, mas sabia que era, sim. Como eu podia ter uma filha dessa idade? De um momento para outro, me senti velho. A garota era um lembrete de todo o tempo que Grace e eu tínhamos perdido.

"Quantos anos você tem?" A resposta era óbvia.

"Quinze."

"E vai fazer vinte e cinco ainda este ano?"

"Eu precisei amadurecer rápido", ela retrucou. "Se você vier com esse papo de pai, por mim tudo bem, mas é melhor tomar um café antes."

"Você pode beber café?"

Ela deu risada. Deve ter gostado da minha preocupação. "Sim, eu bebo café desde os dez anos." Um homem passou por nós e me encarou de um jeito estranho. "Tá tudo bem, Charlie", Ash disse. Ela se aproximou de mim: "Não esquenta com ele, isso é só falta do que fazer".

Eu assenti com a cabeça. *Essa é a minha filha. É a minha menina.* Cutuquei o ombro dela com o indicador.

"Pois é, eu sou de verdade." Ela sorriu. "Você teve uma garotinha."

"Que não é mais exatamente uma garotinha, né?"

"Finalmente o respeito que eu mereço!"

Eu soltei uma risadinha nervosa. Mal pude acreditar que tinha gostado tanto dela logo de cara. Era divertida, simpática e parecidíssima com Grace na juventude. Depois de breves momentos de silêncio constrangedor, ela subiu os degraus da entrada.

"Eu ainda tô meio atordoado com tudo isso, Ash."

"Tudo bem, eu não vou ficar arrasada se você não quiser fazer parte da minha vida."

Eu a segurei pelo braço e a virei para mim. Na verdade, eu queria, sim, fazer parte da vida dela, só não tinha arranjado um jeito de dizer isso.

"Escuta, fiquei sabendo que você existia menos de uma semana atrás." Ela olhou para a minha mão no seu braço, depois para os meus olhos e estreitou os seus, como se estivesse procurando algo. Eu me reconheci imediatamente naquela expressão. "Desculpa", falei, encarando minha própria mão como se não tivesse nenhum controle sobre os meus movimentos. "Vamos lá tomar café."

Ela bufou. "Tudo bem, tudo bem. Só vou guardar a minha mochila e avisar a mamãe."

"Certo." Eu assenti, sem deixar de notar que, em vez de "minha mãe", ela falou apenas "mamãe", como diria para alguém da família.

Nem tentei avaliar meu estado emocional nesse momento. Fiquei vidrado na porta até Ash voltar. Ela tinha prendido o cabelo num coque alto, como sua mãe sempre fazia. E fechou a cara quando me entregou a minha camiseta. "Meu Deus, ela tá num estado lamentável lá dentro. Parabéns."

"Sua mãe e eu temos assuntos não resolvidos..."

"Os adultos complicam tudo." Ela saiu andando pela rua. "Vamos lá."

Peguei a camiseta e a segui como um cachorrinho. Ela caminhava confiantemente, sem olhar para trás, enquanto eu ia em seu encalço. "Qual é, são só dois quarteirões. Vai andar aí o caminho todo?"

Acelerei o passo para ficar ao lado dela. "Então, me conta um pouco mais sobre você. Também é musicista, igual sua mãe?"

"Eu sei tocar piano, mas não. Prefiro as mídias visuais; acho que sou mais como você."

"Ah, é?" O tom de esperança e orgulho era nítido na minha voz.

"É. Só espero que valha a pena." Não entendi o que ela quis dizer com isso. Ash continuou andando. "Penso em ser designer gráfica."

"Que ótimo. Você vai bem na escola?"

"A escola é moleza. Na verdade, chega a ser entediante, mas tudo certo. Não que eu tenha outra escolha, aliás."

Quem é essa pessoa?

Ela apontou para uma cafeteria ali perto, e nós entramos. Ash pediu um latte e um scone, e eu, o meu café preto habitual. O atendente do outro lado do balcão era um rapaz bonito, e percebi que Ash lançou olhares para ele.

Fiquei em choque. Adolescentes eram uma espécie de ser humano totalmente desconhecida para mim.

"Que foi?"

"Hã, nada."

Nos sentamos a uma mesinha redonda perto da janela, com vista para a rua. "Que dia bonito. Eu adoro a primavera."

"A gente vai mesmo ficar falando sobre o tempo?" Ash era bastante direta, mas sem perder a tranquilidade. O autocontrole que ela demonstrava era impressionante.

"Não existe nenhum manual sobre como fazer isso, Ash."

"Eu sei, e tô tentando entender o seu lado, mas você é um marmanjo de barba..."

Eu dei uma risadinha. "Você tem razão."

"Olha só, eu já conheço a história toda. A mamãe sempre jogou limpo comigo, e agora a gente sabe que você não fazia a menor ideia da minha existência esse tempo todo."

Eu me senti aliviado. Ela era boa em me tranquilizar. "É verdade, eu nem imaginava."

"Ninguém aqui tá te culpando."

"O meu medo não era bem esse. Mas, aproveitando o assunto, o que você achava de mim antes? Digo, quando pensava que eu tinha te abandonado?"

"Bom, a minha mãe tinha uma espécie de álbum sobre você. Começava com um monte de fotos e bilhetes da época de faculdade, e com o tempo ela foi acrescentando as matérias sobre o seu trabalho." Pensar em Grace fazendo tudo isso me deixou com um nó na garganta. "E ela me levou pra ver as suas fotos numa exposição, mas nunca falava muito sobre a sua vida."

"Ah, sim, mas o que *você* achava?"

"Sendo bem sincera, minha mãe sempre falou muito bem de você, só que a parte do relacionamento meio que era contada como uma espécie de aviso. Como uma lição com moral. Ela não te culpava por nada, mesmo antes de descobrir a verdade, então eu não cheguei a pensar muita coisa — fora que você tinha uma puta carreira e não era a fim de ser pai."

Eu olhei pela janela. "Eu queria ser pai..."

"A minha mãe não sabia disso, então a culpa não foi dela. O que ela sempre me dizia era que queria muito me ter. Falava que quando as pessoas se juntam e... você sabe como é... começam a transar...", o rosto dela ficou vermelho, "... precisam deixar bem clara essa questão de ter filhos, um futuro e tal. Ela acreditava que você tinha lido as cartas, mas não quis assumir o papel de pai."

"Não foi nada disso."

"Ela nunca falou mal de você, sério mesmo. E eu tenho bom senso de entender que é porque uma parte de mim veio de você; ela estaria me jogando pra baixo também se fizesse isso."

Eu estava vivenciando todas as emoções possíveis simultaneamente, inclusive o amor. Senti amor por aquela garota meiga sentada na minha frente, defendendo a mim e à mãe dela na mesma medida, com muita lealdade e perspicácia. "Você é muito inteligente." Minha garganta começou a se fechar. "Bem parecida com a sua mãe nesse sentido. Tem uma percepção impressionante das coisas." Eu tentei me controlar. "E a sua infância... como foi?"

"Foi boa. Tipo, o papai me amava muito, e a minha mãe sempre fez tudo o que podia por mim. Eu tive tudo o que precisava." Ela deu um gole no café.

"E qual é o seu sobrenome?"

"Porter."

Senti um nó na garganta. "Claro."

"Assim era mais fácil. Mas é o seu nome que tá na minha certidão de nascimento."

"Ah, é?"

"Aham. Meu pai tentou me adotar, tipo, umas cinco vezes. Foi por isso que, no fim da vida dele, a minha mãe se esforçou tanto pra entrar em contato com você; ele poderia ter me adotado oficialmente apenas se você abrisse mão do direito de paternidade. Não que isso importe, porque ele sempre foi o meu pai. O documento seria mais por ele do que por mim."

"Sinto muito, Ash. Eu não sabia. Não consigo nem explicar o quanto eu lamento." Seus olhos ficaram ligeiramente marejados, mas ela conseguiu se conter. Eu estava prestes a desmoronar, repleto de sentimentos conflitantes em relação a tudo, inclusive Dan. Ele já tinha morrido, então eu não poderia matá-lo; mesmo chocado, me dei conta de que na verdade deveria agradecer. Afinal, ele criou a minha filha, e ajudou a torná-la essa pessoa que ganhou a minha admiração instantaneamente.

Ash olhou pela janela enquanto mastigava o scone. Era como estar diante da Grace de todo aquele tempo atrás, porém com os olhos da cor dos meus e uma covinha no queixo, quase imperceptível, como a minha.

"Você tem algum dedo torto no pé?"

"Não é que eu tenho? O meu segundo dedo do pé é torto. Obrigada por isso, cara." Demos risada antes de ficar em silêncio de novo.

"Como ele era?"

"Quem?"

"O seu pai."

Ela me olhou bem nos olhos, cheia de coragem, assim como a mãe. "Você é meu pai agora... se quiser."

Essa foi a gota d'água. Eu comecei a chorar. Não de soluçar, mas as lágrimas escorriam, e minha garganta ficou tão apertada que pensei que fosse parar de respirar. Estendi o braço sobre a mesa, segurei as mãos dela e fechei os olhos. Queria muito que Ash fizesse parte da minha vida. A dor por ter perdido toda sua infância estava me corroendo por dentro.

"Sim, eu quero", murmurei.

Ela começou a chorar também. Nós dois choramos juntos, nos rendendo à realidade que fomos obrigados a aceitar. Ninguém tem como mudar o passado nem recuperar o tempo perdido, e não havia palavras possíveis para amenizar a situação. Nós precisávamos aceitar o presente da forma que era.

Nos levantamos e trocamos um longo abraço. Fiquei surpreso pela sensação de familiaridade; não era como se eu estivesse abraçando uma desconhecida.

Algumas pessoas no café olharam a cena, até que todo mundo resolveu nos ignorar e continuar as respectivas conversas, enquanto eu abraçava a minha filha aos prantos. Isso é admirável nos nova-iorquinos. Eu me sentia mal pelo que Ash teve que passar na infância, mas ainda estava absolutamente revoltado com Grace e Elizabeth.

No caminho de volta para a casa de Grace e Ash, ela perguntou: "Como vão ficar as coisas entre você e a minha mãe?".

"É uma história complicada demais, Ash. Sei lá o que vai acontecer."

"Ela te ama."

"Eu sei."

Quando chegamos à entrada do prédio, ela sacou o celular do bolso. "Qual é o seu número? Eu te mando uma mensagem pra você salvar o meu. Pode me ligar quando quiser me ver."

Eu passei o número para ela. "Eu não quero só 'te ver', sabe? Quero fazer parte da sua vida. Vai ser estranho no começo, mas é isso o que eu quero... se você quiser também."

Ela sorriu e me deu um soquinho no braço. "Tá bom, até mais tarde, então... hã... como eu posso te chamar?"

"Pode me chamar do que você quiser."

Ela deu risada. "Certo. Até mais, George."

Eu balancei a cabeça. "Que engraçadinha." Baguncei o cabelo dela, então percebi que Grace estava nos olhando da janela. Ela parecia péssima, claramente tinha chorado muito. Mesmo assim, tinha um sorriso tristonho no rosto. Eu desviei o olhar.

"Que tal eu te chamar de pai por enquanto... afinal, você é o meu pai."

"Por mim tudo bem. E que tal a gente se encontrar amanhã pra um café da manhã?"

"Não posso, vou fazer compras com uma amiga."

"Certo, e no dia seguinte?"

"Tenho aula, e depois clube de xadrez."

"Clube de xadrez?" Eu levantei as sobrancelhas.

"Pois é, o meu objetivo de vida é ganhar da minha mãe. Ela é muito boa."

"Tudo bem." *Será que realmente tinha espaço para eu entrar na vida dela?*

"Um jantar na terça?"

"Perfeito. Mas vai de pijama. Eu conheço um lugar ótimo."

"Você é esquisito."

"Você também."

"Então beleza."

Caminhei para casa com a triste esperança de que Grace conseguisse parar de chorar.

Sinceramente, eu não fazia ideia do que estava fazendo, só queria conhecer Ash enquanto estivesse em Nova York e ser um pai, apesar de não saber ao certo o que isso significava.

Na segunda-feira, fui até a biblioteca e li todos os livros sobre paternidade que encontrei.

Naquela noite, troquei algumas mensagens com Grace.

EU: Tô tentando me acostumar com tudo isso.

GRACE: Eu entendo.

EU: Vou sair pra jantar com a Ash na terça.

GRACE: Tudo bem.

EU: Quero passar mais tempo com ela.

GRACE: Claro.

EU: Ela já tem uma poupança pra financiar os estudos?

GRACE: Sim.

EU: Eu posso te mandar um dinheiro?

GRACE: Não precisa.

EU: Mas eu quero.

GRACE: Ok. Você pode depositar na poupança dela. Eu te passo o número da conta.

Parte de mim queria falar mais, mas eu não era capaz de discutir mais nada com ela além de questões práticas relacionadas à paternidade.

No dia seguinte, fiquei atolado no trabalho, mas consegui sair para almoçar com Scott. Quando ele mencionou Singapura, eu contei sobre Ash. Simplesmente em choque, ele não disse nada. E me deixou tirar o resto da semana de folga. Foi quando percebi como estava precisando disso.

Ao voltar para o meu prédio, encontrei Monica sentada perto do elevador. Ela carregava o moisés da família.

Apesar de os olhos exalarem compaixão, as narinas estavam dilatadas e os dentes cerrados.

"Monica, nem precisa dizer nada."

"Que vontade de enfiar esse salto bem no olho dela." Eu olhei para seus sapatos de salto treze. *Ah, sim, isso faria um belo estrago.* "Eu sinto muito, Matt. Se o Alexander não estivesse em Tóquio, ele teria vindo. Eu tô aqui no lugar dele."

"Obrigado, Monica. Tô vendo que você já fez uma visitinha pra Elizabeth. Não bateu nela, né?"

"Claro que não, mas falei poucas e boas. Ela não podia sair ilesa de tudo isso." Ela apontou o dedo comprido para mim. "Aquela mulher emporcalhou a alma da nossa família com merda."

"Pois é, eu sei." Eu já estava resignado com a situação; Monica, por outro lado, ainda buscava uma reparação, ou pelo menos uma forma de amenizar o estrago. "As coisas são o que são. Eu vou ter que me contentar em fazer parte da vida da minha filha de agora em diante." Apontei com o queixo na direção da porta. "Quer dar uma caminhada comigo?"

Ela pendurou a bolsa Gucci enorme no ombro e pegou o moisés. "A gente pode parar na casa da Grace?"

"Você vai dar isso pra Grace?"

"Lógico. Como um pedido de desculpas pelo que aquela maldita da Elizabeth fez."

"Podemos passar lá pra ver se ela está em casa. Pode deixar que eu carrego." Segurando o moisés, notei que o verniz tinha desbotado nos pés de madeira ornamentada. Como teria sido ver a bebê Ash dormindo ali quietinha?

Ouvindo os saltos de Monica batendo contra a calçada, eu dei risada da ideia de ela arrancar os sapatos e atirar em Elizabeth. "O que você falou pra ela?"

"Ah, só disse que ela era uma ladra e uma mentirosa. Ela roubou uma coisa imensuravelmente preciosa. Óbvio que ela negou e fingiu não saber de nada. Eu falei que não acreditava em nada daquilo. Esse é o pior tipo de gente que existe no mundo, Matt. Uma vaca egoísta que tem uma justificativa pra tudo."

"Mas e se ela não soubesse mesmo?"

Esperamos o sinal abrir na esquina. Monica suspirou e tirou um envelope da bolsa. "De alguma parte ela tinha noção, mesmo sem abrir as cartas da Grace. Jogou todas fora, menos essa aqui." Ela me entregou um envelope lacrado. "Se ela fazia questão de esconder uma carta de você todo ano, então suspeitava que Grace teria algum assunto importante. Não sei se ela ia agir da mesma forma se lesse as correspondências, mas dizer que não imaginava no caso dela não é desculpa."

Eu pus o moisés no chão, dobrei o envelope e enfiei no bolso. "É, você tem razão."

"Você não vai ler?"

Estávamos perto do prédio de Grace. "Vou ler, sim. Só não agora. Já chegamos." Olhei para a porta da frente do antigo sobrado e entreguei o moisés para Monica.

"Você não vem comigo?"

"Não, a Ash ainda tá na escola."

"Você não vai querer ver a Grace?"

"Não consigo, Monica. Vai você, eu espero aqui."

Eu fiquei vendo uma velhinha passear com seu cachorro, mas foi impossível não ouvir Grace atender à porta. "Monica?"

"Oi, Grace. Que bom ver você. Há quanto tempo."

"É mesmo. Você tá ótima. Como anda a vida?" Grace sempre era meiga, mesmo nas piores circunstâncias.

"Tudo bem, mas eu estaria ainda melhor se soubesse que era tia." O tom de voz de Monica não se alterou nem um pouco. Ela estava determinada a se manter forte. "É por isso que eu vim aqui, inclusive, pra te dar isso. Apesar da Ash já ser uma menina crescida, queria que ficasse com você até o próximo bebê da família nascer, seja lá onde e quando isso acontecer."

"Obrigada." Mesmo que Grace soasse emocionada, eu não consegui me virar.

Houve uma pausa, e então Monica disse: "Toma o meu telefone. Não vamos perder contato, por favor. Claro que você tentou, e sinto muito por você, pelo Matt e por toda a situação".

"Eu também."

"Você é da família agora, Grace. Não esquece disso, por favor mesmo."

"Certo."

Segundos depois, Monica já estava de volta ao meu lado. "Vamos?"

"Vamos."

"Matt, por que você não tá falando com ela?"

"Eu perdi a infância inteira da minha filha, Monica."

"Isso não é culpa da Grace."

"Sei lá. Eu tô confuso, não quero pensar nisso agora."

A verdade era que eu não tinha coragem de encará-la, já que ela havia passado quinze anos criando nossa filha na maior parte do tempo sozinha. Durante todos esses anos, ela pensou que eu fosse um babaca egoísta que ignorava suas cartas e seus telefonemas. *Ela não tinha a menor fé em mim.*

"Preciso parar. Os meus pés estão acabando comigo."

"Eu também. Minha nossa, olha esses sapatos. Isso não é natural", eu falei.

Ela enfiou os saltos na bolsa. "Pois é. Que besteira, né? O que as mulheres não fazem em nome da moda..."

Eu abracei o ombro dela. "Você é ótima, sabia? Fico feliz que o meu irmão tenha casado com você. Obrigado por ter vindo."

Ela me deu um beijo no rosto. "Eu te amo também. Agora chama um táxi pra mim, tá bom? Tenho umas comprinhas pra fazer."

Fiz sinal para um táxi e abri a porta para ela, que abaixou a cabeça ao entrar. "Tô no Waldorf Astoria, se precisar de alguma coisa."

Quando voltei para o meu loft, abri o envelope.

Querido Matt,

Nossa filha faz dez anos hoje. Sim, falei que não mandaria mais cartas, mas desta vez o motivo é importante. Infelizmente Dan está doente. Vem enfrentando problemas cardíacos graves desde o ano passado, e o estado dele provavelmente é terminal. Ele quer muito adotar Ash, então estou escrevendo para você, por favor, pensar na ideia de abrir mão dos seus direitos parentais, já que o seu nome está na certidão de nascimento. Ash é uma menina maravilhosa, muito esperta e linda, com um ótimo senso de humor. Ela é a alegria da minha vida. Eu nunca te culpei pelas escolhas que fiz uma década atrás, no entanto agora posso mudar as coisas por ela e pelo Dan, oficializando a adoção.

Sei que você é muito ocupado, mas, por favor, entre em contato.

Cordialmente,
Grace Porter
212-555-1156

A vida que ela levou — a tragédia, a desesperança, a rejeição — era tudo culpa minha. Eu poderia responsabilizar Elizabeth, porém no fim não faria diferença, porque minha ex-esposa não significava nada para ela. Se seguisse o rastro de sofrimento de Grace, tudo remeteria a mim. Da mesma forma, a trilha da minha dor chegaria até ela.

Olhando para a tela do celular, uma pergunta surgiu na minha cabeça. Mandei uma mensagem imediatamente.

EU: Por que você estava lendo a seção de Conexões Perdidas?

GRACE: Eu não estava.

EU: Então como foi que recebeu o recado?

GRACE: O título "Meu Amor de Olhos Verdes" chamou a atenção de um aluno que estava procurando uma conexão perdida. Foi ele que me entregou a mensagem.

EU: Então na verdade você não queria me encontrar? Foi tudo só por causa da Ash?

Não houve resposta.

Duas horas depois, eu cheguei à porta da casa delas, com uma calça de pijama xadrez, chinelos e um casaco. Eram seis da tarde, e o sol começava a se pôr. Ash apareceu usando um pijama de flanela com estampa de tartaruga. Ela escancarou a porta e falou: "Olá, pai!".

"Olá, filha."

Ela apontou para trás com o polegar e baixou o tom de voz. "Eu pergunto se ela quer ir também?"

Fiz que não com a cabeça. Ash baixou os olhos, como se estivesse pensando no que fazer, e em seguida gritou: "Tchau, mãe! Amo você, até mais tarde".

"Amo você também, se cuida!"

"Vamos?"

"Vamos."

Ela saiu saltitando pela porta.

"A gente vai num lugar que sempre serve comida de café da manhã não importa que horas."

"Ah, legal. Vou querer panquecas com mirtilo durante o Renascimento."

Eu a encarei por um instante, e Ash caiu na gargalhada.

"Que susto. Fiquei preocupado com o seu QI."

"Essa piada é de um programa de tevê."

Eu dei risada. "Agora eu realmente tô preocupado com o seu QI."

O lugar aonde eu ia com Grace não existia mais fazia tempo, então levei Ash a uma lanchonete no nosso próprio bairro.

"A mamãe me contou desse lance de comer comida de café da manhã no jantar o tempo todo na faculdade."

"É verdade." Eu sorri ao me lembrar, mas não queria ficar falando do passado. "Como foi a escola hoje?"

"Tudo bem. Um tédio, a não ser a aula de cerâmica."

"Você gosta de cerâmica?"

"Adoro."

"A minha mãe — a sua avó — adorava. Ela tinha um ateliezinho de arte atrás da casa dela lá na Califórnia, que chamava de Louvre." Essa lembrança me fez rir.

"Tô sabendo."

"A sua mãe fez um relato bem completo, hein?"

"Por que você não quis que ela viesse hoje?"

Essa minha filha não pegava leve com ninguém. "Como eu disse antes, essas coisas são complicadas."

"Se vocês se amam, por que diabos não estão juntos?"

"Não é assim tão simples, Ash. Eu preciso de um tempo."

"Bom, você tá perdendo tempo, isso, sim."

Por que a adolescente de quinze anos é a pessoa mais sensata aqui? Porque ela não tem quinze anos de bagagem emocional pesando nas costas.

Pedimos nossas panquecas e milkshakes, e Ash me contou sobre a escola e sobre um garoto de que gostava.

"Os garotos não prestam. Você sabe disso, né? Fique bem longe deles."

Ela deu um gole no milkshake, pensativa. "Você não precisa fazer isso. Sério mesmo."

"Preciso, sim. Quero conhecer seus amigos e frequentar os eventos da escola. Isso não é um pedido."

"Eu sei."

Depois de nos entupirmos de panquecas, eu paguei a conta e nós saímos. A caminho da porta, Ash parou na frente do balcão refrigerado.

"Quer um pedaço de torta?", perguntei.

Ela enfiou a mão na bolsinha transversal. "Não, vou comprar um pedaço pra mamãe."

"Eu pago. De qual ela gosta?"

Ela levantou uma sobrancelha. "Você sabe de qual ela gosta."

"Um pedaço de chocolate e um de manteiga de amendoim pra viagem", pedi para a mulher atrás do balcão. Ela entregou tudo embalado para mim, e eu conduzi Ash para fora da lanchonete.

Ficamos conversando sobre música durante todo o caminho de volta até a casa dela. De forma nada surpreendente, Ash tinha um ótimo gosto e conhecimento de sobra em relação a diferentes gêneros. Nós combinamos de ver um show do Radiohead da próxima vez que eles tocassem em Nova York. Quantas vezes Grace não teria ouvido Radiohead ou Jeff Buckley com Ash ao longo dos anos? Eu não escutava nenhum dos dois desde a época da faculdade.

Subi os degraus da frente do prédio junto com Ash. Depois de abrir a porta, ela me deu um beijo no rosto. "Obrigada pelo jantar, pai." Fiquei parado diante da porta aberta, com a torta na mão, enquanto ela corria escada acima gritando: "Mãe, tem um cara na porta que trouxe torta pra você!".

Eu engoli em seco, paralisado.

Aquela espertinha.

24. Houve um tempo em que éramos amantes

GRACE

Toda vez que punha os olhos em Matt, eu era dominada imediatamente por dois sentimentos conflitantes: o espanto com o quanto ele era bonito — magro, forte e bem definido, tendo ficado ainda mais sexy com a idade — e a descrença total de que estava mesmo diante dele. Eu acabei me convencendo de que um dia ia acordar e as coisas voltariam a ser como antes.

Mas queria me manter forte na presença dele. Tinha passado uma semana inteira chorando por causa da forma como ele recebeu a notícia. Eu sofri o suficiente por nós dois. Sinceramente, estava de saco cheio de ficar me lamentando por essa merda toda; já tinha feito isso por uma década e meia. Se ele queria me culpar pelas ações da ex-mulher psicótica, então ótimo. Eu que não ia mais ficar chorando e me desculpando.

Caminhando em sua direção, notei que me observava da cabeça aos pés. Eu estava só com uma camisola curtinha de seda e um olhar de foda-se. Peguei a sacola dele. "Chocolate e manteiga de amendoim?" Fui bem seca. Ele assentiu. "Obrigada."

"Não há de quê."

"Bom, já tá ficando tarde."

Ele simplesmente piscou algumas vezes e abaixou a cabeça.

"Hã... certo, eu já vou indo."

"Tudo bem."

Ele tomou a direção da porta, e eu o segui. Antes de sair para a rua, ele pôs as mãos nos meus quadris e me beijou logo abaixo da orelha.

Eu soltei um leve gemido.

"Boa noite, Gracie", ele murmurou, e então se foi. Fiquei parada ali por uns bons minutos, tentando recobrar o fôlego. Justamente quando eu estava começando a segurar a onda...

Depois do colégio, no dia seguinte, fui até Green Acres, que não lembrava nem remotamente os gramados verdejantes que seu nome evocava. Era uma casa de repouso nada agradável no Bronx, onde a filha de Orvin o pôs alguns anos antes, quando a esposa dele morreu. Aquele lugar realmente estava precisando de uma reforma. As paredes eram pintadas em um terrível tom de verde-vômito ao estilo *O Exorcista*, e o cheiro lá dentro era de fermento podre, vindo da fábrica de pão logo ao lado. Green Acres era um horror. Havia um pequeno pátio nos fundos para os residentes se exercitarem, mas nem uma única folha de grama. Eu tirava Orvin dali pelo menos uma vez por semana. Nós íamos até o parque mais próximo para jogar xadrez e, apesar de não lembrar mais o meu nome, ele com certeza sabia quem eu era.

Quando nos sentamos no parque, pude ouvir o vento assobiando entre as árvores.

"Você ainda fica escutando?"

"O quê, querida?"

"A música."

"Ah, sim. Eu sempre escuto."

"E se eu disser que não ouço mais, o que você acha que isso significa?"

Ele capturou meu segundo cavalo. "Xeque. Não sei o que significa. Talvez você não esteja se esforçando o suficiente para escutar."

Como é que ele consegue me vencer toda vez? Eu movi meu rei. "Eu me esforço, sim."

"Não, você está ocupada demais sentindo pena de si mesma."

"Eu nunca senti pena de mim mesma."

"Talvez não antes, mas agora está. Xeque-mate."

Eu rearranjei tudo para mais uma partida. O tabuleiro barato era de papelão, tinha peças de plástico e cabia na minha bolsa. "Não tô, não. Só tô cansada de viver triste."

"Por que você está triste?"

Dei uma boa olhada em Orvin. Seu lugar não era em Green Acres, porque ele se mostrava sempre muito lúcido e alerta. No entanto, às vezes esquecia tudo e perguntava quando teria que voltar para a loja, fechada havia mais de uma década. Aquele era um dos dias bons, mas os lapsos de memória poderiam surgir a qualquer momento.

"Você já desejou não estar aqui, preso em Green Acres?"

"Minha querida Grace, vou te dizer um provérbio."

Fiquei admirada. Ele não me chamava assim fazia... sei lá quanto tempo. "Certo."

"Eu me considerava pobre porque não tinha sapatos, até conhecer um homem sem os pés."

Abri um sorriso envergonhado. "Eu tô sentindo pena de mim mesma, não é verdade?"

"Mais do que isso. Está sendo ingrata. O homem que você sempre quis na sua vida está de volta, você tem uma filha linda e um ótimo emprego."

"Sim, mas ele não me quer mais."

"Vai querer. Basta ser você. Encontre a música de novo."

Ash e eu fomos jantar com Tati naquela noite. Determinada a impressionar um cara com quem queria namorar, ela estava tentando se envolver mais em tarefas domésticas. Não era a primeira vez que fazia Ash e eu de cobaias, mas não dá para dizer que gostávamos. Tati era uma péssima cozinheira. Ponto final.

Ela pôs uma travessa grande sobre a mesa. "Tagine de cordeiro e cuscuz marroquino!"

"Ah, Tati, eu detesto cordeiro."

Ela pareceu ofendida. "Por quê?"

"Eles são bonitinhos demais pra virar comida."

"Bom, esse já deixou de ser bonitinho."

Eu balancei a cabeça e peguei só um pouquinho. Ash franziu o nariz e pegou menos ainda, enquanto Tati andava pela casa à procura de um saca-rolhas.

"Posso beber vinho?", Ash perguntou.

"Não", Tati e eu respondemos ao mesmo tempo.

"Só um golinho? O papai falou que vai me deixar beber vinho quando eu for jantar na casa dele."

"Você chama ele de papai agora?", Tati perguntou.

"Bom, não na frente dele, mas vou chamar de quê? Matt? Não foi escolha própria ele não ter sido o meu pai esse tempo todo."

"Ele quer ser chamado de papai?" Meu tom foi cauteloso.

"Acho que não liga. Ele quer participar dos eventos da escola e conhecer os meus amigos."

"Ele deve se sentir bem sendo chamado assim. O coitado perdeu a sua infância inteira", Tati comentou.

Eu me irritei. "O que aconteceu com a destruidora de homens que eu conheci?", retruquei.

"Tô virando a página. Você também deveria."

"Pode chamar ele de papai, se quiser." Entreguei minha taça para ela. "Só um golinho."

Ela franziu o nariz ao experimentar. "Eca."

Tati olhou para o teto com um ar sonhador. "Eu adorava o jeito que ele se vestia."

Eu revirei os olhos.

"Você conheceu o meu pai na época da faculdade?", Ash perguntou para Tati.

"Claro. Sua mãe e o seu pai eram inseparáveis. Se eu quisesse encontrar Grace fora das aulas, precisava ver o seu pai junto. Mas a gente se dava bem, sim, todo mundo se divertia bastante." Tati se virou para mim. "Por falar nos velhos tempos, você deveria ensaiar com a gente esta semana depois da aula."

"Pra quê?" Minha boca ainda estava cheia de cuscuz.

"Estamos procurando violoncelistas."

"Vai, mãe. Eu posso ficar com o papai. Ele tá trabalhando em casa, e me disse pra ir até lá depois da aula quando quisesse."

"Não sei, não, Tati. Não sou mais a mesma instrumentista de antes." E também estava com medo de que Ash estivesse se aproximando de Matt rápido demais. Isso me fez perceber o tamanho da falta que ela sentia de Dan. "E, Ash, desde quando você ficou assim tão à vontade com o seu pai? Vocês mal se conhecem!"

"Sei lá."

"Acho que você tá fazendo isso pra compensar o luto."

"Você tá analisando demais as coisas, mãe. Eu olho pra ele e me vejo ali. Simplesmente fico à vontade com ele. Além disso, ele é bem legal, e quer fazer parte da minha vida. Não estraga tudo pra mim só porque a relação de vocês é toda cagada."

"Vou fingir que não ouvi essa malcriação." Mas ela provavelmente estava certa.

Nós continuamos espalhando o cordeiro com cuscuz pelo prato. O sabor era tão ruim quanto a aparência. Por fim, Tati largou o garfo.

"Então, querem comer um hambúrguer?"

Ash e eu balançamos felizes a cabeça.

"É melhor se limitar ao espaguete", Ash comentou. "Nisso você é boa."

"Aquele macarrão foi comprado num restaurante, Ash", eu falei, enquanto Tati caía na gargalhada.

"Ah." Ela ficou vermelha.

"Certo", Tati disse. "Vamos lá comer aqueles hambúrgueres."

Depois da escola, pelo restante da semana, eu ensaiei com Tati e a Filarmônica de Nova York. Ash ia para a casa de Matt todos os dias, e antes de ir dormir, contava em detalhes o que faziam juntos. Ela estava ficando apaixonada por ele, no contexto de uma relação entre pai e filha. E por acaso havia alguma possibilidade de isso não acontecer? Por mais que tivesse ficado contente, eu ainda assim continuava sofrendo por causa do meu relacionamento com Matt.

No sábado, Tati se ofereceu para levar Ash ao cinema, e eu fui jantar sozinha num bistrozinho italiano, onde permiti que o garçom me convencesse a pedir uma garrafa inteira de vinho.

"Você pode tomar uma taça e levar o resto para casa. A gente fecha direitinho."

Eu concordei, mas passei duas horas bebendo pelo menos três quartos da garrafa. Sob as luzinhas piscantes do toldo, eu fiquei observando as pessoas — de mãos dadas, se beijando na esquina — passarem pela rua. A música ao estilo *O poderoso chefão* e o calor do aquecedor externo estavam me deixando cada vez mais sonolenta. "Senhora?", o garçom falou, pegando a garrafa. "Quer que eu feche pra você?"

Essa deve ser a deixa para eu me mandar. Está na hora da mulher que bebeu demais cair fora. "Sim, seria ótimo." Só havia restado o suficiente para uma última taça, mas resolvi levar mesmo assim.

Depois de pagar a conta, ia andar os quatro quarteirões até minha casa, mas decidi virar na rua de Matt.

Do outro lado da rua, pude ver o interior do loft. E lá estava ele, sentado no sofá. Na escuridão abaixo dele, eu o observei, pensando no quanto era esquisito que nós três — ele, eu e Ash — estivéssemos juntos naquela noite. Ele bebia vinho e olhava pensativo para alguma coisa, ou talvez para o nada. *Que tipo de música estaria escutando?* Quando Matt foi até a janela, eu recuei nas sombras para não ser vista. Ele continuou completamente imóvel, vendo os poucos carros que passavam.

No que ele estava pensando?

Foda-se.

Atravessei a rua e toquei o interfone do apartamento.

Matt atendeu rapidamente. "Quem é?"

"É a Grace." Os meus nervos estavam aterrorizando o meu estômago.

"Pode subir."

Quando as portas do elevador se abriram, ele estava lá esperando. Vi os pés descalços, a calça jeans preta, o cinto e a camiseta branca antes de vislumbrar a boca, o pescoço, e o belo cabelo comprido e penteado para trás. Eu estremeci. "Oi." Estendi o saco de papel pardo, e ele aceitou.

Desembalando a garrafa, Matt riu até restar um sorriso malicioso. "Obrigado, Grace. Eu nunca tinha ganhado uma garrafa de vinho quase vazia."

Eu mantive uma expressão neutra. "É muito bom. Eu guardei uma taça pra você."

Ele me observou com atenção, provavelmente para avaliar meu nível de embriaguez. "Cadê a Ash?"

"Com a Tati. Ai, droga, preciso descobrir que horas ela vai voltar."

Ele tirou o celular do bolso de trás e entregou para mim. Digitei o número da Tati. O filme provavelmente já tinha acabado, e eu não queria que Ash encontrasse uma casa vazia.

"Alô?" A voz soou estranha, então percebi que ela não tinha reconhecido o número.

"Tati, sou eu. Onde você tá?"

"Estamos tomando sorvete. Tá tudo bem? De quem é esse telefone?

"É do Matt."

Sem responder, Tati afastou o aparelho do ouvido e disse para Ash: "Ei, vamos alugar uns filmes, comprar um monte de porcarias e ir lá pra casa? Sua mãe falou que tudo bem".

"Tá bom", ouvi Ash dizer.

Tati murmurou: "Tudo certo. Vejo você de manhã".

Encerrei a ligação e devolvi o celular para Matt.

"O que foi que ela falou?"

"Sem problemas. Ash vai dormir na casa da Tati."

"A Tati é uma boa influência?" Ele me lançou um olhar atravessado.

"A gente não tem mais vinte e um anos, Matt; ela não passa o dia todo fumando maconha. É uma musicista de gabarito internacional, e uma mulher independente e esclarecida. O que você acha?"

"É, você tem razão", ele concordou imediatamente. Fiquei me sentindo meio culpada ao notar que ele só estava tentando agir como qualquer pai.

"Então, a que devo essa visita?"

As coisas não estavam saindo conforme o planejado. "Sei lá... Eu só preciso..."

"Do quê?" Ele largou a garrafa e andou até mim. "Do que você precisa?" *Ele estava tentando se mostrar sedutor, incomodado, ou as duas coisas?*

Quando Matt se aproximou mais, senti seu calor e seu cheiro de sabonete de cardamomo e sândalo. "Você acabou de tomar banho?"

Ele piscou algumas vezes. "Por quê?" As palavras e a linguagem corporal não forneciam nenhuma pista sobre como ele se sentia a meu respeito, mas detectei uma possível raiva ou ressentimento borbulhando sob a superfície.

E eu tinha bebido o bastante para tirar isso a limpo.

"De quem é que você tá com tanta raiva, Matt?"

Ele não hesitou. "De você. Da Elizabeth. Do Dan... de mim mesmo."

"Por que diabos você estaria com raiva do Dan?"

"Eu tenho inveja dele." O tom de voz saiu controlado a duras penas, enquanto ele me olhava fixamente. "Ele ficou com tudo o que eu queria. Com o que era meu."

"Mas não por culpa dele. Eu já aceitei isso, e você também deveria."

Ele se moveu ligeiramente para mais perto de mim e encarou o fundo dos meus olhos. "Talvez. Quanto vinho você bebeu?"

"Eu tô sóbria."

"Quer que eu te acompanhe até em casa?"

"Não foi por isso que eu passei aqui."

"Do que você precisa, Grace?"

Na ponta dos pés, eu o beijei. O beijo foi frágil a princípio, como se fôssemos nos partir em um milhão de cacos se houvesse pressa ou paixão demais. Mas só alguns segundos bastaram para tirarmos as roupas, deixando nossas mãos se perderem no cabelo um do outro.

Nós caímos na cama nus; nos beijando e agarrando. Quando ele se sentou, subi no seu colo e o guiei para que me penetrasse. Ele soltou um gemido gutural e me segurou pela cintura. As minhas costas se arquearam involuntariamente, levantando os meus seios até sua boca. "Tão linda", ele murmurou enquanto beijava, chupava e lambia o mamilo. Matt fazia tudo com paciência e urgência ao mesmo tempo, e de alguma forma sempre sabia onde pôr as mãos, onde precisava de mais pressão e onde eu desejava ser beijada.

Ele arruinou as minhas experiências com outros homens. E estava repetindo a dose.

Matt me virou de quatro e puxou os meus quadris na sua direção para meter com firmeza. Parecia que ele estava descontando a raiva em mim, mas talvez fosse isso mesmo que eu quisesse.

"Tô te machucando?"

"Não tá. Não para."

Eu queria sentir aquilo. Queria sentir que ele estava pondo para fora tudo o que tinha de ruim.

No momento em que gozamos, ele me abraçou, e seu senti seu coração batendo contra as minhas costas. Quando me soltou, de repente fiquei com vergonha e corri para pegar minhas roupas.

"Espera aí, vem cá". Ele se sentou na beira da cama. "Eu quero te olhar." Ele me puxou para junto de si. Mesmo na penumbra do quarto, fiquei apreensiva. Matt traçou círculos com o indicador na pele sensível da minha barriga. Havia algumas estrias nos meus quadris, onde ele se inclinou para beijar. "Como é que foi?"

"O quê?"

"Quando a Ash nasceu?"

Eu dei risada. "Não acredito que você quer falar sobre parto agora."

"O que eu quero saber é se vocês duas estavam saudáveis." Ele subiu uma das mãos pela minha coxa e me encarou. Fiz que sim com a cabeça. "Você é uma boa mãe, Grace."

"Obrigada." Isso não é uma coisa que todo mundo precisa ouvir às vezes? Que é uma boa mãe, ou amiga, ou filha, ou esposa?

"Você ficou feliz?" A voz dele saiu trêmula. "No dia em que teve a Ash, você ficou feliz?"

"Foi o dia mais feliz da minha vida", respondi com a voz embargada.

Ele começou a chorar em silêncio. "Eu queria ter estado lá." Então o corpo de Matt se sacudiu com soluços violentos enquanto ele enterrava o rosto na minha barriga.

Eu o abracei, passando as mãos pelos seus ombros até o cabelo. "Eu sei, mas tá tudo bem", falei várias vezes, apesar de crer que não havia como superar tudo aquilo. As cicatrizes eram profundas demais.

"Parece que eu tô vivendo um pesadelo, como se tivesse despertado de um coma e descoberto que perdi quinze anos. A vida seguiu em frente sem mim. Eu perdi tudo."

Continuei a abraçá-lo a noite toda, e contei tudo sobre o nascimento da Ash.

"A gente estava em Veneza quando a minha bolsa estourou. Fui de táxi para o hospital. Lembro de olhar para os canais e pensar em você, torcendo pra que estivesse bem. Fazia um tempo quente pra época do ano, tanto que podia sentir o calor subir da superfície da água. Quando penso naquele dia, era como se o sol estivesse beijando a Terra e Deus estivesse fazendo sua presença ser sentida.

"Eu tive sorte. O trabalho de parto foi fácil, todo mundo disse isso. No começo, fiquei incrédula, e só o que eu conseguia fazer era olhar para aquele corpinho trêmulo, coberto de sangue e gosma branca se debatendo no meu colo. Não acreditava que tínhamos sido você e eu que fizemos ela. Quando ela se acalmou e começou a mamar, Dan disse que aquilo era lindo, que eu e ela estávamos lindas."

"Tenho certeza que sim." Matt suspirou e se voltou para a janela. Talvez estivesse imaginando a cena e finalmente se sentindo parte daquilo.

"Ela ainda não tinha nome quando a gente chegou no hospital. Dan era só um amigo nessa época, então todas as decisões eram minhas, apesar de não fazer a menor ideia do que estava fazendo. Mas, de alguma forma, eu soube o que fazer ali. Olhando para aquela bebê, só conseguia pensar em você, em mim, e em como ela era a evidência de tudo o que existiu entre a gente. Depois desse dia, nunca mais relembrei essa época da faculdade sem alegria, porque Ash representava tudo aquilo pra mim, e ela era perfeita... era poesia em movimento, a prova de uma vida que estava queimando bem. Todo mundo entendeu por que escolhi esse nome. Tati ficou furiosa por um tempo, ela te detestava por não ter voltado pra mim, mas isso logo passou. E Dan foi compreensivo."

"Ash foi uma bebê inquieta nos primeiros meses, e a gente ainda excursionava. Eu era mãe de primeira viagem, e bem jovem, tentando entender como a maternidade funcionava. No fim, a gente voltou pra Nova York e ficou por aqui mesmo. Dan fez questão de que fôssemos morar na casa dele, como de fato aconteceu. Foi uma bênção, porque deu uma baita estrutura pra vida da Ash, com dois adultos tomando conta dela."

Ainda que Matt tivesse emitido um ruído como se a última frase o tivesse magoado, eu segui em frente.

"A personalidade da Ash sempre se destacou. Era uma menininha cheia de vida, com cabelo loiro bagunçado e aqueles olhos castanhos doces e receptivos como os seus. Ela começou a falar, andar e comer sozinha bem cedo."

"Ah, sim, claro."

Eu dei risada. "Pois é, ela é sua filha, então aprende tudo rápido. Mas logo virou uma pessoinha com traços bem marcantes, e passei a pensar cada vez menos no significado do nome dela e mais nessa individualidade que ia desabrochando. Ela tem um coração de ouro, é diferente de mim e de você."

"Eu percebi isso de cara quando a gente se conheceu", ele murmurou. "Ela sentiu muito a morte do Dan?"

"Ela foi forte, mas o baque foi pesado. Ele era um pai bonzinho e paciente, que a amava mais do que tudo. Ainda bem que a gente teve um tempinho pra se preparar e se acostumar com a ideia. Passamos um mês numa casa em Cape Cod. Foi lá que ele morreu, ouvindo o barulho do mar, comigo e com Ash ao seu lado. Passou os últimos dias sentado numa cadeira, vendo a gente brincar na praia. De noite, acendíamos uma fogueira e Ash lia histórias usando uma lanterna. Dan parecia feliz, apesar de saber que restava pouco tempo." Eu comecei a chorar.

Matt se mexeu na cama e me abraçou. "Continua."

"Ele morreu numa terça-feira, um dia como qualquer outro. Estava bem e lúcido de manhã. A gente tinha posto a cama de hospital no quintal dos fundos, pra ele poder ver o mar. Uma enfermeira estava lá também. Todo mundo se enrolou nos cobertores, ficamos observando as ondas quebrando no mar enquanto Dan dava os últimos suspiros. Ash chorou por alguns minutos, e pronto. Nunca mais derramou uma lágrima por causa disso, pelo menos não na minha frente."

"E você?"

"Bom, você me conhece. Eu choro por tudo o tempo todo."

"Você não era assim."

"Eu sei que não", respondi baixinho.

Matt ajeitou o meu cabelo e limpou as lágrimas das minhas bochechas. "Por que você não teve mais filhos?"

"A gente até pensou, aí o Dan ficou doente e não fazia mais sentido. Ash teria sido uma ótima irmã mais velha."

"Verdade, teria mesmo." Ele já estava sonolento.

Fomos dormir quase de manhã. Recebi uma mensagem de Tati por volta das onze avisando que ela e Ash iam almoçar e que depois a levaria para casa. Eu saí de fininho do apartamento de Matt e fiz questão de estar de volta quando Ash chegou.

Nós não nos falamos nem por telefone, nem por mensagem durante os dias seguintes.

25. Volta pra mim

GRACE

Ao longo da semana seguinte, Ash foi se habituando cada vez mais a fazer planos com o pai e não me avisar. Quando eu reclamava, ela dizia: "Os pais precisam se comunicar entre si. Inclusive os que não são casados".

Essa era Ash, sempre bancando a adulta.

Eu sabia que minha relação com Matt não podia continuar assim, cheia de conflitos e espinhos. Nós merecíamos mais um do outro, mas talvez ainda não estivéssemos prontos.

Por fim, numa tarde em que Matt ia buscar Ash, eu atendi à porta e o chamei para entrar. Ele ficou parado na porta da cozinha, enquanto eu secava as louças.

"Como é que você tá?", ele perguntou por educação, mas sem parecer desconfortável.

"Bem. Tô ensaiando com a Filarmônica depois da escola. Na verdade, eu poderia até substituir o violoncelista deles, mas precisaria passar duas semanas viajando no verão. Não sei se é uma boa ideia ficar tanto tempo longe da Ash."

"Isso é sensacional, Grace. Eu posso ficar com a Ash; de repente a gente pode planejar uma viagem pra Califórnia na sua ausência."

"Só mais cinco minutos, pai!", Ash gritou lá de cima.

"Tudo bem", ele respondeu.

"Aonde vocês vão?" Nem tirei os olhos da pia.

"Primeiro no Met e depois jantar."

Eu olhei no relógio; eram cinco e quinze. "Vocês não vão chegar lá antes de fechar."

"Sexta-feira o museu fica aberto até as nove."

"Ah, é verdade." De repente me dei conta de que aquela era a conversa mais normal que já tínhamos tido; apenas duas pessoas falando sobre assuntos cotidianos.

Ash apareceu na cozinha de cropped, e eu arregalei os olhos. "Hã, você não tem uma blusa pra usar com isso?"

Ela revirou os olhos.

"E pode parar de revirar os olhos desse jeito. A sua mãe te fez uma pergunta", Matt falou bem sério.

Uau. Fazia muito tempo que eu não contava com esse tipo de apoio.

"Eu sei, pai, é que..."

"Nada disso. Volta lá pra pegar uma blusa."

Ash bufou e saiu da cozinha. Matt e eu ficamos nos olhando por alguns segundos, até que ele se aproximou. "Você tá diferente. Parece mais feliz."

Eu não tinha percebido, mas ele tinha razão.

"É, talvez."

"Você pode ir com a gente, se quiser."

"Podem ir só vocês mesmo. Eu tenho provas pra corrigir."

Matt ficou me encarando brevemente, e então encolheu os ombros. "Certo, então até mais." Ele chegou mais perto e me beijou no rosto, como já tinha feito um milhão de vezes antes.

Quando Ash reapareceu, eu também fui até a porta da frente e os observei enquanto caminhavam até o metrô.

Estavam rindo... e aquilo soou como música aos meus ouvidos. Uma parte de mim queria ir junto, mas outra me disse para ficar. Por mais que adorasse ver Matt, e tivesse amado passar aquela noite em seu apartamento, a interminável rejeição ao longo dos anos, além da forma como ele recebera a notícia sobre a existência de Ash, deixou marcas tão profundas que eu mal podia acreditar que ele estava lá conosco, como eu sempre quis.

Nunca cheguei a duvidar verdadeiramente de seu amor por mim, entretanto o fato de ele querer manter uma certa distância me machucava. E eu precisava me proteger disso.

Nós começamos a dividir os fins de semana. Ash ficava com Matt na sexta ou no sábado, e os domingos eram alternados.

A Filarmônica de Nova York me ofereceu oficialmente a cadeira de violoncelista, então eu passava o tempo longe de Ash ensaiando e me preparando para a viagem de duas semanas ao exterior.

Ash terminou o primeiro ano do ensino médio com notas fenomenais e recebeu um prêmio de excelência acadêmica. Matt e eu comparecemos à cerimônia, e ele sorriu o tempo todo, como o pai coruja que era. Quando saímos do auditório, ele me deu um longo abraço e murmurou: "Você fez um ótimo trabalho com ela. Obrigado. Tô muito orgulhoso das minhas garotas".

Fiquei com o coração apertado. Não havia ninguém melhor no mundo para me dizer aquelas palavras, se é que alguém já tinha dito antes que sentia orgulho de mim.

Sabendo que Ash logo ficaria entediada nas férias de verão, a matriculei num workshop de fotografia. Assim que Matt recebeu a notícia, se matriculou também. Ele tinha conhecimento de sobra para lecionar as aulas, claro, mas queria aproveitar aquele tempo com a filha. Ash contou que, quando os colegas de curso ficaram sabendo quem ele era, Matt passou a ser tratado como um superastro lá dentro, até pelo professor. Ela também disse que ele estava se arriscando a tirar umas fotos mais artísticas, na tentativa de se afastar um pouco do estilo documental que o deixara famoso.

Era estranho que Matt e eu estivéssemos nos encontrando de novo, e ao mesmo tempo era como se estivéssemos retomando o que tínhamos interrompido, cada qual explorando suas respectivas paixões com um interesse renovado. Eu meio que sentia que estava levando a vida que sempre deveria ter sido a minha. O único problema era que Matt e eu não estávamos fazendo isso juntos. Os dois seguiam por trilhas paralelas.

Certa noite, Ash ficou um pouco para baixo.

"O que foi, querida?"

"Nada." O tom foi seco.

"Conversa comigo." Eu me sentei ao lado dela na cama.

"O papai recebeu uma proposta de trabalho da *National Geographic* em Singapura. Ele precisa se mudar pra lá no outono."

Meus olhos se arregalaram. "Quê? Quando ele te contou isso?" Eu não conseguia acreditar que Matt ia embora depois de ter se aproximado tanto de Ash, e de as nossas feridas enfim terem começado a cicatrizar.

Ela estava chorando. "Já faz um tempão. Tipo, foi logo que a gente se conheceu, mas agora pensar nisso me deixa triste demais."

"O quê? Eu não consigo nem... quando foi que..." Eu mal sabia como responder. "Eu vou falar com ele."

Ela limpou as lágrimas e ficou de pé. "Tô de saco cheio de ver vocês pisando em ovos perto um do outro, como se fossem duas crianças. Eu inclusive tenho amigos com relacionamentos mais maduros do que esse aí."

"Já chega", eu falei bem sério.

Ela bateu o pé. "Não, eu tô realmente de saco cheio. Vocês precisam de um chacoalhão."

"Ash, não é seu papel decidir isso."

"Bom, se você se resolvesse consigo mesma logo, talvez o papai não fosse embora."

Ela saiu correndo pelo corredor e fechou a porta do banheiro com força.

"Ash, volta aqui!"

Bati na porta, mas ela não quis abrir. Depois de alguns minutos, desisti e fui para o meu quarto. Eu estava irritada. Magoada. Confusa. Ele ia mesmo embora? *Como é que ele tinha coragem de fazer isso com a gente? Comigo?*

Mais tarde, ouvi Ash ir para o quarto. Quando fui vê-la, uma hora depois, ela estava dormindo.

Liguei para Tati e a chamei para ir até a minha casa.

"São dez horas", ela respondeu secamente.

"Eu preciso ir até a casa do Matt, e não sei quanto tempo vou ficar lá."

"Não dá pra resolver isso por telefone?"

"Não, porque eu vou dar um soco na cara dele."

"Ah, não. O que aconteceu agora?"

"A Ash falou que ele vai se mudar pra Singapura a trabalho. A gente acabou de brigar por causa disso, e eu não sei o que fazer. Vem pra cá, por favor."

"Entendi. Chego aí em uns vinte minutos."

Depois de receber Tati, saí fervilhando de raiva e pisando duro pelos quarteirões que separavam a casa de Matt da minha. Toquei a campainha várias vezes.

"Pois não?" Matt falou pelo interfone.

"É a garota que você engravidou. Me deixa entrar."

Eu ouvi a risada dele. "Pode subir."

Ele abriu a porta com um sorriso. "Gracie."

"Não vem com esse papo de Gracie pra cima de mim, seu desgraçado." Passei direto por ele, larguei a bolsa e cruzei os braços. Ele ficou assustado. "Que porra é essa, Matt? O que você tem na cabeça?"

Ele se encostou na parede, talvez para se afastar de mim o máximo possível. "Posso saber do que você tá falando?"

"A coitada da nossa filha estava em prantos porque você disse que ia se mudar pra Singapura. Isso é verdade? Porque se for..."

"Grace, já pode parar por aí mesmo. Me escuta." Ele parecia estar escolhendo as palavras. "Eu falei pra ela que me ofereceram esse trabalho um tempão atrás, quando a gente mal se conhecia."

"E daí?"

"E daí que já avisei meu chefe que não vou aceitar."

Eu estreitei os olhos para ele. "Quando?"

"Depois da noite que você veio aqui. Eu jamais iria embora, de qualquer forma; eu estava perdido, só isso. Pedi pra voltar aos trabalhos de campo antes de reencontrar você e de conhecer a Ash." Ele foi sincero, como se estivesse pedindo desculpas. "Agora tô me sentindo mal por ela estar pensando nisso."

"Pois é, mas é o que os filhos fazem."

Ele se aproximou para segurar as minhas mãos. "Eu ainda tô aprendendo, Grace."

Eu olhei para baixo e balancei a cabeça. "Eu sei, desculpa. Eu exagerei. Mas é que ela estava sofrendo tanto. Eu não podia deixar que ela passasse pelo que eu passei..."

Os olhos dele pareciam cheios de dor. "Eu nunca vou abandonar vocês. Acredita em mim, Gracie. Você precisa acreditar em mim."

Eu dei uma olhada feia nele. "Então prova."

Ele passou o polegar no meu lábio inferior. "Eu vou provar, mesmo que demore a porra da minha vida inteira." Na sequência, sua boca encontrou a minha e lá estávamos nós, deixando o passado para trás, rumo ao futuro.

26. Nosso tempo

GRACE

Matt, Ash e eu jantamos juntos todas as noites nos dias seguintes. As coisas finalmente pareciam se encaixar.

Na sexta-feira, encontrei Matt me esperando no portão depois da escola. Ash tinha me falado para vestir uma roupa bacana, e com certeza Matt tinha recebido a mesma instrução. Eu não sabia o que estava acontecendo, mas decidi entrar na onda.

"O que você tá fazendo aqui?"

Ele sorriu e me deu um beijo no rosto. "Que bom te ver, Gracie. Acho que a nossa filha tem planos pra gente."

"Claro que sim." Ele usava calça social e camisa de botão. Notei seu All Star novinho. Eu nunca tinha visto Matt tão bem arrumado.

"Você tá bonito."

Os olhos dele se voltaram para o meu vestido florido e as minhas sandálias. "Você também. Tá linda."

Eu sorri. "Então, o que deve significar tudo isso?"

"Não faço ideia." Ele estendeu o braço. "Vamos?"

"Como você sabe aonde ir?"

"A Ash disse pra te levar do portão até o auditório."

Eu assenti com a cabeça. "Vamos lá."

Lá encontramos Ash, Tati e os meus alunos da orquestra nos esperando, além de alguns rostos conhecidos da Filarmônica. Com exceção de Ash, estavam todos posicionados nas cadeiras com seus instrumentos, prontos para tocar.

Ash veio saltitando até nós. "Pensei em fazer uma coisa divertida hoje. Todo mundo junto."

Eu acenei para o pessoal. "Foi você que organizou tudo isso?"

"Eu tive ajuda."

Tati se aproximou também, e eu senti um nó de emoção na garganta. "Estão prontos? A filha de vocês se esforçou bastante pra planejar uma coisa especial para os dois hoje. Venham se sentar."

Nos acomodamos nas duas poltronas para convidados, posicionadas bem diante da nossa própria orquestra particular. Tati era a regente, o que achei especialmente divertido. Matt segurou a minha mão quando a música começou. Eu soube qual era desde a primeira nota: "Hallelujah". Ele apertou a minha mão até o fim da canção.

No fim, eu fiquei toda emocionada e aplaudi de pé como uma louca, gritando "Bravo!". Matt assobiou e aplaudiu, e então Ash surgiu correndo.

"Isso não foi incrível?", ela perguntou.

"Ai, Ash. Obrigada, querida. Foi um gesto muito bonito da sua parte."

"Espera aí, ainda não acabou; isso é só o começo." Ela nos entregou um envelope de papel pardo. Eu tirei de dentro uma foto em preto e branco de tamanho vinte por vinte e cinco centímetros minha e de Matt, da época da faculdade, no saguão do dormitório dos formandos. Foi Tati quem tirou, disso eu me lembrava muito bem. "Leiam o verso."

Matt se aproximou de mim e observou enquanto eu a virava. Nós dois lemos em voz alta:

Aleluia, vocês se encontraram aqui...
Agora vão aonde se conheceram, não muito antes de quando eu nasci.

Tati apareceu atrás de Ash. "Deem uns dez minutinhos de vantagem pra gente", ela pediu.

Matt deu risada. "Certo, a gente se encontra lá."

Nós nos despedimos dos músicos e agradecemos pela belíssima apresentação. Depois que Ash e Tati entraram no táxi, Matt me pegou pela mão. "Quer ir andando?"

"Quero."

Era um dia quente e ensolarado. A vizinhança parecia mais tranquila e agradável do que o habitual. Saímos de mãos dadas pela rua.

Quando chegamos ao antigo alojamento, o momento foi surreal e lindamente nostálgico. O prédio estava um pouco diferente, mas a sensação de estar lá ainda era a mesma. Avistei Tati e Ash na escadaria. "Subam aqui!", Tati gritou.

No terceiro andar, dei uma espiada no meu antigo quarto. Estava vazio, a não ser pelo meu violoncelo, encostado numa cadeira perto da janela. Eu olhei para Ash, que sorriu. "Toca pro papai, mãe." Ela entregou para Matt uma câmera antiga, que eu reconheci da época da faculdade. "Já tá com filme, prontinha pra ser usada."

Ele sorriu. "Obrigado, Ash."

"Muito bem, tem um envelope no parapeito da janela", Tati avisou.

"Como vocês conseguiram entrar aqui?", perguntei.

"A gente contou a história de vocês pro monitor de verão, e ele emprestou a chave. É época de férias, não tem ninguém ocupando o quarto mesmo", Ash disse, aos risos.

"Quanto tempo a gente tem?", Matt quis saber.

"Vocês precisam estar no próximo local em uma hora." Ela ficou na ponta dos pés, deu um beijo no rosto do pai e se virou para mim. "Divirtam-se."

Depois que elas saíram, Matt fechou a porta. Quase imediatamente, ouvi atrás de mim o clique do obturador. Fui até o violoncelo e sentei na cadeira. "Algum pedido?"

Ele afastou a câmera do rosto. "'Fake Plastic Trees'?"

"Você lembra?"

"Como eu poderia esquecer?" Ele me lançou um olhar intenso. O afeto e o desejo eram visíveis, mas havia também um toque de lamentação que eu sabia que nunca desapareceria por completo. Eu também sentia isso, principalmente naquele quarto.

Toquei aquela música relativamente difícil alternando entre o vibrato e o arco. Matt parou de me fotografar e, admirado, ficou só assistindo. Quando a canção terminou, eu olhei para o seu rosto sorridente. "Parou com as fotos?"

"Tem coisas que é melhor guardar aqui." Ele bateu com o dedo na lateral da cabeça.

"Eu concordo", murmurei.

Ele chegou até mim em dois passos. Quando me levantei, segurou meu rosto e me beijou com vontade. Nós nos afastamos apenas por um instante. Matt pôs a câmera no parapeito e a configurou. O timer estava ligado, e ele voltou a me beijar durante o clique que capturou o momento.

Suas mãos se enfiaram dentro do meu vestido e logo estavam abaixando a minha calcinha. "Tira tudo isso", ele falou, ofegante.

"Não tem cama aqui."

"Isso nunca impediu a gente."

Eu chutei a lingerie longe. Ao erguer os olhos, o cinto de Matt já estava aberto. Ele me puxou para montá-lo e me ajeitou na cadeira. Estava dentro de mim em dois segundos, antes mesmo de terminarmos o beijo.

"Eu te amo, Gracie." Sua voz soou tão suave no meu ouvido que eu me derreti toda. Ele disse que me amava, mas eu já sabia. Nossos movimentos eram lentos e carinhosos, e isso bastou. Os gemidos eram baixos e tranquilos, e eu não queria que aquilo terminasse nunca. No fim, ficamos abraçados por um bom tempo.

Dentro do envelope havia uma foto. Era uma fotografia colorida antiga minha e de Matt de pijama, com as luzes do trânsito borradas atrás de nós. "Que incrível. Eu nunca tinha visto essa."

"Eu só revelei faz pouco tempo, quando a gente retomou o contato. Vira do outro lado, vamos ver a pista."

Sigam para leste por um quarteirão na Sétima Avenida
E depois para sul por mais três
Para um gostinho do paraíso em vida

Saímos do alojamento com sorrisos de orelha a orelha. "Nossa, espero que a Ash não pense que a gente...", comecei a dizer.

"Sendo bem sincero, Grace, foi ela que armou tudo."

"Não pra *isso*."

"Bom, a gente não precisa contar pra ela."

Mais ou menos na metade do quarteirão, eu detive o passo. "Posso te contar uma coisa?"

"Sempre."

Abaixei a cabeça antes de falar. "Eu quase abortei."

Ele me olhou fixamente. "E o que foi que te impediu?"

"Eu não consegui." Os meus olhos se encheram de lágrimas.

"Por favor, não chora. Hoje é um dia de alegria... o mais feliz em muito tempo pra mim." Ele me beijou.

"Eu sei. Só tô muito grata por ter feito a escolha certa."

"Eu também", ele falou baixinho ao me conduzir pela rua.

Encontramos Ash e Tati diante de um prédio. "Podem entrar. Isso é tão incrível", Ash gritou.

Assim que pusemos os pés ali, percebemos que era uma galeria onde havia um homem de terno. Tati o apresentou como o proprietário do local. "Ele deixou Ash pendurar essas fotos nas paredes, e gostou tanto que quer deixar em exposição pelos próximos dois meses."

Eu olhei ao redor, atordoada. Eram retratos que Matt tirara de mim, ampliados, emoldurados e exibidos profissionalmente. A primeira era colorida, eu estava segurando o violoncelo no quarto do alojamento — uma imagem inédita para mim. A plaquinha ao lado dizia: *Grace em cores*. Comecei a chorar lágrimas gordas de felicidade.

"São todas lindas. Nossa, Ash..." Matt também ficou emocionado; ele mal conseguia falar. Percorremos a galeria abraçados, com nossa filha no meio, imersos em todas aquelas lembranças, admirando o talento de Matt e vendo a reação dele às fotos, que considerava tão preciosas. Em pouco tempo, todo mundo — inclusive Tati — estava chorando.

Quando nos juntamos perto da porta, Ash falou: "Falta o último lugar. Eu preciso ir primeiro, então me deem uns minutinhos".

"Sem pistas desta vez?"

"Não, agora é surpresa."

Nós nos abraçamos, e Tati chamou um táxi para Ash. Pouco antes de entrar no carro, Ash gritou: "Já chega de chorar, vocês dois".

"Certo, filha!", Matt gritou de volta.

Quando Ash foi embora, Tati pôs as mãos na cintura. "Escutem só. A menina tá planejando isso há um tempão. Eu avisei que não era uma boa ideia, e ela prometeu que não ia ficar chateada se não desse certo."

"O que é, Tati?", eu perguntei.

"Eu falei que não ia contar." Ela se voltou para Matt. "Então, não sei o que vai ser da sua familiazinha esquisita, mas tenho uma coisa pra te dizer. Você viu que eu sou boa com o arco, né?" Ele assentiu, com um sorriso de divertimento. "Pois é, eu vou enfiar aquela coisa você-sabe-onde, meu amigo, se você magoar uma das minhas garotas."

Ele imediatamente a puxou pelos ombros para um abraço. "Eu jamais faria isso. Elas são as minhas garotas também."

Depois disso, Tati apontou para o táxi logo atrás dela. "Ele sabe aonde levar vocês. Vão se encontrar com a sua filha."

No banco traseiro, Matt e eu continuamos de mãos dadas. Não sei se alguma parte de nós esperava parar na frente do prédio da prefeitura, mas foi lá que acabamos. "Como ela sabia?", Matt perguntou.

"A Tati deve ter contado a história. Olha ela ali."

Ash estava nos esperando sentada nos degraus da frente.

"Menina esperta", Matt comentou.

"A nossa menina esperta."

"E aí, Gracie, tá a fim de fazer uma loucura?"

"Sempre. Só que antes eu preciso saber se isso é por ela ou por nós. Vou topar de qualquer jeito, mas tenho que saber."

Ele segurou as minhas mãos. "Graceland Marie Starr-Shore-Porter — seja lá qual for seu nome —, a minha vida deixou de ser real sem você. Virou apenas uma série de dias misturados no meio de um mar de arrependimentos. Então te ganhei de volta. Essa é a época certa, eu prometo; é o nosso tempo. Você é o amor da minha vida. Eu te amo pra caralho, Grace. Sempre te amei. Eu te amava quando não estava com você, e antes disso, e continuo amando agora. Quer casar comigo?"

"Porra, claro", eu murmurei. Segurei seu rosto e o beijei. "Vamos mostrar pra ela como se faz."

Ele me puxou para fora do táxi e ficamos na calçada, sem largar as mãos, olhando para Ash. "Ora, o que tá acontecendo aqui?", Matt perguntou.

Ela levantou e estendeu os braços. "Venham logo. Vocês sabem que eu vou ser uma testemunha muito melhor que Gary Busey."

Matt arqueou as sobrancelhas para mim. "Ela não tem cheiro de salame." Ele encolheu os ombros.

"'Ela não tem cheiro de salame' vai entrar pra história como o pedido de casamento mais esquisito de todos os tempos."

"Graceland, você tá me chamando de esquisito?"

"Sim, e eu gosto disso em você."

Ash desceu os degraus e veio até nós. Ela estava com um sorrisão.

"Eu preciso fazer isso direito", Matt falou. Ele se apoiou em um dos joelhos e segurou a minha mão.

"Grace, eu te amo, e você me ama. Quer casar comigo pra sempre desta vez?"

"Sim. Pra sempre."

QUARTO MOVIMENTO:
EVIDÊNCIA DE UMA VIDA QUE ESTÁ QUEIMANDO BEM

ASH

Os meus pais se casaram diante do juiz de paz e eu fui a testemunha. Em quinze anos, nunca tinha visto a minha mãe tão cheia de vida, amor e felicidade como naquele dia. Não consigo imaginar o que teria acontecido se eles nunca tivessem se encontrado no metrô. Teriam seguido com sua vida solitária, como duas metades separadas de um mesmo coração, longe uma da outra? Quem sabe? Só o que *eu* sei é que fiquei feliz com o reencontro.

Naquele verão, acabamos indo todos juntos para a Europa com a Filarmônica de Nova York, e depois para a Califórnia. Foi como uma mistura de lua de mel e férias em família. Quando voltamos, o meu pai foi morar com a gente. Eles pareciam dois adolescentes apaixonados e grudados o tempo todo. Se eu revirava os olhos, o meu pai dava risada e a minha mãe resmungava que eles mereciam aquilo, já que estavam compensando o tempo perdido. Eu gostava de pegar no pé deles, mas na verdade achava o máximo que se amassem tanto assim.

O meu pai manteve seu loft, que nós transformamos no Louvre, uma combinação de ateliê e escritório. A minha mãe adorava ver nós dois trabalhando lá, e ia tocar violoncelo ou levar comida para nós quando não estava dando aulas.

Eu virei a irmã mais velha depois que eles casaram. Finalmente veio mais alguém para me ajudar a carregar esse fardo. Confesso que eu meio que amo de paixão o meu irmãozinho. Leo. Ele ainda é bebê, mas não vai ser tão ruim, né?

Eu sei que a minha mãe e o meu pai cometeram erros e que conexões foram perdidas, no entanto me sinto grata por isso. Quem poderia dizer como teria sido se tudo tivesse saído perfeito de primeira? Eu pude ter um padrasto e um pai incríveis que me amavam muito, e ver os meus pais se apaixonarem de novo. Quantas pessoas no mundo podem dizer isso?

Agradecimentos

Às leitoras: obrigada por acreditarem nessa magia, acolhendo Matt e Grace no seu coração.

Para os familiares e amigos que me apoiam, me incentivam e me fazem sentir que o que eu faço tem alguma importância: obrigada.

Ei, Ya Ya's! Obrigada por serem amigas fiéis e ficarem orgulhosas de mim.

Eu guardo um lugar enorme no meu coração para os professores especiais que me inspiraram ao longo da vida. Para escrever este livro, me lembrei das muitas horas passadas numa sala de revelação no colégio e na faculdade, e de como era difícil contar uma história com uma única imagem. Agora eu posso usar milhares de palavras. Ainda não estou convencida de que assim seja mais fácil; só sei que adoro ambas as mídias, e me sinto grata às pessoas que abriram os meus olhos para essas formas de arte.

Para as colegas de quarto, que esperaram com tanta paciência: o entusiasmo de vocês me fez seguir em frente durante todos esses meses.

Melissa, obrigada por me ajudar em Nova York, e pelos excelentes discos.

Obrigada, Angie, pelo apoio e pelo entusiasmo infinitos.

Heather, você sabe qual é seu papel nisso tudo, e o tamanho da sua importância. Você tem um dom, sério mesmo.

Para as amigas escritoras que continuam sendo ótimas ouvintes e apoiadoras, saibam que são muito queridas por mim.

Para Christina, minha agente, obrigada por sempre me fazer voltar ao trabalho e à escrita. Isso me ajuda a me manter inspirada quando acabo me distraindo com os outros aspectos do negócio do livro.

Jhanteigh, sinto que este é o nosso bebê. Você incorporou muita coisa à jornada de Matt e Grace. Do fundo do meu coração, eu agradeço por você ter acreditado nesta história e me proporcionado a chance de contá-la.

Anthony, veja só todas as evidências. É uma sorte e uma bênção ter você na minha vida.

E, por fim, para Sam e Tony: minha poesia. Eu mal posso esperar para ver vocês crescerem. Mal posso esperar para conhecer vocês melhor.

TIPOGRAFIA Adriane por Marconi Lima
DIAGRAMAÇÃO acomte
PAPEL Pólen Natural, Suzano S.A.
IMPRESSÃO Gráfica Bartira, agosto de 2023

A marca FSC® é a garantia de que a madeira utilizada na fabricação do papel deste livro provém de florestas que foram gerenciadas de maneira ambientalmente correta, socialmente justa e economicamente viável, além de outras fontes de origem controlada.